サイコロジカル（上）

兎吊木《うつりぎ》垓輔《がいすけ》の戯言《ざれごと》殺し

西尾維新

KODANSHA NOVELS
講談社ノベルス

目次

＊「二日目(2)……感染犯罪」以降が下巻の内容となります。

Book Design Hiroto Kumagai
Cover Design Veia
Illustration take

登場人物紹介

玖渚友（くなぎさ・とも）――《死線の蒼》。

鈴無音々（すずなし・ねおん）――保護者。

ぼく（語り部）――十九歳。

斜道卿壱郎（しゃどう・きょういちろう）――《堕落三昧》。

大垣志人（おおがき・しと）――助手。

宇瀬美幸（うせ・みさち）――秘書。

神足雛善（こうたり・ひなよし）――研究局員。

根尾古新（ねお・ふるあら）――研究局員。

三好心視（みよし・こころみ）――研究局員。

春日井春日（かすがい・かすが）――研究局員。

兎吊木垓輔（うつりぎ・がいすけ）――《害悪細菌》。

哀川潤（あいかわ・じゅん）――請負人。

石丸小唄（いしまる・こうた）――大泥棒。

零崎愛識（ぜろざき・いとしき）――侵入者。

天才の一面は明らかに
醜《しゅう》聞《ぶん》を起こし得る才能である。
——芥川龍之介

「きみは玖渚友《くなぎさとも》のことが本当は嫌いなんじゃないのかな?」

兎吊木《うつりぎ》はいきなり、何の前触れもなく何の前置きもなく、ごく自然のようにごく必然のように、一つの迷いもなく一つの澱《よど》みもなく、刹那《せつな》の躊躇《ちゅうちょ》もなく微塵《みじん》の遠慮もなく、しかし別に高圧な風にでも特に傲岸《ごうがん》な風にでもなく、見上げるように見下すように、すらりとさらりとまるで当たり前であるかのようにそう言ってのけた。

ぼくは答えない。

ただ黙って、かつて《害悪細菌《グリーングリーングリーン》》と呼称されていたこの兎吊木垓輔《がいすけ》という男の眼鏡の奥を、見つめる。ただ黙って、あくまでも黙って、この男と対峙《たいじ》するかのように向かい合う。

最初からぼくの答など一切合切《いっさいがっさい》期待していなかったかのように、兎吊木は構わず台詞《せりふ》を続けた。

「つまるところ——存在としてのきみにとって彼女という概念は《憎しみ》、憎悪の対象ですらあるんじゃないかと俺は思う。憎悪、そう、憎悪だ。否定はできないだろう? 否定なんてできるはずもない。《玖渚友さえいなければ》と思ったことが、ただの一度もないとは決して言わせないよ。《この俺が》云々《うんぬん》ではなく、きみ自身がそれを許さないはずだし、それを許せないはずだ。そう——実際にあの《死線の蒼《デッドブルー》》がいなければ、きみは幸せとは言わないまでも、もう少しばかりマシな人生を歩めていただろうからね」

ぼくは答えない。

「——きみは考えてみたことはあるかい? 究極の研究構造連綱ER3システムをして特別殊目と見なされていたその智頭をもって、人類最強の赤色に一目置《いちもく》かれる必然を所有する脳髄をもってして、ただの一度でも考えてみたことはあるのかな？　何故に玖渚友は俺達の間で《死線の蒼《デッドブルー》》などという物騒極まりない不吉な呼称を得ていたのか、その理由について」

　ぼくは答えない。

「そう、その程度の疑問にすら、その程度の、ちょっとした興味やちょっとした好奇心くらいの理由で思考してしまう細《こま》やかで些事《さじ》な疑問にすらも、きみは思いを馳《は》せたことはない。それが玖渚友に対する《逃げ》でなくて《畏《おそ》れ》でなくて《怯《おび》え》でなくて、一体全体何だと主張するのだろうね？　きみの人生は玖渚友に対する逃走だ。彼女と初めて会ったそのときから始まった一大逃走大会だよ。例えば思い出してみるがいい。思い出してみるがいいよ、それ以前の自分を。それ以前にはきみにはまだ《これが、これこそが自分だ》と、立派に胸を張ることはできないにせよ卑屈《ひくつ》に地面を俯《うつむ》くことはなく主張できるだけの《個人》を、誰とも混ざり合っていない確実な《個》を、所有していたのではないのかな？」

　ぼくは答えない。

「例えばこの俺——兎吊木垓輔にしても《害悪細菌《グリーングリーングリーン》》という事実に反する不名誉極まりない蔑《べっ》称《しょう》を得ていたが、それにしたって玖渚友の《死線の蒼《デッドブルー》》に比べれば数段数十段数百段とまともだ。まともに過ぎて涙が出る。きみもどうやら知っているらしい綾南豹《あやみなみひょう》、ただの単純なスペックで言うならば玖渚友よりもよっぽど凶悪だったあの探索者《シーカー》にしたって与えられた名称は《凶獣《チーター》》でしかない。いやいや、いやいやいやいやいや、それ以前に、だ。それ以前にきみは思索したことはないかな？　どうして玖渚友は、あの当初をして十四歳、現在をして二十歳にも満ちていない、あの少女とも幼女とも童女とも形容すべきか細い華奢《きゃしゃ》な存在は、俺達の統率者となりえたのか。確かに玖渚友は技術師として一といって二とは下らない図抜けた能力――否、戦力を保有していたが、それだってあの中で、俺達の中で飛び抜けたナンバーワンだったわけではない。それでもしかし、彼女はまぎれもなく俺達のリーダーだった。俺達のリーダーは彼女以外にはありえなかった。そのことについてきみは、不可思議を考えたことはないかな?」

ぼくは答えない。

「――それは俺達全員が知っていたからだよ。俺達全員が心得ていたからだ。玖渚友を除く八人のメンバーは、それぞれがそれぞれ、全体どういう風に考えていたかはともかく、全員が全員確信の極致をもって知っていた。自分では、この自分という一個存在そのものでは、この《死線》を越えることは疑いようもないくらいにどうしようもない不可能事だとね。挑戦意欲と上昇意識の塊《かたまり》であり自分以上の存在も自分以外の概念も一切合切認めなかった究極のエゴイスト日中涼《ひねもすすず》、たとえば彼女をしても、それだけは認めざるを得なかったのだ。ゆえに《死線》――いや、越えることはできるだろう。越えることはできる。それはそれ自体だけなら容易なことだ。他の七人がどうだかは知らないし特に知ろうとも思わないけれど、少なくとも俺にならばできる。それはシミュレートしてみれば簡単なことだ。しかし俺はあえてその《死線》を越えたいとは思わない。より正直に、より露骨に言えば絶対に越えたくない。そんなこと想像したくもないね。そこから先に行って後悔するくらいならばそこから先に行かずに後退する方がマシというものだ。そこから先が踏み込んではならない異質の空間だと、俺達はそう知覚して、そしてそれ以上に自覚していた。だからこそ、だからこその《死線の蒼《デッドブルー》》なんだよ。そういうことさ。――きみは彼女の兄、玖渚直《くなぎさなお》に会ったことはあるんだろう?」

ぼくは答えない。

「俺は彼との接触がそうそう回数あるわけではない

のだが、しかしそれでも彼が随分とまともも、常正人間であることは明白だ。それが何を意味するか分かるかい？　ほとんど同じような遺伝子でできている玖渚直と玖渚友との圧倒的とも言える違い、それが何に起因するものなのか。それは遺伝子やＤＮＡや何やなどと、先天的なものはこの場合問題ではないということさ。事態の原因をそこにもとめることに意味はない。つまり玖渚友は特別変異なのだよ。特別に特別なのさ。特異の中の特異、変別の中の変別、それが彼女、玖渚友だ。それも冗談としか思えないくらいにとびっきりの、冗談とも思えないくらいにタチの悪い、そんな類型の特別特異だ。どこにも比類なき変質さ。きみは実に興味深く奇矯《ききょう》な性格をしているが、しかしそれでも自分が玖渚友よりも変質だとは思えないだろう？　彼女に比較すればきみはまだまだ、まだまだまだまだ常識人の範疇《はんちゅう》内だ。きみにとってそれはやや不本意なことかもしれないけれどね」

ぼくは答えない。

「たとえば媒介《ばいかい》としての人類最強が《停止》を意味するのならば誰もが納得するだろう。それに反対しようとする者などいようはずがない。赤光《しゃっこう》が意味するのは根源的にそういうことだ。しかし玖渚友は赤ではない、むしろそれと対極に位置する青。全てを許しあらゆるものに許可を与える爽《さわ》やかにして微笑《ほほえ》ましい、健康的な空のように青色だ。にもかかわらず彼女の存在は俺に、俺達に、そしてきみに永遠と永劫《えいごう》の停止を呼びかける。そういうことだろう？　きみは結局一歩も踏み出していないんだ。彼女に出会ったその刹那から現在にいたるまでの六年時間、何一つ学ぶこともできず何一つ獲得することもできず、何一つ破壊することもできず何一つ愛することもできず、そして何一つ見出すこともできず何一つ見捨てることもできずに、六年という際限のない歳月を、ただ、無為に無意味に無意義に無意識に停止していた。きみはずっと停止してきた。そういうことだろう?」

　ぼくは答えない。

「だからこそきみにとって《死線の蒼《デッドブルー》》は憎悪の対象だ。怨恨《えんこん》の対象だ。悪意の対象で、殺意の対象さ。そのはずなんだよ、理論的には。きみの人生を決定的に変えてしまった存在。否、違うな――きみの人生を決定的なまでに変えなかった存在。変わることを許さなかった存在。勿論《もちろん》きみだって馬鹿で愚劣で卑怯《ひきょう》なだけの人間ではない。馬鹿がゆえにシャープであり、愚劣がゆえにスマートで、卑怯がゆえにクレバーだ。一年もしない内にその圧倒的な事実に気付く。いわく《死線の蒼《デッドブルー》》は自身にとって《危険因子《キラーアプリケーション》》だと。だから逃げた。だから逃げた。だから逃げた。自らの身を守るべく、あの壮大にして想定外のシステムの中へただの単なる記号として逃走した。そのことについてとやかく口喧《くちやかま》しく文句を重ねる資格は俺にはない。それはきみの自由だった。きみにも一応自由はあるから俺はそれを尊重する。だがしかしその逃走すらも、《逃げる》という形ですらも、きみは自己に変革をもたらすことができず、結局今をして元の木阿弥《もくあみ》、玖渚友の隣《となり》にいる。六年前と同じように、玖渚友の隣にいる。思ったことはあるだろう? 考えたことはあるだろう? そして何より知っているだろう? 玖渚友さえいなければ。玖渚友さえいなければ。そんな死線さえ見なければ」

　見なければ。

　見なければ一体どうなっていたというのか。

　ぼくは答えない。

「もしもきみに《他人を見る目》がなければ――もっともそれは、そんなことは誇大が過ぎる妄想に、愉快で不愉快なだけの妄想に過ぎないのだけれどね。妄想でなければ戯言《ざれごと》か。きみは死線を見てしまったし、玖渚友に会ってしまった。そしてそれだけならばまだよかったが、よくはなかったがまだマシだったが、しかし運の悪いことに彼女自身に魅入ってしまい、そしてそれ以上に、彼女自身から魅入られてしまった。これは空前絶後にして前代未聞、未《み》曾《ぞ》有《う》とも形容すべき最大不運だよ。きみも十分に自覚しているだろうけれど、これほどの不運を俺は知らないね。相思相愛以上の不幸はこの世には存在しない、そしてそれがきみ達のような稀《け》有《う》な存在同士ともなれば尚更《なおさら》だ。自分でもそう思うだろう？　彼女を思うきみの心の所為《せい》で、きみを思う彼女の心の責任で、一体今まで何人の犠牲者《ぎせいしゃ》が出た？　何人、きみ達の周りで人が傷つき倒れ朽ち果て埋もれていったのかな」

思い出すのは彼女らのこと。

そして彼らのこと。

ぼくは答えない。

「きみの人生を少し振り返って考えただけでも、それは証明されるだろうね。振り返るまでもなく考えるまでもなく証明されるだろう。自分の人生をちらりとでも思い出してみるがいい。血で血を洗い肉で肉をぬぐい骨で骨を払う、それがきみの歩んできた道のりだ。ふん。それはなかなか象徴的だな。そう、《象徴《シンボル》》――。象徴といえばだね、さっきもちらりと触れたが《凶獣《チーター》》――綾南豹。彼は俺達の中で唯一玖渚友と同い齢の少年だった。《一群《クラスタ》》結成時に十四歳。つまり《弱年の天才》という十字架を背負っているという点において《死線の蒼《デッドブルー》》と共通類数であり、《故にだから》というわけではないけれど、彼はメンバーの中では玖渚友にもっとも近しい存在だった。近しい存在。こういうことを他者であり綾南豹とはもっとも対立していた俺の口から言うのは気が引けるけれども、間違いなく《凶獣《チーター》》は《死線の蒼《デッドブルー》》に惚れていたよ。魅せられていて、同時に魅入っていた。天才は常に孤独であり孤高であるものだけれども、天才の誰もがその孤高を愛するわけではない。同胞意識――同類意識――同族意識――あるいは同属意識。何と呼ぼうが構ったことではないけれどね。とにもかくにもそういうわけさ。綾南豹の探索能力についてはきみも玖渚友から聞いていることだろうし、今更言葉を必要とはしないだろう？」

ぼくは答えない。

「統率者であった玖渚友を含めて九人、その誰が欠け落ちていたとしても俺達はグループとして成立しなかっただろうけれど、しかしその中でももっとも中核を担っていたのが玖渚友と、そして綾南豹だと言えよう。玖渚友をCPUとするなら綾南豹はモニターだった。勿論メンバー九人、それぞれがそれぞれにジャンルの違う種類のはぐれ者同士だったから、誰が一番に重要だっただの誰が二番目に優良だっただの、そんな一義順次論《ヒエラルキー》は一概には言えないことだし、俺達にしてみりゃ言う必要もないことなのだけれどね。しかしそんな綾南豹が玖渚友に惹かれたのは、ある意味必然と言えよう。その理屈はきみだって分かるだろう？　きみだからこそ分かるだろう？　あるいはきみにしか分からないかもしれないがね。さて、ここで問題だよ。きみ、玖渚友は綾南豹の想いに、心に、言葉に、応えたと思うかね？」

ぼくは答えない。

「答は否さ。玖渚友はこれっぽっちも綾南豹に応えなかった。意外だろう？　意外なはずさ。少なくともこれはきみにとっては意外な事実であるはずだ。そしてその上、あまり都合がいいというわけにもいかないだろう。この一つの事実によって、このたった一つの事実によって、玖渚友がきみに対して取ってきた行動、その一つ一つの意味が全《すべ》て変わってしまうのだから。引っ繰り返る——そう、転覆と表現してもよいな。その辺りの細事はこの俺の及び知る範疇内ではないがね。とにかく、何にしたところで綾南豹の想いに玖渚友は応えなかった。綾南豹にしたところで、あの愉快な俊才はそれを最初から予想していたのだろうね、必要以上に玖渚友に近寄ることはしなかったよ。近寄ることはしなかった——必要以上にはね。勿論きみが今しているような愚かしくも可愛らしい真似、死線から不必要なまでに距離をおくようなことはしなかったけれども。……ふん、それは今も昔も同じだな。刑務所の中に他ならぬ《死線》自身の手で堕《お》とされておきながらも、《凶獣《チーター》》はいまだ玖渚友と切れていないのだからな。未練がましいというのか女々《めめ》しいというか何というか――いや、そういうわけではないのか。あの手の弱年者は本能的に知っているものだ――孤独は何も自分一人の所有物ではないということをね。俺くらいの年齢になると、そういうことを忘れがちだけれど。――そういえば、きみは玖渚友と、そして綾南豹と同じ年だったね？　十九歳だったかな？」

ぼくは答えない。

「ならば本能をして知っているはずだね。知っているはずだとも、孤独と孤高との違いを。異端と末端との差異を。そう、その辺りについてはきみの思っていることが大体正解だ。兎吊木垓輔は御名答、と言おう。大当たりの花束をきみにプレゼントだ。その辺については疑念を抱く必要もないし、そもそもその余地がない。安心するんだ。今きみが思い悩まなければならないことは他にある。しかもたった一つってわけでもない。何にしたってそうだが、色んなものが同時に色々な場所にあるという状況は処理する上では好ましくないな。そう思うよ。きみは今まで散々で惨憺《さんたん》な苦難に満ちた道程を歩んできたのだろうが、しかしそこから先に広がっている道なき砂漠は今まで以上に苦渋《くじゅう》に溢《あふ》れたものとなるだろうね。それはここでこの俺が予言しておくよ」

兎吊木が一体何を言いたいのか。

ぼくには分からない。

ぼくは答えない。

「かつて四年もの期間に亘《わた》って玖渚友と同じ釜の飯を食った者としてこの兎吊木垓輔がきみに対して忠告できることはその他には何もない。それ以外には誇張なく皆無だ。玖渚友という存在から逃走するために俺を頼られても困る。何故なら俺はそちら側には渡っていないのだから。既にきみは死線を越えてしまっているのだよ。だからこの俺にしたって、たとえば綾南豹にしたって、きみに対して与えるべき助言を一つとして持っていないのだ。きみに対してかける言葉があるとするならそれは慰めの言葉だけだよ――《手遅れだったね》《残念だったね》《可哀想にね》と」

兎吊木が何を言いたくないのか。

ぼくには分からない。

ぼくは答えない。

「きみは既に、とっくの昔に遥か昔に永劫の過去に終わりを迎えているのだよ。終わって終わって終わっている。それがつまりは行き止まりってことだ。自分で気付いているのかどうか、自覚的なのか無自覚的なのか意識的なのか無意識的なのか、それは俺の視点からでは計り知れないことだけれどね。しかし俺としてはそれでよかったのではないかとも思うよ。それでよかったのではないかと思う。きみに対しては残酷かもしれないが俺は基本的に玖渚友の味方だ。彼女から魅入られはしなかったけれど、俺の方は彼女に魅入った。一回りも年下のあの少女に俺は魅せられた。だから玖渚友が幸福ならばそれでよしとすることができる。それがたとえ他の誰かの不幸を意味するとしてもね。しかしそれはきみにしたって同じことだろう？　きみだって俺や綾南同様、玖渚友さえよければ他の全てを――自分すらをも含めて――どうでもいいと判ずることができるはずさ」

ぼくは答えない。

「それは何も恥じるべきことではない。一片たりとも一塵《いちじん》たりとも恥じるべきことではないのだよ。それがあの玖渚友の魅惑力そして魅了力さ。《畏敬する》《崇敬する》という美しい日本語がぴたりと嵌《はま》る。ぴたりと嵌って外れない。その通り、大袈裟に言えば彼女は宗教的崇拝対象ですらあるのだよ。それにそもそも俺にしたってきみにしたって、玖渚友に較べたら全然皆無もつまらない存在でしかない。生きていても死んでいても関係ない、卑下も謙遜もなくそう言える。彼女が一なら俺達は千兆分の一で、俺達が一なら彼女は千兆だ。彼女の幸福のために一人や二人犠牲になったところで、数多《あまた》の人生が《停止》してしまったところで、そんなことは取るに足らない、本当に取るに足らない些細《ささい》でしかない。最大多数の最大幸福なんて、そんな言葉は俺の知ったことじゃない。そんな言葉は彼女の前では日本語ではない。きみだってそれは同じ筈《はず》だ。同じでなければならない」

　ぼくは答えない。

「《死線の蒼《デッドブルー》》が俺達に呼びかける。その美しい声で以《も》ってして我々前線兵に呼びかける。今でも耳を澄ませば彼女の高貴なる掛け声が聞こえてくるようだよ——《地獄という地獄を地獄しろ。虐殺という虐殺を虐殺しろ。罪悪という罪悪を罪悪しろ。絶望という絶望を絶望させろ。混沌《こんとん》という混沌を混沌させろ。屈従という屈従を屈従させろ。遠慮はするな誰にはばかることもない。我々は美しい世界に誇れ。ここは死線の寝室だ、存分に乱れろ死線が許す——》胸が打ち震えるようじゃないか。全身が総毛立つ。彼女はあまりにも支配者だ。世界を手中に収めるどころじゃない、世界なんてものは《死線の蒼《デッドブルー》》にとっちゃあ使い捨ての玩具《おもちゃ》、飽きられるまでの存在でしかない。無論それはこの俺もだがね。俺は彼女にとって、ちぃとばっかり使える玩具だったに過ぎない。——きみが一体どうなのかは、やはり俺の知るところじゃないが——知るところじゃないからこそ質問してみようかな。なあ、きみは彼女にとって一体どんな玩具なんだろうな?」

　ぼくは答えない。

「俺達は彼女の道具でなければならないんだよ。繰り返して言うが、それは恥ずかしいことなんかじゃない。彼女の道具足りえるというのは世界に対して誇らかだ。いじけることなんか全然ない、きみはもっと威張っていいんだよ。奴隷には奴隷の喜びってものがあるだろう。俺に対して威張ってみろよ、ぼくはあなたなんかよりもずっと玖渚友にとって有用だ、どうだすごいだろう——とかね。その程度受け入れるだけの度量は俺にもあるさ。何をうじうじしているのかな？　彼女に使い捨てられることすらも、それは名誉だというのに。彼女に踏みにじられることすらも、それは名誉だというのに。きみは一体何を恥じているのかな？」

　ぼくは答えない。

「俺は——《害悪細菌《グリーングリーングリーン》》は彼女の命にしたがって、かつて世界を蹂躙《じゅうりん》した。《凶獣《チーター》》《二重世界《ダブルフリック》》、皆でこぞって世界に革命をもたらした。英雄になりたかったのではない。悪魔と呼ばれたかったのではない。俺が抱いていた望みはただ一つ——俺達が抱いていた望みはただ一つ。《死線の蒼《デッドブルー》》の役に立ちたい——彼女のために生きたい。偽ることなくそれだけだ。世界を書き換えるという偉業に対しても、歴史を作り替えるという神業に対しても、俺は何一つ思うところがない。社会に名だたる悪魔の館を崩したところで何の正義感も満たされないし、何の罪もない女子供の肉体を撒き散らしたところで何の罪悪感も湧いてこない。大量のお宝を手に入れても何の欲望も満たされない、お涙頂戴《ちょうだい》の悲劇にハッピーエンドを演出したところで何の感慨も湧いてこない。俺にはそんなことはどうでもいい。俺の目的は——違うね、俺の理由は後にも先にも一つきり。選ぶことなく迷うことなく一つきり。遊ぶことなく紛《まご》うことなく一つきり。彼女に幸福《しあわせ》を。彼女に愉悦《よろこび》を。彼女に快楽《たのしみ》を。彼女に歓嬉《うれしみ》を。俺は《害悪細菌《グリーングリーングリーン》》の名の下において——彼女のために全てを壊した。壊して、壊したものを更に壊して、壊して更に壊したものをもう一度壊した。俺は彼女のためなら何でもする。きみもそのはずだ。きみも彼女のためなら掛け値なくなんでもする——きみも彼女のためなら全てを捨てる。きみも彼女のためなら世界を潰す。きみも彼女のためなら——自身を殺す。そうだろう？」

ぼくは答えない。

「しかし、——だ。しかしそれは玖渚友、あの《死線の蒼》《デッドブルー》が幸福になれるという大前提があって初めて成立する仮定の解答でしかない。幸せなんて曖昧《あいまい》な概念を定義するのはあくまでも玖渚友本人自身だが——しかしそれにしたって同じことだ。俺が玖渚友に魅入っているのと同様、そしてきみが玖渚友に魅入っているそれ以上に、玖渚友はきみに魅入っている。俺から見れば推測の域を出ないがしかし、恐らく彼女はきみのためならば何でもするだろう。きみの言うことなら何でもきく。きみが何をしても許す。きみが死ねといえば多分死ぬ。きみが彼女に忠実であるように彼女もきみに忠実だ。それでこその相思相愛——ただ、それならばこうも考えることができる。仮説、きみと《死線の蒼》《デッドブルー》が相補循環的な人間関係だと判じるならば、きみが玖渚友といることによって自身の時間を停止してしまったのと同じように、きみによってまた、玖渚友の時間も停止してしまっているのではないだろうか——」

ぼくは。

ぼくは。ぼくは。

ぼくは答えない。

「無論言った通り、これは仮説だよ。何の材料もない、解答を先に置いて思考する、ただの仮説。しかしかなり真実味のある、思考に値する仮説だ。いくら不幸幸福が本人の概念であり、他者からの観測結果など当事者にしてみれば余計な世話以上にも以下にもなりえない妄言だとは言っても、自らを自らの手によって停止させてしまった死に損ないに幸福などのような意味においてもあるわけがない。きみがどうしたって幸せになんてなれないように、あるいは玖渚友も本質的な幸福というものを味わうことができないのではないのだろうか？　玖渚友という一個存在がきみにとって原因であるように、玖渚友にとってきみという一個存在もやはり原因ではないのだろうか。すると《停止》は循環し、螺旋《らせん》し、きみを通じて玖渚友へと戻る。死線は自らを超えて死滅《デッドエンド》となるのではないか。きみと一緒にいる限り。きみという存在がある限り」

ぼくは。

ぼくは。ぼくは。

ぼくは答えない。

「だがここで恐るべきことに、これはきみがいなくなればいいという話ではない。たとえばここで俺がきみを殺したとしよう。兎吊木垓輔がきみを殺人する。これはあながち現実感のない仮定ではないよ。さっきも言ったように俺は《死線の蒼《デッドブルー》》のためならば人殺すらもいとわない。少なくとも最低限、その程度には彼女に魅了されている。だからたとえば、きみという存在をひとひらも残さずに消去し抹消《まっしょう》したとしよう。だが。だけどそれは同時に玖渚友の抹消をも意味する。一時停止でしかなかったものが永劫の停止に変わってしまうだけなのさ。それだけのことでしかない。何の改善にもならない、むしろ事態は悪化する。恐るべきことだ。おぞましいことだ。最善を維持しようとするのならば現状を放置するしかないというのに、しかしその最善こそは最悪でしかなく、そして次善の策など絶無に存在しないというのだから。きみは終わっている。そして玖渚友も終わっている。これから先、きみら二人は久遠《くおん》の刻《とき》を終わり続けていく。ただ終わっているのではない、終わり続けていくのだよ。残酷としか表現の手法がない。きみは、そしてきみ達は、本当に哀れな存在なのさ。だからこその、だからこその俺からの質問だよ。だからこそ、俺はきみに問わなくてはならない。俺にはそうする権利があるし、きみには答える義務がある。お願いだから正直に、何一つの欺瞞《ぎまん》も挟むこともなく、どんな些細な疑惑もつけいる余地もないくらいに堂々と、ただ単純に、答えてくれないかな?」

兎吊木は言う。

「きみは玖渚友のことが本当は嫌いなんじゃないのかな?」

ぼくは。

ぼくは。ぼくは。

ぼくは——

一日目（1）——正解の終わり

0

さあて。

それでは皆様。

しばしの間、お付き合いくださいませ。

1

「それで友。その——なんだっけ？　ウツリギってのは全体、どんな野郎なんだ？」

　借り物のクルマだ、本来は運転中に口など利くべきではないのだろうけれど、周囲に広がるのは人っ子一人犬ころ一匹、クルマ一台見当たらない、公共工事の魔の手すらここ十年は伸びていないのではないかと思うくらいの田舎道。いや、並木道と表現してしまっても、もう大した間違いではないかもしれない。信号もないし事故ることもないだろうと、それでも少し速度を落としつつ、ぼくは助手席に座っている玖渚友に質問した。

　玖渚は不思議そうに「うにっ？」と首を傾げて、

「言ってなかったっけかな？　いーちゃん」

　と言う。

「さっちゃんについてはこの前、ゆっくりと時間をかけて一通り説明したかと思ったけど」

「いや、聞いてないよ」

　と答えたものの、玖渚がそう言うのならば、多分本当に説明されたのだろう。玖渚の記憶力は精密機械に匹敵するくらいに正確だし、ぼくの記憶力は精密検査が必然されるくらいに不正確だ。つまりは例によって例の如く、ぼくがものの見事に忘れているだけ。しかし忘れているのならばそれは知らないのと全くの同義である。

「えーとね。さっちゃんはねー」

「まずはそれだよ。なんで《さっちゃん》なんだ？　ウツリギガイスケだろ？　名前のどこをどう取っても《さっちゃん》にはならないじゃないか」

「ニックネームだよ。ほら、ちぃくんとかあっちゃんとかひーちゃんとかとおんなじでね。《害悪細菌《グリーングリーングリーン》》だったから《さっちゃん》」

「ふうん……成程ね」

一応納得はしたけれど、しかし、そのネーミングセンスにはやはり首を傾げざるを得ない。愛称から更に愛称を作り出してどうしようというのだろう。

「《細菌》の《さっちゃん》ね……、なんかいじめられてる小学生みたいな感じだな」

「うーん。別にさっちゃん、そういうキャラクターじゃなかったけどね。そういうのはどっちかっていうとちぃくんのキャラで、さっちゃんは反対のいじめっこタイプだったね。でもそうだね、確かにさっちゃん、《チーム》内では毛色が違うっていうか、一人だけ浮いてた感じ。どっかこー、異彩を放っていた感じだね」

「お前よりもか？」

「僕様ちゃんはみんなのまとめ役だったんだから、浮いたり異彩を放ったりしたら駄目なんだよ」

「…………」

ま、何も言うまい。

ぼくは最近黙ることを憶《おぼ》えた。

「ちぃくんは何だったっけ？　確か探索係だったっけ」

「そう。銀河系範囲のことならなんでも調べることのできる超絶辣腕《らつわん》シーク。今回のことだってちぃくんがいなかったらどうなってたか分からないよ。ちぃくんはさっちゃんのことが嫌いだったから、協力してもらうのに苦労したけどさ」

「どうなってたか分からない、ね……」それはちぃくんに協力してもらった今にしたって同じことで、これからどうなるのか、分からないのだけれど。

「それで？　ちぃくんが探索係ならさっちゃん……ウツリギは何をする奴だったんだ？　ビッグバンの

秘密でも握ってたのか？」

「ううん」玖渚はあっさり否定する。「いーちゃん、ちょっと誤解してるかもしれないけどさ。はっきし言ってちぃくんの《探索》は完全に常軌を逸《いっ》してずば抜けてるんだよ。こんな言い方は逆に嫌な感じになっちゃうかもだけど、僕様ちゃんが百年かかったって千年かかったって、ちぃくんが一日の間に探ったことに追いつけないいんだよ。《チーム》の中でもそれだけぶっ飛んでたんだ、ちぃくんは」

「ふうん……そりゃちょっと意外だな」

ちなみにそのちぃくんは、現在米国の最高レベルの刑務所で懲役百五十年の刑に服している。確かちぃくんはぼくや玖渚と同じ年で十九歳のはずだから、うん、現代は医療も福祉も充実しているし、ひょっとしたら生きたまま出てこれるかもしれない。

「だからね、ちぃくんに較べればさっちゃんのスペックは幾らかレベルが落ちる感じなの。勿論専門分野が違うんだから、ただ単純に比較するってわけにはいかないけどさ。比叡山《ひえいざん》と鴨川《かもがわ》を較べてるみたいなものだよ」

「その比喩じゃいまいちすごさの基準が分からないけどな……。それで？　専門分野っていうと？」

「うん。さっちゃんの専門はいわゆる《破壊《クラック》》だよ」

「クラッカー……ってわけか」

「そゆこと」こくりと頷《うなず》く玖渚友。「ハッカーとクラッカーとの区別は色々言われてるけどさ、ことさっちゃん、《兎吊木垓輔》に関してのみ言うんなら、それをわざわざ区別する必要なんかないんだよ。さっちゃんはね、自分の持つスペックのその全てを全て《破壊する》ためだけに費やした、その気になれば万能の最強にすら匹敵するその能力を全部《破壊する》ためだけに費やした、ごく専門の、ごくごく専門の、専門過ぎる極まった破壊屋さんなんだよ」

「破壊《クラック》するためだけに？」

「破壊《クラック》するためだけに」玖渚は、この能天気にしては珍しく、ちょっと仕方なさそうな感じに首肯《しゅこう》する。「名前の通り本当に我意の強い人だったからね、さっちゃんは。ちぃくんみたく性格が悪いってわけじゃないんだけれど、嫌がらせ至上主義っていうか、他人に迷惑かけるの大好きっていうか、とにかく、そういう感じ」

「性格が悪いってわけじゃないかよ、要するに」

「人格者ではあったんだけどね。メンバーの中で二番目に年長者だったたし。あ、でもまあこの場合年齢はあまり関係ないのかな。よく分からないけど」

「ウツリギってどんな漢字を書くんだ？」

「《兎《うさぎ》を吊るす木》だったと思うよ。それに数字の垓《がい》に輔は車偏。僕様ちゃん達はあんま本名で呼び合うことがなかったから、よく憶えてないけどね」

名前からして嫌そうな奴だった。

ま、それは大して人のことは言えないけれど。

「しかし、分からないな……、どうしてそんな我の強い奴があの悪名高い《堕落三昧《マッドデモン》》卿壱郎《きょういちろう》研究施設にいるんだ？　そこんところの理由がよく分からない。ちぃくんはそれについて説明してくれなかったのか？」

「うん。さっきも言ったけど、ちぃくんはさっちゃんと仲が悪かったからね。場所しか教えてくれなかった。でもまあ、日本のどこにあるかも分からなかった斜道《しゃどう》卿壱郎研究施設が愛知県にあるってことを教えてくれただけでもありがたい話だよ。直くんに訊いてもそれでよかったんだろうけど直くんは直くんで直くんっぽく多忙だからね」

「ありがたい話ねえ……そこに行かなくちゃならないってのは、ぼくにしてみれば少々気が重い話なんだけどな……」

「そうなの？」

「そりゃ、USJ行くみたいなノリじゃ、行けないさ」

ぼくはハンドルに体重を預けるようにして、ため息をついた。

京都府から大阪府と奈良県を経由して、クルマは既に三重県に入っているはずである。三重県っての は近畿地方だったか中部地方だったか。中部地方ならば、目的地である愛知県はかなり近付いてきているることになる。この間姫《ひめ》ちゃんからもらったアナログ表示の腕時計で現在時刻を確認すると、京都を出発してから既に三時間以上が過ぎていた。高速道路を使えばそろそろ目的地に到着しているはずの時刻なのだろうが、ぼくは先月、先々月と両手両腕を中心に身体のあちこちを負傷して、それが先日ようやく完治したところだったので、高速道路の運転は遠慮したかった。

どうせそんなに急ぐ旅でもない。

重要なのはこの場合、時間ではないのだから。

「それだわね、いの字」

と。

今までずっと沈黙を保っていた後部座席から、声がした。ぼくはちょっとだけ振り向いて「起きてたんですか、鈴無《すずなし》さん」と言った。鈴無さんは少しばかり不機嫌そうな感じで、

「いの字とあおちゃんがぴいちくぱあちくうるさかったから目が醒めちゃったんだわよ。こんな近くでそうも騒がれたら眠り姫だって目を醒ますわ。運転は黙ってするものよ」

と言う。

「そもそもフィアットの後部座席は狭いからね……、あんまり眠るのには適してないんだわ。浅野《あさの》の奴の好みはよく分からないね。和風趣味の癖《くせ》になんで外車、しかもなんでこんなこんまい不便なクルマを買うのかね。しっかも馬力ないし。ちゃんとエンジン積んできた？　全くもって浅野の思考は意味不明だわ。いの字、あんただってそう思うでしょ？」

「コメントはしませんよ、そんなことには」

でしょうよね、と鈴無さんは含み笑いをした。

「それで鈴無さん、何に対して《それだわね》なん

ですか？」

「うん」頷く鈴無さん。「あおちゃんにしてみれば卿壱郎博士も、それにその兎吊木サンも旧知の仲だろうし、同じ《専門家》同士として気兼ねなく話せるでしょ。でもって、あんた、いの字にしたってER3だかHMOだかなんだか、そんなお上品な研究システムに五年間留学してきて、場数踏んでるってトコなんでしょ？　でもアタシはそういう博士だとか研究者だとかそういう種類の人種に会うのって初めてなんだわよ。いの字がどれだけ重い気分なんだか知らないけど、アタシはそれ以上に気が重いわ」

「そりゃ、鈴無さんらしくもない意見ですね」

「これでもアタシは人見知りするタイプなのよ。お勉強ばっかりしてきた研究博士の皆様とどんな風な会話をしたらいいのか、皆目見当つかないわね。アタシは円錐の体積の求め方も知らないってのに」

「ふうん。そうですね……ところで鈴無さん、《博士の異常な愛情》は好きですか？」

「別に嫌いじゃないわ」

「だったら多分大丈夫です。仲良くやれますよ」

「……そんなものなのかしらね。それにしても、本当……いの字。これっきりにして欲しいものだわね。浅野の頼みだから引き受けたけれど、アタシってそんなに暇《ひま》じゃないのよ。本当、泣く子と地頭と浅野みいこには勝てないわ」

「感謝してますよ」

「感謝なんて誰にでもできるわよ。誰にでもできることなんてつまんない。あんたはあんたにしかできないことをやりなさい、いの字」

　言って、鈴無さんは狭い後部座席に横向きに寝転がる。鈴無さんは女性にしては背の高い人なので――というより、一・八九メートルなんてのはたとえ男性だって長身の部類に入るだろう――随分と窮屈そうだ。それに、至ってフォーマルな、季節感など微塵も感じさせない真っ黒いダークスーツ、健康的にピッチリしたサイズのカッターシャツにネクタイまで締めているのだから、尚更寝にくそうだった。

鈴無音々《ねおん》。

ぼくが下宿しているアパートの隣人でこのフィアット500の所有者でもある浅野みいこさんの親友、二十五歳。普段は比叡山延暦寺《えんりゃくじ》でアルバイトをしていて、たまに下山してくる。ぼくはみいこさん繋がりでそれなりの付き合いがあるけれど、玖渚と鈴無さんは、今日が初対面だった。

「それで、いの字。あとどれくらいで到着しそうな感じなのよ?」

「さあ……、三重県って中部地方ですよね?」

「近畿地方よ」

「そうですか。じゃ、もう少し時間がかかると思います」

「いの字。中部だろうが近畿だろうが、三重が愛知の隣にあるってことには変わりはないでしょ。そんなことで時間は変わらないわよ」

「あ、そうですね。失念していました」

「普通そんなこと失念したりしないでしょ。いーちゃんってひょっとして、都道府県半分くらいしか言えなかったりするんじゃない?」

「そりゃいくらなんでも馬鹿にし過ぎだろ。都道府県全部言えない奴なんているのかよ」

「アタシは言えないけどね。ついこのあいだまで比叡山は京都にあると思っていたくらいだわ」

「その勘違いはちょっとありえないのでは……」

「京都に海があることも知らなかったわ」

「自慢げに言わないでください……」

「はん。アタシは算数も苦手だけれど社会も苦手だったのよ。オーストラリアとオーストリアの区別ができないまま小学校中退しちゃったし。モンゴルと中国との区別つかないし。でも別に構わないわ。アタシとしちゃあ何も困らないし」

「そうですか」

「そうだわよ。人間が人間として生きてく上で知っておかなくちゃならないことなんて、本当に少ししかないものよ。もっともその少しのことすらも知らないヤツが、最近はちょっとばかし多過ぎるみたいだけれどもさ」

皮肉っぽく言って、鈴無さんは帽子を目深《まぶか》にかぶる。

鴉漆の髪色にその格好、脚の長いスタイリッシュな体格、おまけに帽子とくればどことなく次元大介を連想してしまうが、しかし次元大介の定位置は助手席であり、そこに座っているのは陽気な青髪の娘なのだからしまらない。いや、運転しているぼくがそもそも、ルパン三世にはなりえないという説もあるか。

「でも本当、無理言ってすいませんでした。みいこさんが暇だったらそれでよかったんですけれど——」

「いの字」帽子を目深にかぶったままで、気のない風に鈴無さんは言う。「今回は事情が事情だからやむをえないけれど、アタシとしてはあまりこういった込み入った物語の登場人物として浅野を巻き込むのはやめて欲しいね。あいつはあれで昔っから世話好きのお節介でおひとよしなのよ。それでもってアリガタ迷惑と余計なお世話の押し売り屋。しかも、それでも無能ならばまだいいけれど、浅野はそこそこ役に立つ。身内を褒《ほ》めるのは好きじゃないけれど、浅野は剣術家として一流だし、それ以外の面でもなかなかの腕っこきだわ。そして何よりも重要なことに、あまり頭がよくない。はっきり言ってばかよ。それもそんじょそこらのばかじゃない、狂おしいまでのばか。だからあいつは人に利用されて損をするタイプだわね」

「褒めてるんですか？　それ」

「褒めているのよ。これが褒め言葉以外の何だっていうの？　とにかく、別にあんたがそういう人間だとは少しも思わないけれど、だからってあまり浅野に迷惑をかけて欲しくはない。勿論このアタシにもね」

「心得てますよ」

「でしょうよね。あんたは心得た上でやるから本当にタチが悪いのよ。本当、大人しく座ってて欲しいって感じだわ。とにかく人に頼るのが悪いとは言わないけど、自分一人でできることなのに他人を当てにするのはよくないわ。一人でやるのと二人でやるのとじゃ、一人でやった方が効率いいに決まってるもの。船頭多くして船山に登るってヤツ」

「それって結構すごいことやってる気がしますけどね。船を山に登らせるとは正にびっくりです」

「揚げ足を取るな。それに目的を果たせなかったら、どんなプロセスだって価値はないわ。よく憶えておくことね」

　鈴無さんと会うのは割合久し振りだったけれど、説教好きは相変わらずのようだった。しかしこっちは無理を言っている立場、少々の饒舌《じょうぜつ》には付き合う義務があるだろう。

　それに、鈴無さんは決して間違ったことは言わないのだから。

　それが少々正確ではないというだけで。

「ごめんね、音々ちゃん」玖渚が言う。「でも今回はどうしても保護者の人が必要だったんだよ。僕様ちゃんもいーちゃんも未成年だからさ。僕様ちゃんはともかく融通《ゆうずう》がきくとしても、いーちゃんがね」

「あおちゃんが謝ることはないわ。あんたは美少女なんだから」

「美少女だと、いいの？」

「当たり前のことを言わせないで欲しいわね」ふふんと不敵にせせら笑って鈴無さんは言う。「美少女の価値はあらゆる他の価値観を駆逐するのよ。高潔だの正義だの愉悦だの憐憫《れんびん》だの道だの徳だの仁だの愛だの、そんな有象無象《うぞうむぞう》の価値基準は美少女の前では塵屑《ちりくず》同然だわよ」

　究極的に偏《かたよ》った価値観、《人間とは、美少女とアタシとそれ以外の三種類に類別《カテゴリ》できる》という歪《ゆが》んだ哲学具合も、どうやら相変わらず健在のようだった。

ま、人間は自分にはないものを求めると言いますし、他人の価値観に口を出したり首を突っ込んだりするのは、冴えたやり方ではありません。

「それじゃアタシはもう一眠りさせてもらうわ。最近徹夜続きだったからね、凶悪に眠いのよ。この凶悪さを表す言葉はそうは思いつかないわね。というわけでいの字、到着したら起こして頂戴」

「合点《がってん》承知」

ぼくはそう返事をして、それからしばらく、少し道が込んできたこともあって、運転に意識を集中し始めた。鈴無さんはすぐに睡眠活動に入ったようで(しかし、本当そんなところでよく眠れるものだ)いびきが聞こえ始める。玖渚は何やらポケコンをいじり始めていた。ナードでギーグでマニアでおたくなこの青髪がしている作業など想像もつくはずがなかったので、ぼくは何をしているのか、とは問わなかった。

そして、思考する。

これから行く場所と、これから会う男について。

「兎吊木垓輔、ね……」

2

少しでも電子工学の世界に手を出したことがある者なら、わずかでも機械工学の領域に足を踏み入れたことのある者なら、あるいはちらりとでも社会の裏側へと首を突っ込んだことのある者ならば、彼ら《チーム》の令名《れいめい》を知らないということはないだろう。あの時代（そう、それは既に一つの時代を形成していた）、その存在を避けて道を歩くのは丸っきりの不可能ごとだったのだから。

一方では電子テロリストとも呼ばれ他方では仮想空間の開拓者とも称され、ある者は犯罪者と評し、別の者は救世主と崇《あが》めた。しかしそのどれもが正確だとは言えないし、逆に言えば何と言ったところでそれは外れることなく真実の一側面をかすめることになるのではないかと思う。

要するにそういう《チーム》があったということだ。その世界においては《あいつら》《彼ら》と不特定多数を示す代名詞を口にすれば、それは彼らのことを示すのだった。もっともその存在は有名だけれども、彼らがどういう集団だったのか、何を目的とした集団だったのか、そもそも本当に集団だったのか、それは公式には不明ということになっている。《チーム》は自分達の足跡を一つとして残すことなく消滅したのだ。それが《チーム》の存在を更に伝説的、神話的なものへと変えている。

ゆえに。

たとえば今ぼくの隣に座っている極楽そうな小娘がその集団の統率者だったのであると言ったところで、誰も信じやしないだろう。そしてあれだけの大規模な破壊活動、そして超埒外《らちがい》の構築活動を行った《チーム》が、《一個旅団の狂信者集団》と称された《チーム》が、たった九人からなる小集団だったと聞いても、それは同じことだろうと思う。

その九人の内の一人が、これから会いに行く男。

即ち兎吊木垓輔である。

玖渚がどういった経緯《いきさつ》で兎吊木を含む他八人のメンバーと出会い、そしてどういう動機からそういった愉快犯的（と表現するにはいささか破壊的過ぎたようだが）な活動に至ったのか、その理由は知らない。今のところそれはぼくの興味の射程距離範囲外だったし、そうそう気軽に訊けるようなことでもないようにも思える。

いや――正直に。

正直に言うならば、それはそういうことではない。それは言い訳であり、それは都合のよい解釈の一断面に過ぎない。本当は、多分ぼくはそのあたりの事情について、単純に知りたくないだけなのだろう。自分と玖渚との間に生じた空白に、一体どういう事件が起きていたのか。ぼくはそれを玖渚に教えたくはないし、そして玖渚に何があったのかも、知りたくはないのだった。

玖渚友。

このぼくの唯一にして無二の友達。

彼女と知り合ったのはぼくがまだ神戸に住んでいて、咲き狂うような十三歳の時代を終えていなかったその頃だ。五年前――いや、もう六年前と言った方が近いのか。半年ほどの間、ぼくはこの青色の少女と時間を共有し、そして、半年後に別れた。それから連絡を取り合うこともなく五年の歳月が経過して、再会したのはつい数ヵ月ほど前の話である。

五年。

それは人間が変わってしまうには十分な時間だったが、結局ぼくは大して変われなかったし、玖渚も、昔とほとんど変わっていなかった。その過去にとんでもない経歴を作っていたということと、ぼくの知らないところで八人の仲間を作り、そしてぼくの知らないところで八人の仲間と別れたことを除いては。

玖渚は彼ら彼女らのことを語るとき、本当に嬉しそうにする。銀河系を把握するという《ちぃくん》こと綾南豹のことをぼくに教えてくれたときも、それに今回の《さっちゃん》こと兎吊木垓輔について説明するときも、本当に嬉しそうにする。自慢の宝物でも披露するかのように、本当に嬉しそうにするのだ。

それがぼくにはいまいち気に喰わない。

何だか知らないが、気に喰わない。

「つまり、ただの嫉妬《しっと》なのかね……」

それも何か違う気がするけれど、多分言うほどに的外れではないのだろう。ぼくは何もかもを許せるほどに聖人君子ではないし、玖渚の喜びや嬉しさをそのまま自分の感情へと等価変換できるほどに分かりやすい人格もしていない。本音の話、ぼくよりも玖渚に近い位置にいたであろうその八人に対していい感情を抱いているとは言いがたい。敵愾心《てきがいしん》とは言わないまでも、少なくともこの感情は好意のそれではないだろう。

ただ。

ただこの場合は、この憂鬱《ゆううつ》な気分はそれ以上に。

「気が重いよなぁ……」

「なんで？」

聞こえないように言ったつもりだったけれど、玖渚がぼくの独り言に反応した。もっとも玖渚のこと、ポケコンから目を逸《そ》らしはしなかったけれども。玖渚は脳をキロ単位で所有しているのではないかと思うほどに、一度にたくさんのことをするのが得意なのだ。昔、百二十八台のパソコンを一度に操作するという離れ業を披露してくれたこともある。それを考えれば、この程度の芸当は簡単なものだろう。集中力がないのではなく、四方八方十六方へと拡散しても尚手に余る量の集中力を、玖渚は所有しているのである。

ゆえに、その集中力が真実一つの方向に向いたときは——世界を相手に戦争をやらかすことくらい、容易なのだ。

「何の気が重いのかな、いーちゃん。それとも《気が思い》って洒落《しゃれ》？　うん、面白いね。僕様ちゃんは面白いと思うよ」

「そんなことは言わないよ……。ただの独白。気にしなくていいよ」

「じゃあ気にしない。でもね、いーちゃん、そんな不安がらなくても大丈夫だよ。さっちゃんは関心ない人には当たり障《さわ》りないいい人だから」

「そりゃ助かるけど、ぼくとしての不安要素は別にあってね……」

「それってつまり、卿壱郎博士んとこ自体が不安ってこと？」

「強《し》いて言うなら、ま、そういうこと」

ぼくは頷いた。

斜道卿壱郎研究施設。ちぃくんからの情報によれば、兎吊木が現在特別研究員《フェロー》として《働いている》場所であり、そして日本でも有数の、何の背景もないただ純粋な研究所だということだ。ぼくもその研究機関のご高名は何度と耳にしたことがあり、しかもそれを記憶していた。記憶していた。これはぼくの、すべてがレジスタでできているんじゃないかと思うくらいに頼りない脳内神経からしてみれば奇跡的なことであり、それはつまりその研究所のすごみを証明していると言っていい。そして何より、その研究所の所長である斜道卿壱郎その人自体が、例の《チーム》に匹敵せんばかりの有名人なのである。いわく《堕落三昧《マッドデモン》卿壱郎》と。

その通り名から推測できる通り、広く知られてはいるけれど、広く尊敬されているわけではないという種類の研究開発者である。数理生理学、形式機械学、動物生態学、電子理論学、エトセトラエトセトラ、専門分野ですら機略縦横多岐に亘る、マルチ科学者の先駆け的な存在らしい。そういう背景と、本人の資質がからみ合うことによって、途轍もないクラスの変人科学者として知れ渡っているようだ。現在御歳《おんとし》六十三歳だということだが、その研究施設において現役で研究を続けているとか。

「お前は卿壱郎博士と面識あるんだったよな？」

「うん。ってもそれっていーちゃんに会うよりも前の話だけど。そのときの僕様ちゃんは十二歳くらいだったと思うよ」

「ふうん。十二歳ね」

「その頃の研究施設は北海道にあったんだけどね……、直くんと一緒に行ったんだよ」

「へえ。そうなのか」

「うん。あの頃はまだ直くん暇人だったからね」

直くんというのは玖渚の実兄、玖渚直のことである。玖渚友と同じ両親を持つとはとても思えないほど整合のとれた人格の持ち主で、六年前、ぼくは彼に随分と世話になったものだ。直さんは今現在、自分の父親（つまり玖渚にとっても父親なのだが、玖渚は既に絶縁されている）の秘書として真っ当な社会人となっているので、なかなか会う機会がないけれど。

「卿壱郎博士はそのときから結構キレてたけど、その後ますますひねちゃったみたい。いくらお上から発禁喰らいかけたからって、居場所隠してまで少数精鋭で研究続けるなんて、異常だよ」

「お前が言うかね、異常とか」

「異常は異常を知るんだよ」玖渚がどことなく得意げに言った。「蛇の道はヘビかな。うーん、この場合はヘビの道は蛇って言った方が正確かもしんないけどね」

「そっか……」ぼくは適当に頷く。「簡単に言えばマッドサイエンティストって感じ？」

「そ。マッドサイエンティストって感じ」

「なんだかなあ……で、山奥に引きこもってまで何の研究してるんだ？　卿壱郎博士は」

「七年前は、大雑把《おおざっぱ》に言えば人工知能だったね。本当に大雑把な言い方だけど。うん、その頃は流行《はや》ってたんだよ、人工知能って。ブームメントっていうか、そういう一連の流れがあったんだよね。もっとも博士のやってたのは、そういうのとはちょっと違うタイプのヤツだったんだけど」

「ぼくも人工無能なら作ったことはあるよ。向こうの授業でね」

「僕様ちゃんもそういうのならよくやったね。仲間内じゃひーちゃんがそういうの好きだったね。ひーちゃんはよく言ってたもんだよ。《人間を相手に喋るのと人工無能相手に鍵盤歌うのとじゃ、似たようなものだね、どちらも無能って点じゃ、共通しているから》って」

「そいつもそいつで性格悪そうだな……」

「そうだね。いい子ちゃんは僕様ちゃんだけだったのかもしんないね。とにかく僕様ちゃんが前に会ったときに博士がやってたのは人工知能全般についての開発及び開拓って感じかな。でも世の中流行りがあれば廃《すた》りもあってね、今は博士、人工知能の研究にそれほど本腰入れてないって噂《うわさ》だよ。何やってんのかまではわかんなかったけど、基本的にはサイバネティクスな学者さんだから分野までは変えてはないと思うよ」

「ふうん……」

「でもどうせ、相変わらず採算取れないことやってるんだろうけれどさ。そういう人だよ。本当に、昔っから、ね」

玖渚は少しだけつまらなそうな感じで、小さな唇をとがらせてそう言った。こういう物の言い方は、玖渚友には珍しいことだった。その原因が兎吊木にあることが分かっているので、ぼくは敢《あ》えて何も言わない。何も言おうとは思わなかった。

黙って運転を続ける。

「でもいーちゃんが気にすることはないんだよ。博士も博士で興味がない人には全然興味がない人だからさ。性格はかなり真面目に悪いけど。いーちゃんはただ僕様ちゃんについてきてくれたらそれでいいの。僕様ちゃんのそばにいてくれれば、それでいいんだよ」

「そうですか。そいつは全くありがたいことだね、本当に」

勿論それはその通りなのだろう。《害悪細菌《グリーングリーングリーン》》斜道卿壱郎にしたところで《堕落三昧《マッドデモン》》兎吊木垓輔にしたところで、ぼくのような一介の私立大学生、眼中に入れてくれようはずもない。その点については今までの経験も手伝って、ぼくは大いに自覚しているところだったので、それほどの（あくまでそれはそれほどの、だが）不安感はない。実際のところ玖渚にも言っていないし、言うつもりもないのだが、ぼくにとっての不安要素は別のところにある。そしてそれは近い内、恐らくは一両日中には実現する不安だ。

「……はぁ……、それにつけても気が重い」

それも所詮《しょせん》、偶然とでも呼ぶしかないただの必然でしかないのだろうけれど。どうしようもあるまい。ぼくの人生なんてものはその程度の些事でしかない。流れるままに流されるように流される。大して不満があるわけでもない。ただ不安だと、そういうだけだ。

「ん。愛知に入ったみたいだね。じゃ、次の道を左ね、いーちゃん」

「そうなのか？　ますます山道に入っていくぜ」

道はとっくの昔に舗装されていない土道へと姿を変えている。窓の外を見れば、そこは一面杉林。花粉症の人にとってはさぞかしぞっとする光景なのだろう。こういう環境の中に身を置くと、地球は本当に森林不足なのだろうかと疑問に思ってしまう。

「研究所は山の奥にあるんだよ。こっから先はもう地図にも載ってないから、記憶力に頼るしかないけどね」

「ふうん……、いいけどさ。お前のナビに間違いなんかないだろうし。でもあとどれくらいなんだ？距離によっちゃ、そろそろ給油しないとやばい感じだぜ。このクルマ、本っ当に馬力ないからさ」

「もうすぐだよ。三重と愛知の県境くらいらしいから。それにしても愛知はいいよね。頭のいい人が多いからさ」

「そうなのか？」

「そうなんだよ。なんったって名古屋撃ち発祥の地だからね。いわくつきの土地なんだよ。博士が研究施設の移動先に愛知を選んだのはそういう理由なんだと思うな。あやかろうってわけでもないだろうけれど、お金のことなら問題なかったと思うし……。あー。それにしても楽しみだよ。さっちゃんに会うの、本当に久し振りなわけだし」

「そいつは結構だけど、会ったその先のこともちゃんと考えておいてくれよな。お前は別に物見遊山《ものみゆさん》に愛知にまで繰り出したわけじゃないんだろう？　今回に限っちゃ、ぼくはあまりお前の力になるつもりもないし」

「ん？　どうしてかな？　それってじぇらしぃ？」にやにやと、少し嬉しそうに言う玖渚友。「いーちゃんってひょーひょーとしてるようでいて結構嫉妬深いよね。肝心なとこで心が狭いっていうか。安心していいんだよ？　そりゃ僕様ちゃん、さっちゃんのこともちぃくんのことも好きだけど、愛してるのはいーちゃんだけだから」

「そいつは重畳《ちょうじょう》だね。だけど別に嫉妬してるってわけじゃないさ。そういうのとは違う。ま、違うとは言ってもつきつめれば似たようなものなんだろうけどね……、おっと」

前方になにやら人影が見えたので、ぼくは注意をフロントに戻す。警備員のような服装をした二人組の男が、赤く光る棒を振って、ぼく達のクルマに停止を呼びかけていた。見ると、彼らの後ろには鉄柵とでも表現すべき大きな車門が重鎮と存在している。

こんな山奥に、警備員。

「…………」

ブレーキを踏んでクルマを止め、ゆっくりと窓ガラスを降ろす。すると二人の警備員さんがフィアットに近付いてきて、どすの利いた声でぼくに言った。

「ここから先は個人の私有地になっておりますので、立ち入りは禁止されています。来た道をすみやかにお戻りください」

口調は丁寧《ていねい》だったが、語調はひどくぞんざいだった。まあ、このクソ暑い中、こんなところで立たされていたら誰だってそうなるというものだろう。そんな細かいところに文句を言うのも酷というものだ。彼らの職務怠慢《たいまん》を律するのはぼくの役割ではない。それに、彼らのこの態度が真実職務怠慢なのかどうかは、微妙なところでもある。

「いいえ、あの、えーとですね。ぼくら斜道博士にお会いする約束をしていまして」

「博士に？　で、では、あなたが玖渚様ですか？」

途端、警備員さんの態度が変わる。玖渚がどういう背景を持つ人物か知っていたのならまさかこんな旧式の大衆車でまかりこすとは思わないだろうから、この点でも彼を責めるのは酷なのだろうけれど。

「ぼくは玖渚の者ではありませんけれど……その一行です」

言いながら、ぼくは隣席の玖渚を親指で示す。当の玖渚友は、相変わらずポケコンに向いたままで、警備員さんの方を見ようともしない。しかしその青い髪はいい目印になったようで、「分かりました」と、警備員さんは頷いた。

「ではあなたが玖渚様のご友人ということですか……。あと一人、保護者の方が同行してらっしゃるはずですが……」

「ああ、それなら……」ぼくは玖渚に向けていた親指を、そのまま後部座席へと向けた。「……起こしましょうか？　ぼくは別に反対しませんけど。その代わり何の保証もできませんが」

「………………いえ、結構です」

数秒ほど沈黙してから、警備員さんはそう言った。うん、それは実に賢明な判断だったと思う。誰だって、必要以上の威力を持つ地雷を踏みたいとは思わないだろう。

「では、入所者名簿にお名前のご記入をお願いいたします。煩《わずら》わしいでしょうが、一応規則となっておりますので」

「はあ」

玖渚がコレで鈴無さんがアレな以上、ぼくが出るしかないのだろう。ぼくはドアを開けて、車内から出た。ゲート近くの守衛室のようなところ（プレハブ造り。外から見ているだけで汗をかいてしまいそうな建物だ）まで一旦戻った警備員さんが、Ａ４サイズの紙をはさんだクリップボードを持ってくる。そして「ではご記入下さい」とぼくにボールペンを渡す。てっきりコンピュータか何かに入力するのだろうと思っていたので、ぼくはそのアナクロさに少し驚いた。

「……こういった研究所にしては随分と古いシステムを採用してらっしゃるんですね」

「はあ。私もそう思いますが。ただ、博士は《これなら細工の仕様があるまい》と。コンピュータや何かで統率したら外からの不正処理が可能になってしまうとかなんとか、おっしゃられていましたが。いえ、私にはよく分からないんですが、とにかく《紙に手書き》が情報の保存方法として一番安全なのだと」

「その考え方は分からなくもないですけれど、しかし随分と用心深いんですね……」

言いながら玖渚の名前、鈴無さんの名前、そしてぼくの名前を名簿に書き込んでいく。住所……これは、鈴無さんの場合、どこにしておけばいいのだろう？　比叡山延暦寺でいいのだろうか。まさか住所不定と書くわけにはいかないだろうからそう記入するしかないのだろうが、しかし《比叡山在住》も《住所不定》も同じくらいに怪しい気がする。比叡山在住者に対していささか失礼ともとれるその思考に悩んだ末、鈴無さんはぼくと同棲していることにしておいた。洒落にならないくらいにうすら寒い想像だったが、笑いを誘う程度には愉快な嘘であると思う。

「何か危険物はお持ちでないですか？」と、一人悦に入っていたぼくに、もう一人の警備員さんが訊いた。「刃物や劇薬などの持ち込みは禁止されているのですが……」

「刃物……ハサミくらいなら持ってますけど……」と、ぼくは答える。「ハサミも駄目ですか？　本当に用心深いんですね……」

「いえ、それくらいでしたらば結構です。申し訳ありません、どうか気を悪くしないで下さい。昨日から研究所の警戒レヴェルが上がっておりましてね。玖渚様方に対してもこういった質問をせざるを得ないのですよ」

「レヴェルが上がっている？　それはまたどうしてですか？」

「ああ……」と、警備員さんはちょっと迷うようにする。それから声を潜めて続けた。「ちょっと……ですね。一昨日の話なんですが。部外者の侵入騒ぎがあったんですよ」

侵入騒ぎですか、とぼくは相槌《あいづち》を打った。それは随分と穏やかではない。こういった研究施設において部外者侵入者という言葉は、それは産業スパイやらなにやら、そういったものを指すことになるのだろうか。それはさながら映画や小説のような現実離れした話だったが、しかしここはその現実離れした場所なのだから（何せ《山奥の研究施設》だ。笑わせる）、当然と言えば当然なのかもしれない。むしろこの場合、警戒態勢のレヴェルが上がった理由が《玖渚友がやってくるから》でなかったことに安堵《あんど》しておくべきなのだろう。

「ええ。ほら、その名簿の一番上に書いてある名前の人なんですがね」ボードを受け取った方の警備員さんが、もう一度ぼくにボードを渡して、言う。「野郎、堂々とこのゲートから入っていったんです。

よその研究所からのお客さんを装っていましてね。そんなすぐバレるような手段で侵入するなんて、本当ふてぶてしいというのか、図々しいというのか、怖いもの知らずというのか……」

「……それで、その《侵入者》さんはもう捕まったんですか?」

「あ、いえ……、それはまだなんですが……」少し言いにくそうに警備員さんは言う。「しかしご安心下さい。既に研究所内からは逃げ出したようなので、玖渚様方のご迷惑になるようなことはありません。それに、既に警察機関に通報済みでして、逮捕されるのも時間の問題かと思われます」

そうですかそれは安心、とぼくは頷く。侵入者だのスパイだの、それは物騒な話だったが、もう出て行ってくれたのならばぼく達の物語には直接の関係がない。その後警察に捕まろうがどうしようが、知ったことでもない。彼はここにはいない、それだけで十分だった。今の段階でも割とややこしい話なのだから、そんな新登場人物の参加は、遠慮して欲しいところだ。

「このルートをずっと山沿いに登っていきますと、結構な広さの駐車スペースがございます。そこにお車をお停め下さい。所内の人間が駐車場まで迎えに出る手筈になっておりますから、そこから先は彼の先導に従って下さい。駐車場から五分ほどで、研究所に到着します」

「分かりました。どうもご親切に有難うございます」

ぼくは頭を下げる。そして何となく、本当に何となく、渡されたボードの一番上に記されている《侵入者》さんの名前に目をやってみた。勿論侵入者がこんな名簿に本名を書くわけがないだろうから偽名を使ったのだろうけれど、どんな偽名を使ったのか、少しだけぼくの興味を引いたのだ。

と。ぼくの視線は、そこで止まる。

「……この名前」

「あ？　ええ。随分とふざけた名前を使ってるでしょう？　それで怪しいと思ったんですがね……今更言っても仕方がないのでしょうけれど……」と、愚痴るように警備員さんは言う。「……しかしそれにしてもその名前、なんて読むんでしょうな？《れいさきあいしき》ですかね？」

「いえ……零崎愛識《ぜろざきいとしき》だと思いますよ」

言って、ぼくはボードを警備員さんに渡し、「それでは」と車内に戻った。警備員さん達はゲートの方へと走って、門を開く準備を始めている。ぼくはアイドリングストップしていたフィアットのエンジンを、再び作動させる。

「うん？　いーちゃん、何かあったの？　ちょっとご機嫌斜めそうだよ。七十五度くらい」

「いや。滞《とどこお》りなく通行許可を頂いたよ。何も問題はない」ぼくは無表情に答える。「お前が心配するようなことは何もない」

クルマを始動させ、ゲートをくぐる。警備員さんに教えてもらった通り道なりに進んでいると、「さっきの警備員さん達さぁ」と、またも後方から声がした。

「アタシ達を見てなんて思ったのかしらね？」

「……寝てるんだか起きてるんだかはっきりして下さいよ、鈴無さん」

「少なくとも今は起きてるわ。それで十分でしょ。つーか、やっぱこんな場所で寝られるわけがないでしょうよ。そんなことより、どう思う？　いの字。アタシ達、第三者的視点から見て何に、どういう風に見えるのかしらね？」

「さあ。ルパン一味に見えないことは確かですけれど」ぼくは鈴無さんの言わんとすることが読めなかったので、適当に答える。「鈴無さんはどう思うんですか？」

「アタシ？　アタシは一瞬だけどオズの魔法使いを思い出したわ」

「オズの魔法使いですか？」意外な返答だったの

で、ぼくは不思議に首を傾げた。「あれってどんな話でしたっけ？　えっと。確か主役がオズですよね？」

「違うよいーちゃん。何が《確か》だよ、もっともらしく不確かなこと言う癖《くせ》直そうよ」相変わらずポケコンを見たまま、横槍を入れる玖渚。「オズが主役だったりしたら世界観転覆するよ。主役はドロシーちゃんだよ」

「でも赤毛のアンはアンが主役だろ？　トムソーヤの冒険もトムが主役だろ？」

「比較の基準になってないよ」

「じゃ、本当はどんな話なんだよ」

「うん」と、一旦玖渚は頷《うなず》く。「竜巻に巻き込まれて不思議の国オズに飛ばされたドロシーが、案山子《かかし》さんとライオンさんとロボットさんと一緒に旅をするお話だよ」

「桃太郎か？」

「だからオズの魔法使いだって。人の話はちゃんと聞こうよ、いーちゃん」

「聞いてるよ。つまりその四人……人間じゃないのが三人ほど混じってるけど、とにかくその四人で、オズの魔法使いを倒しに行くわけだな。なるほど」

「倒したりしないよ……。ドロシーはお願いに行くんだよ。魔法使いさんに《どうか故郷に帰してください》ってね」

「ふうん。平和な話なんだな。平和というか、呑気《のんき》というか……安穏だね」ぼくは何となくその話に違和感を憶えつつも、適当に相槌た。「だけどドロシーちゃんはそれでいいとして、残りの三人は何しに行くんだ？　団子でも貰ったのか？」

「案山子さん達にもそれぞれ目的があったんだよ。魔法使いに叶《かな》えて欲しいお願いがね。たとえばライオンさんは《勇気が欲しい》とか。案山子さんは《脳味噌が欲しい》とか。それを求めて苦難の旅を続けるお話なの」

「自力本願なんだか他力本願なんだかよく分からな

い連中だな……」と、ぼくは後部座席を振り向いた。「それで、どうしてぼくらがそのドロシーちゃん一行なんですか？　そもそもどういう配役なんですか？」

「さあ……何となく思っただけだから改まって訊かれても困っちゃうけど。ふうん。配役……、配役ね。ま、とりあえずアタシは案山子《スケアクロウ》いただきだわね。賢い脳味噌が欲しいから」鈴無さんは寝そべった姿勢のままで言う。話をするのならば身体を起こせばいいと思うのだが、鈴無さんの中では別の理屈があるらしい。「で、いの字、あんたはロボット」

「ロボットですか」玖渚を見る。「友、ロボットさんは魔法使いに何を求めるんだ？」

特にどういう風なこともなく玖渚は「心だよ」と答えた。再び鈴無さんの方を向くと、鈴無さんはにやにやと嫌らしく笑っていた。なるほど、それが言いたかったわけか。随分と遠回しな説教もあったもんだ、とぼくは呆《あき》れ半分遣《や》る瀬《せ》無さ半分、嘆息した。

「あー、でもそれって何かあれだよね」と、玖渚。「心と脳味噌が違うモノだって考えられてるところが、なんかいいお話だよね。ファンタジーっぽくて、さ」

「ファンタジーなのか？」

「ファンタジーだよ。ファンタジー以外の何だっていうのさ？　だって心っていうのは脳の物理的な活動の結果でしょ？　だから人工知能なんて分野が成立するんじゃない」

まるで分かりきったことを説明するかのように玖渚はそう言った。いや、それは多分玖渚にとっては明白なことなのだろう。あえて何も言う気になれず、ぼくは「そうだな」と同意を示した。

こいつは故郷を求める少女と形容できるのかもしれない、と思いながら。

「………………」

だとすれば。

だとすれば勇なき獅子は、一体どこの誰だと言うのだろう。

3

駐車場にフィアットを停車して、キーを抜く。ガソリン残量を見てみると、なんだか微妙な量だった。山を降りるまでクルマが動くかどうか、疑問なところである。最悪研究所の人達からガソリンを借りることになりそうだが、しかしガソリンなんて置いてあるだろうか。駐車場を見る限り、みいこさんのフィアット以外一台の車体も見当たらない。局員用の駐車場は別にあるのだろうか、下手《へた》すれば帰りは徒歩だな、と思いつつ、ぼくはクルマを降りた。

空を見上げてみると、少しばかり雲行きが怪しい。暗雲立ち込めるというほどではないけれど、それでも明日か、ともすれば今晩辺りにでも一雨きそうな雰囲気である。なんだかぼくらの先行きを暗示しているようで、嫌な感じだった。

明日の天気を言い当てたければ「大体今日と同じ

ような感じだろう」と言えばいい。それが誰の言葉だったかは忘れたけれど、成程、箴言《しんげん》である。だとすれば、このぼくも、昨日やそれを含む今までと同じような感じで、この研究施設を体験することになるのだろうか。それはあまりにも肌寒い予言だった。

「さて……」

警備員さんの話では誰かがここまで迎えにきてくれているはずだが。そう思いながら辺りを見渡すと、東の方向に一つ、人影が見えた。この距離からでは風貌までは見えないが、白衣を着ているところを見ると、彼が迎えにきてくれた研究局員なのだろう。と、向こうもこちらに気付いたらしく、ぼく達のいる場所に向かって歩き出した。

「どーも」

と、ぼくは右手を上げてみたけれど、彼の方は反応してくれなかった。ただ黙々と、こっちに向かって歩いてくる。

身長体格はぼくと同じくらいで、特に高くも特に低くもない平均的な感じ。距離がなくなるに連れて、彼が異様に若い人物なのが分かる。どう見積ってもぼくよりも年下、それも一つ二つ年下というのではなく、もろ十代半ばというような、そんな幼い顔立ちだった。だが、しかしその童顔には酷《ひど》くそぐわない、眼鏡の奥に覗く陰険そうな目つきが、彼の少年っぽさを裏切っている。勿論、世の中にはどう見ても中学生以下の二十七歳メイドさんだっているのだから、その容姿だけで彼の年齢を判ずることはできないけれども。

彼はどんどんとペースを落とすことなく距離を詰めてきて、そして最終的に、ぼくの目と鼻の先、正面ぎりぎりのところで《カツン》と足を止めた。この場合、目と鼻の先という暗喩は決して大袈裟《おおげさ》ではない。彼は本当に、あとほんの少しでも身体を傾けたらぼくと接触するという距離にまで、身体を寄せているのである。それだけでなく、その童顔をぼくの顔面数ミリの位置にまで近付けている。これで相手が男でなかったら誰であろうと間違いなくキスしているぞという、そんな距離にまで。

どうしたらいいのか判断に苦しみそのまま現状を維持していると、彼は匂いでも嗅ぐように鼻を二、三回ひくひくさせてから「ふん」と呟いた。

「お前が《一群《クラスタ》》の玖渚友かよ」

ぞんざいと言うよりもそれは、既に軽蔑の意志すら感じ取れるような語調だった。ただし彼の声は容貌通りに酷く幼い感じだったので、驚きはしたけれど、それほど嫌な印象は受けなかった。

「いや、違うよ。ぼくはただの付き添いくんというか、解説くんというか」ぼくは一歩引いて彼から距離を取ってから答えた。「昔風に言うのならアッシーくんといったところだね」

「ああ？　なんだそりゃ？　聞いてねえぞそんなの。そんなのがいるなんておれは聞いてない。だったら玖渚友はどこにいるんだよ、こら」まるで因縁をつけているかのように、眉《まゆ》を寄せてぼくに詰め寄る。「見当たらねえぞ、どこにも」

「クルマの陰だよ。ほら、そこ」言いつつ、ぼくはフィアットの反対側、ポケコンや各種荷物を手にして今車内から出てきた青髪の娘を指さす。「あそこにいる可愛い女の子が玖渚友だ」

「ああ？　なんだぁ？　玖渚友って女だったのか？　嘘だろ？」

いかにも意外そうに言って、彼は前からフィアットを迂回《うかい》し、今度は玖渚に近付いて行く。玖渚は新種の男の登場に「うに？」と首を傾げていたが、彼に「ふーん」などとじろじろと観察されて、挙句にぺしぺし青髪を叩かれて尚、何の抵抗もしなかった。相も変わらず警戒心のない奴だ。世間では親に殴られたこともないタイプというのがあるらしいが、それに倣《なら》って言うならば玖渚は親に殴られても気付かない奴なのである。

「そんな賢そうには見えねーけどな。ただのちんけな青臭いがきじゃねえか。おいお前、本当にお前《一群《クラスタ》》の玖渚友なのか?」

「本当だよ。僕様ちゃんの名前は玖渚友。誰から見ても玖渚友だよ。さっちゃんに会いに来たんだよ」

「ああ? さっちゃん? 誰のことだよそりゃ……」

くだらねえくだらねえ、と吐き捨てるように言って、彼は彼の身長には少々裾が長過ぎると思われる白衣のポケットに手を突っ込み、すたすたと先を歩き始めた。ついて来いとは言わなかったけれど、それはそういうことなのだろうと思う。

「本当、がきじゃねえか……女でその上がきかよ。あーもう、最低、最低。最低の極致だな」

「ぼくの目から見りゃきみだって十分がきに見えるけどね、大垣志《おおがきし》人《と》くん」

ぴたり。

と、彼……志人くんは脚を止めた。そのままの姿勢で三秒ほど固まり、やがてこちらを振り向き「なんでおれの名前を知ってるんだ?」と言った。

「うん? いや、ああ見えても玖渚は十九歳なんだから、十六歳のきみががき呼ばわりはおかしいと思ってね。女ってのは確かに当たってるけど、少なくともきみに較べれば玖渚はがきじゃない」

「そんなこと訊いてんじゃねえだろうが! 《ああ見えても》だって? 知るかそんなこと!」ばん、と脚を踏み鳴らす志人くん。「どうしておれの名前を知ってるんだってんだよ! それに年齢まで! おれはそんなもんお前らに教えた憶えはないぞ!」

「別に知ってるのはきみの名前だけじゃないさ」ぼくは両手を広げて余裕ぶって答える。「斜道卿《こう》壱郎博士のことも、その秘書宇瀬《うぜ》美幸《みさち》さんのことも、神足雛善《たりひなよし》研究局員のことも根尾古新《ねおふるあら》研究局員のことも春日井春日《かすがいかすが》研究局員のことも、それなりには知っているつもりだよ」

「いーちゃん、一人抜けてるよ。いーちゃんは相変わらず忘れっぽいなあ」と、横から玖渚が言う。

「研究局員さんは博士とさっちゃん以外に四人いるんだから、あと一人」

「ああ……そういえばそうだっけな。そうだったそうだった。うっかりしてた」ぼくは玖渚に頷いてみせる。「そ。あと三好心視《みよしこころみ》さん。これでここにいる人間は全員だったと思うけれど、志人くん、何か質問はあるかい？」

「……何だお前ら？　何なんだお前ら？　どうやってそんなもん調べたんだ？」怪訝《けげん》そうに、それどころか返答次第によってはつかみかかってこんばかりの口調で、志人くんはぼくを睨《にら》みつける。「そういうことはここじゃあ機密になってるはずだぞ。お前らみたいな奴が知ってるわけがねえ。どうやって調べた？」

「さあどうやってだろうね。それは企業秘密だから教えるわけにはいかないよ。ただ、玖渚友について見てくれや上っ面だけで判断してもらったらぼくとしちゃあ困るってことさ。そこの」

ところよろしく頼むよ大垣志人くん、とキザっぽく台詞《せりふ》をまとめようと思っていたのだが、後頭部に強烈な衝撃を受けたため、ぼくの台詞は無理矢理に中断させられた。振り向くと、そこには拳《こぶし》をグーに構えた鈴無さんが聳《そび》え立っていた。振り向いたぼくの額《ひたい》に、今度はでこぴんを食らわす。綺麗に入ったので、割かし痛かった。鈴無さん、いつの間にかクルマから降りてきていたらしい。

「何をやってるのよあんたは。ったくもう、自分の手柄でもないことをそんな自慢げに」鈴無さんはいかにも寝起きっぽい、不機嫌そうな感じの声で言う。「そんなことして楽しいわけ？　年下の子供を苛《いじ》めてくれちゃって。見損なっただわ」

そして更にぼくの頬を軽く叩いて、鈴無さんはその上でぼくの頭を半ば強引に押さえつけた。それから志人くんを向いて「悪かったわね」と言った。

「この子、玖渚ちゃんのこととなると少しムキになる悪い癖があるのよ。悪気のある馬鹿だけど許してやって頂戴な。本人もこの通り反省していることだし。今晩あたりアタシの方からキツく説教しとくし、この場では取りあえず勘弁してやって」

殴られて弾かれてはたかれて、この上説教までされるのか、ぼくは。

「……ああ……いや、いやいや……」無理矢理にぼくの頭を下げさせる鈴無さんに、志人くんは少し引いたように、判断しかねるようにしながら答える。

「そりゃ別に、まあ、なんだ、おれは構わないけどよ……」

「それはよかった、一安心」と、ようやく鈴無さんはぼくを解放してくれた。「それじゃ、早くその研究施設とやらに案内してもらおうかしら。身体中という身体中が痛んできしんでもう大変なのよ。アタシはこの二人の保護者の鈴無音々。よろしくお願いするわ」

「……おれは大垣志人だ。ここで卿壱郎博士の助手をやってる……よろしくお願いしてやるよ」

鈴無さんに向かってぶっきらぼうにそう名乗って、志人くんは再び歩き始めた。ぼくらは今度こそその後ろをついていく。駐車場の北にある、狭い並木道を通って山を登るらしかった。そんなに険しい道でもなさそうだが、しかしだからといって平坦な道であるわけもないので、ぼくは玖渚の荷物を引き受けた。

荷物を肩にかけたときの衝撃で、後頭部に刺激がずきりと走る。ふむ、さすがはブラックアウト鈴無、一切の手加減もなく殴ってくれたらしい。ひょっとすると後部骨にひびくらい入っているかもしれない。とは言えさっきの件に関しては間違いなくぼくの態度に問題があったので、とても文句を言う気にはなれない。

それに鈴無さんの言う通りだった。ちょっと玖渚が侮辱《ぶじょく》された程度のことで、あそこまでムキになることはない。分かっている。それに当の玖渚はと言うと、そんなことを毛ほども気にしていないのである。今だって、見てみれば並木道の両脇を彩《いろど》る杉の木を、普段は引きこもりの玖渚にしてみれば珍しい光景なのだろう、何となく面白そうに眺めているだけで、何も気に病んでいる風もない。それなのにぼくが気分を害したり怒ったりするのは、順逆の理に反するというものだ。

「確かに肝心のところで心が狭い……参ったね」

とりあえず反省しておくことにしよう。ぼくは玖渚に向かって「悪かったな」と謝った。玖渚は何を謝られたのかも分からないらしく、「うに？」と首を傾げただけで、それすらも一瞬のこと、再び杉並木に心を奪われたご様子だった。鈴無さんはそんなぼくを、《やれやれ》とでもいわんばかりの表情で見ていたが、ぼくがその視線に気付くと、帽子を深くかぶって自分の目を隠した。

「おいお前」

と。

二メートルほど前を斥候《せっこう》のように無言で進んでいた志人くんが、突然ぼくを呼んだ。

「お前、ちょっと来い」

「お前呼ばわりはやめて欲しいな……一応ぼくもきみよりは年上なんだからさ……、十九歳」

「うっせえよ。そんなのどうでもいいんだよ。年功序列なんかここじゃ通じてねーんだからよ。歳なんか関係なくて、純粋に頭のいい奴が偉いんだ。おれはお前なんかよりずっと頭がいいんだから、むしろお前の方がおれに敬語を使え」

「…………」何だか志人くんって簡単そうな奴だなあ、と思いつつ、ぼくは志人くんのそばに寄っていった。「何か用？　質問でもあるのかい？」

「ああ、質問だ……」と、志人くんは小さな声で訊いてきた。「あのでかくて黒いのは男なのか？　女なのか？」

「…………」ぼくはちょっとだけ鈴無さんを振り返って、すぐに志人くんに顔を戻し、つられて小声で返した。「……一応、女性って設定だけど」

「そっか。やっぱそうだったか。安心した」納得するように頷く志人くん。「でかいな。ありゃ何センチあるんだ？」

「百八十九センチ。でも十六歳の頃からもう計ってないらしいから、もしかしたら今はそれ以上かもね。けどまあ百八十五センチを越えたら身長なんてどうでもいいよね。十センチほどわけて欲しいもんだよ」

「……すげえな。なんか」志人くんは素直に感心したようだった。「バレーかバスケでもやってたのか？　それともどっかの血が混じってるのか？　外人でもあんなのそうはいねえと思うけどよ」

「純血種の日本人らしいんだけどね……、A型だからじゃないかな？」

「……は。……ったく、見間違いようがないな。あれだきゃあ」

嘆息《たんそく》するように志人くんは天を仰いだ。

ぼく個人としては、鈴無さんは全体的にすらっとした細身だし、そんなに男っぽい風貌や顔立ちであるとは全然思わないけれど、しかしまあ確かに、あの長身に黒ずくめの全身、それに目深にかぶった帽子とくれば、ぱっと見で性別を判ずるのは難しいかもしれない。鈴無さんの言葉遣いは露骨に女性的だが、しかし最近は誰がどんな言葉を使うのか分からないご時世だし。別に誰のことだとは言わないけれど、たとえば滅茶苦茶《めちゃくちゃ》乱暴な口調の雄々しい絶世の美人だって、世の中にはいるのだから。

「あれだ」

と、志人くんは前方を指差した。

「あの壁の向こうが研究所になってる」

「へえ……」

言われた方向に視線をやると、山林の向こう側に、ともすれば景観を台無しにしてしまいかねない、無骨な雰囲気のコンクリートの壁が見えた。ぐるっと円を描くかのように連なっていて、その辺りだけ山が欠けたようになっている。この距離から見ても異常なまでに高い壁で、それはなんだか一流学者の研究所と言うよりも、別のものを連想させる。そう、あえて言うならば。

「なんか、刑務所みたいだな……」

「刑務所？　そりゃ違うな。センスねーよ、お前」

志人くんが、やや誇らしげな調子で言った。「あれは要塞さ。難攻不落の要塞だ。さしずめありゃあ城壁ってところだな」

「城壁ね……」

確かにこの足場の悪い山中、攻めるに難《かた》く守りに易《やす》そうな地形《フォーメーション》ではある。しかしそこまでして守らなければならないものが、あの研究施設内にはあるというのだろうか。それに、志人くんが何と言ったところで、ぼくにはやはりあれが監獄の壁に見えてならない。外から中への侵入を拒むのではなく、まるで中から外への脱出を阻むかのような……。

「まるで《終局の結界》って有様だな……そう言えば、志人くん。警備員さんに、昨日か一昨日か、この研究施設に侵入者があったって聞いたけど」

「ああ。そういや、そうらしいな。おれはよく知らないけどよ。遠目に後ろ姿を見ただけだ」ちょっとせせら笑うような、意地の悪そうな表情を志人くんは浮かべた。「それにしても本当、ばかな野郎だよ。結局何も盗れずにほうほうの体《てい》で逃走しちまったってんだから。ここのセキュリティを甘く見るなっての」

「でも侵入はされたんだろう？」

「侵入まではな。そりゃ認めるさ」ふん、と志人くんは肩を竦《すく》める。「だけどその先は許さねえ。そういう風なシステムになってんのさ。ま、そいつも懲《こ》りただろうから、二度とこないだろうよ。そもそも徒手空拳《としゅくうけん》で泥棒に入ろうなんて、そういう神経の方を疑うよ」

「徒手空拳？」

ああ、素手《すで》のことか。随分と古風な表現だが、しかしまあ《侵入者》さんは正門玄関から威風堂々と侵入を果たしたわけで、必然警備員さんのボディチェックを受けたのだろうから、そういうことになるだろう。それは確かに志人くんの言う通りにとんでもないばかな野郎なのか、あるいは、志人くんが言うのとは逆にとんでもない自信家なのか、どちらかだろう。

自信家でなければ、あるいは確信犯なのか。

「あん？　どうした？」志人くんが、急に黙り込んだぼくに対して、不審そうに顔を歪める。「なんなんだお前？　その侵入者ってのが気になるのか？もしかしてその侵入者の野郎と知り合いだったりするのか？」

「そんなわけないだろう。いくらなんでもそんなご都合主義な展開、あるわけがないじゃないか。どっからそんなあったぼこしゅもない発想が出てくるんだ？」

「冗談だよ。何ムキになってんだよ、十九歳」

「悪かったね、十六歳」

とても十九歳と十六歳との会話とは思えない応酬だった。ふん、と息をついて、志人くんはまた無言に戻る。ひょっとすると《あったぼこしゅもない》の意味を考えているのかもしれない。ぼくも実はよく知らずに使った日本語なので《それはどういう意味だ？》と訊かれると困るのだが。

しかし、志人くんは随分とその侵入者さんに対して辛く当たるけれど（被害者側なのだから当たり前と言えば当たり前だが）、結果が失敗に終わったところで、実際にこのような研究施設に対して侵入を果たしたというだけでも大したものだろうとぼくは思う。もしも侵入者さんが素手でなかったら、あるいは——。

ぼくは右胸に手を当てる。正確には、Tシャツの上に羽織ったサマージャケットの胸ポケット部分に手を当てたのであって、更に正鵠《せいこく》を期すならば、その裏側に隠してある薄手のナイフの位置を確認するために、その部分に手を当てたのである。

さっきのゲートで、別にぼくは警備員さん達に嘘をついたわけではない。今ぼくのジャケットの左ポケットには確かにハサミが入っている。ついでに言えば背負っているリュックサックの中には缶きりも入っているし、玖渚の好物である熊の缶詰も入っている。とにかく、だからぼくは嘘を言ったわけではない。ナイフを持っていないとは、一言も言った憶えがないのだから。でももしかし、この場合、やっぱりぼくは嘘つきのそしりをまぬがれることはできないのだろう。

このナイフは一週間ほど前、今回の旅行の準備をしているときに知り合いの請負人から頂いた物である。《知り合いの請負人》というのは我ながら実に嘘臭い響きだが、それが真実なのだから仕方がない。ホルスターがセットになっていて、そのホルスターはジャケットの下に仕込んだら一見してそれと分からないような、簡素な仕組みのものだった。勿論ボディチェックを受ければすぐにばれてしまうような仕掛けだけれど、警備員さん達は玖渚友ご一行様に向かってそんなことはしないだろうとぼくは踏んでいた。それは五分五分よりもやや悪い読みだったけれど、とにかく的中したようだった。

「そうは見えないだろうけど、そのナイフとんでもなく切れ味がいいから、できれば人間相手には向けるなよ」と、請負人——哀川《あいかわ》さんは言っていた。「ブラック・ジャックのメスくらいには切れるからな——壁でも彫るとき使ってくれ」

哀川さんのその心遣いは非常に有難いものではあったけれど、しかし、これでは焼け石に水もいいところかもしれない。その侵入者さんならまだしも、このぼくがナイフ一本（と、ハサミと缶きりか？）手にしたところで、それはあまり意味がないような気がする。少なくともこのナイフ一本であの城壁を突破しようなど、それは無理な相談と言うものだ。顎《あご》で背中をかくようなものである。

「悲喜交々《ひきこもごも》に戯言《ざれごと》だよなぁ……」

この場合戯言という単語は、ナイフ一本であの城壁に立ち向かおうという愚考のことを指しているのではない。玖渚に向かって《今回ぼくは力になるつもりはない》と堂々と宣誓しておきながら、心の内では玖渚の目的達成に協力するつもりが満々の自分自身、ぼくそのものこそが戯言なのだ。本当、ぼくには主体性というものがないのだろうか。自分で自分に呆れてしまう。

「ねえ、志人くん」

「うん？　何だ？」

「兎吊木……垓輔さんって、どんな奴だ？」

「兎吊木ぃ？」志人くんは露骨に嫌そうな、突然に猫の死体でも見せられたかのような表情を浮かべた。「兎吊木かぁ？」

「そう。兎吊木垓輔さん」

「……変態だよ」吐き捨てるように言って、志人くんは二歩ほど進んでぼくに背中を向ける。正確には背中を向けたのではなく、顔をそむけたと言うべきなのだろう。「変態さ。あの人は徹頭徹尾究極絶無の変態だ。あんな野郎についてそれ以外にどんな言葉が言えるってんだ？」

そしてずかずかと、不機嫌そうな足取りで先に進んでいく。ぼくはとてもそれ以上追及する気になれず、黙ってその背中を見送った。できれば兎吊木に関する客観的な事前知識をもう少し仕入れておきたかったのだが、ふむ、諦めた方がよさそうだ。少なくとも志人くんが兎吊木のことを好意的に見ていないということが分かっただけでも収穫としておこう。

「…………」

本当に知りたかったのは、その兎吊木垓輔は全体、玖渚友のことをどう思っているのかということだったのだけれど。

道がやや険しくなってきた——というより、山道の勾配《こうばい》が少し急になってきたので、ぼくは足を止め、玖渚を待った。そして玖渚の手を引くような形で、坂道を進む。

「成程ね……こりゃ確かに自然の要塞だ。いや、城砦というべきかな。それも間違いなくとびっきり性質の悪い奴。昔を思い出すよ、不本意ながら」

「道順をよく憶えてないと帰りとか迷子になりそうだね。いーちゃん、気をつけてね。絶対一人で行動しないこと。いーちゃん海馬《かいば》がスポンジなんだから。うに、こんな山で遭難したら本当、潤《じゅん》ちゃんでもない限り生きて帰れないよ。野生動物に襲われちゃうんだよ。だから僕様ちゃんから離れないこと。いいね？」

「心得ておくよ。心得ておきますともさ。しかし、確かに本当、熊か猪でも出そうな感じだな……」

「いの字。そう言えば猪が豚から進化した生物だってのは本当なの？」

「そんなわけないじゃないですか。誰に聞いたんですかそんなデマ」

「浅野だわよ。養豚場から逃げ出した豚が野生化したのが猪なんだって。ちなみに浅野の奴はいの字から聞いたって言ってたけど」

「あう」

「いーちゃんの嘘つきー。音々ちゃん、本当はね、猪から豚になったんだよ。逆なの。でも進化って言うより、人間が人為的に家畜化させたんだけどね。フナと金魚みたいな感じ。だから豚って割と強いんだよね。元が猪だから、うん、人間一人と豚一匹なら、多分豚が勝つよ。最近は対人兵器仕様《ヴァージョン》の豚もいるらしいしね」

「ふうん。人為的にね……。じゃあ猿を人為的に人間にすることもできるわけ？」

「それはできないと思うけど……」

「人間を猿にするのは簡単そうですけどね」

「それに音々ちゃん、猿と人間は全然別な生き物だよ。共通の祖先がいるってだけで、猿が直接人間になったわけじゃないよ。そんなことがあったら生態系がひっくり返るよ」

「そうなの。ふうん。あおちゃんといるとお勉強になるだわね。本当、教えられるだわよ。ところでいの字、じゃあペンギンは渡り鳥で北極と南極の間を九月頃に行き来していて北の空を見れば飛行中の様子を日本からでも眺めることができるっていうのも嘘なんじゃないでしょうね」

「騙《だま》される方が悪い嘘もあると思いますよ」

「おいお前らだまれ。着いたぞ」

志人くんが言ったので、その方向を見ると、既にそこは城壁際だった。角度がきつかったので今まで目に入らなかったようだが、こうして近くで見ると益々《ますます》もって無骨な、そしてそれ以上に不気味な雰囲気を醸《かも》し出している。築後数年も経過していないのだろう、それほど汚れているような印象もなく、むしろ真新しいような印象すら受け、それが逆に不自然で気持ち悪い。志人くんの隣に、どう見ても鋼鉄製の、必要以上に頑強そうな絶縁扉があった。どうやらそこが内部への通用門らしい。

志人くんはその絶縁扉を叩いて、やや演出過剰気味に不敵に笑《え》んだ。

「ようこそ皆様方。堕落三昧《マッドデモン》斜道卿壱郎研究施設へ、いらっしゃいませ」

一日目（2）——罰と罰

0

ゴキブリ並の生命力？
丸めた新聞で叩いたら死ぬってことか？

1

堕落三昧斜道卿壱郎研究施設――正式名称は斜道卿壱郎数理論理学術置換ＡＬＳ研究機関という長ったらしいものらしい――は総計八つの建造物から成り立っている。

高い壁に囲まれた、決して広大過ぎるとはいえないスペース内に八つの建造物が犇《ひし》めき合っているのだから、上から見ればやや窮屈そうな印象は否めないだろうけれど、中に入って体感する分には整然とした、如何《いか》にも研究所めいた印象を受ける。別に郷愁をくすぐられたわけではないけれど、その様子にぼくは少しだけ思い出すものがあった。

サイコロのような感じの建物が、壁の内側に入ったところで一、二、三――四つまで見えた。サイコロのような、と表現したのは、別にその建物が立方体に近かったからではない。それらの建造物には窓が一つもなく、ゆえに一見するとそれが本当にビルディングとしての建物なのかどうか、判断に苦しんだのである。建物と言うよりは前衛芸術のそれに近い。そう言えばゲームアプリケーションや何かを開発するような会社施設はセキュリティ保護のために窓のない建物の中で開発を進めるという話を聞いたことがあったけれど、ここもそうなのだろうか。だとすれば、重ね重ね用心深いことである。《侵入者》さんが何もできずに去っていったというのも納得できる話だった。

志人くんは先へ先へ歩いていって、四つ見えていた内の一番大きな、サイコロの総大将みたいな建物の玄関口へと近付いていき、「ちょっと待ってろ」と、白衣のポケットからカードキーを取り出して、それをカードリーダへと通した。更にカードリーダの真横に設置されていた数字キーに十数桁の番号《コード》を打ち込む。てっきりぼくはそれで扉が開くのだろうと思ったけれど、そうではなかった。

「お名前をお願いします」

と、どうやらカードリーダのすぐ上にあったらしい、目にもとまらないほど小さなスピーカーから、そんな、如何にも合成っぽい音声が聞こえてきたのである。ゲートの警備のアナクロさからは想像もつかないハイテクシステムだった。

「大垣志人だ。ＩＤはikwe9f2ma444」

「音声、網膜《もうまく》ともに認識いたしました。しばらくお待ちください」

そして合成音声の言う通りにしばらく待っていると、さながら自動ドアのように（という表現がそのまんまだと言うのならば《まるで魔法のように》）、分厚い絶縁扉が横向きに開いた。志人くんは「ふん」と言って、その向こう側に脚を踏み入れ、こっちを振り向く。

「早く入れ。すぐにしまっちまうぞ」

言われるままに建物内に入るぼく、玖渚、そして鈴無さん。新築の病院のような白い廊下が、扉の中には続いていた。志人くんはぼくらを先導するように歩きながら言う。

「ここは第一棟、つまり卿壱郎博士の住居を兼ねた総合的な中枢研究棟だと思ってくれりゃいい。それ以上の説明は面倒くさいからしねーぞ。とりあえずあんたらには今から博士に挨拶《あいさつ》してもらうからな？くれぐれも失礼のないようにしてくれよ」

悪態は相変わらずだったが、しかし志人くん、自分の職務にはそれなりに忠実なようだった。雑ながらもしっかりと案内をしてくれている。

「博士は四階でお待ちだ。ほれ、エレベータに乗るぞ」言いながら、エレベータの呼び出しボタンを押す志人くん。「あまりきょろきょろするな。うっとうしい」

「そりゃ失礼。ところで志人くん」

「なんだ？」

「随分と厳重なんだね。入り口のセキュリティ。それに、窓がないこととい」

ああ、と志人くんは頷く。

「こんなもん一流の研究施設としちゃあ当然の設備ってもんだ。どこにネズミが潜んでるかとも知れないんだからな。一応忠告しとくけど、お前らも勝手に建物の外に出たりするなよ。いっぺん一人で外に出たら、もう自力じゃ戻れなくなるからな」

「ふうん……」

「ま、こりゃ余計な忠告だけどよ」

エレベータに乗り込んで、四階に移動する。窓がないので一体この建物、研究第一棟が何階建てなのかは分からないけれど、大体の勘で判断する限り、その四階というのが最上階なのだろうと思う。廊下に出て、「そこで待ってろ」と、志人くんは喫煙ルームのような場所を指で示した。

「おれは博士に報告してくるから。すぐに呼びに戻って来るから、あまりリラックスするんじゃねえぞ」

言って志人くんは廊下を駆けるようにして行った。どこの世界にお客様に向かって「それほどくつろがないように休んでください」などという指示を出す案内人がいるのだろうか、とかなんとか思いつつ、ぼくは喫煙ルームのソファに腰掛けた。玖渚がぼくの隣に座って、鈴無さんが正面に座る。鈴無さんは上着の隠しポケットから煙草を取り出し、口にくわえてジッポで火をつける。

「……ああ、やっと吸えただわ」恍惚《こうこつ》の表情で、鈴無さんは紫煙を吐く。「本当、浅野の奴は……、車内で煙草を吸うなってうるさいんだから」

「そりゃヤニの匂いがつきますからね。仕方ないっ

「建物のことだけじゃなくてさ」鈴無さんは右手の指先で煙草をくるくる回しつつ、台詞を続ける。「案外人間の方もまともだったわ。普通の人っていうのかな。気張って損しちゃっただわ」

「普通？」ぼくは首を傾げる。「普通って、志人くんがですか？　そうは思いませんでしたけど……大体、十六歳の研究助手がいるってこと自体、普通の研究機関からしてみれば普通じゃない話ですよ」

「もっと変なの想像してたのよ、アタシは」鈴無さんはおかしそうに笑みながら言う。「プログラミング言語で喋ったりするとか……、いきなりマッドでデッドな薬品ぶっかけてくるとか……、白衣の下は全裸だとか……、そういうの想像してたもんだから」

「そりゃ随分と想像力豊かですね……」

どうやら鈴無さん、学者や研究者や科学者という職種の人間を相当色の濃い眼鏡《めがね》でもって見ているようだった。そんな観点から見れば、確かに志人くんちゃ仕方ないですよ」

「まあね……ここも禁煙だったらどうしようかと思ったけれど。よかったよかった。それにしても、もっとヘンテコな場所だと思ってたけど、勿論場所とそれを囲む壁はその通りヘンテコだったけど、中身は存外まともだわね。大学の構内みたい」

「基本的には似たようなもんですからね……。しかし豪奢《ごうしゃ》な話ですよ、こんなどでかい建物を、一人で使ってるなんて」四畳半のアパートで下宿生活を送っているぼくにしてみれば、それは本音から羨《うらや》ましい話だった。「あ、いや……、ここを使ってるのは三人だっけ」

「そうだよ」頷く玖渚。「志人くんと美幸ちゃんと博士とで、三人。他の研究棟は、一人一棟ってことになってるけどね」

「そっか」頷くぼく。本当に、相も変わらず頼りにならない記憶力だった。「ま、それにしたって豪勢な話には変わりがないけどな」

もまともな部類に入るというものだろう。先入観を持って人を判断するのはよくないというが、それがあまりに酷《ひど》い偏見だった場合はかえってよい結果に繋がることもあるということか。いや、そんな教訓にするような話ではない。

「ところで友。この辺で少し真面目な会話をしようぜ。お前これからどうするつもりだ？　ここまでは順調に来たみたいだけど、言ったらここまでなんてアプリケーションを立ち上げただけみたいなもんだろ？　とりあえずハングアップはしなかったけど、こっから先はどう鍵盤叩くつもりなんだ？」

「うに。うにに。ま、種々考えてはいるんだけどねー」と、ちょっと玖渚は天井を仰ぐようにした。

「そうだね。まず博士と会って、ちょっとお話をしよう。色々な問題はまずは後回しに、まずさっちゃんと面会させてもらうの」

「そいつがいるのは第七棟だっけ」

「そ。別に希望的観測ってわけじゃないけど、面会までならなんとかなると思うよ。一応僕様ちゃんとしても、切り札《ワイルドカード》はそこそこ用意してるつもりだし」

「切り札《ワイルドカード》ね……」

ぼくは言葉を鸚鵡《おうむ》返しにしながら、その言葉から連想できる某請負人のことを思った。人類最強の赤い請負人。自信の塊《かたまり》であり、そして確実にその自信以上のものを持っている、卓越者とも超絶者とも表現しうる、正に万能の手札《ワイルドカード》。変装好きで漫画好き、悪戯《いたずら》大好きという困った人格ではあるものの、味方に回してあれほど頼りになる人もいない。

「友。今回の件って哀川さんに手伝ってもらえば、もっと楽だったんじゃないのか？」

「うーん。でも自分のことは自分でしなきゃ。身内の問題であまり人に迷惑をかけるのはよくないよ」

「あの人はそれが仕事なんだと思うけどな……」

そんな話をしていると、宣言通りに本当にすぐ、志人くんは戻ってきた。「博士がお会いになるそうだ」と、ぼくらを急がせる。鈴無さんはまだ半分も吸ってない煙草を灰皿に押し付けるはめになり、少しだけ残念そうだった。ぼくはみいこさんから「鈴無になるべくニコチンを摂取させないように」と特命を受けているので、志人くんに《鈴無さんが煙草を吸い終わるまで待ってくれ》とは言わなかった。それに言ったところでどうせ、志人くんはきいちゃくれないだろう。

「こっちだ。急げよ」

　志人くんは言いながら幅の広い廊下を歩き、一番奥の一室、その扉の前で足を止める。ノブに手をかけたところで顔だけ振り向き再度、「失礼のないようにしろよ」と言った。

「特にお前だ」ぼくを名指す志人くん。「おれの個人的な見解だがお前はかなり変な奴だ。だからお前は一言も喋るな」

「言いにくいことをはっきり言ってくれるね。分かってるよ……別に邪魔はしない。順逆は弁《わきま》えてる」

　ぼくは肩をすくめつつ答え、玖渚を窺う。玖渚は特に緊張した風も気負ってる風もない、いつもと同じような、楽天的な感じの表情だった。度を越して楽しそうというわけではないけれど、しかし、《堕落三昧《マッドデモン》》卿壱郎との邂逅《かいこう》に対して何も思うところはないらしい。それはそうなのだろう。玖渚が邂逅を望んでいるのはあくまでも、研究施設第七棟にいるのであろう、兎吊木垓輔なのだから。

　ぼくはため息をついた。

「姿勢を正せよ。それじゃあ……」と、志人くん。「失礼します、博士」

　そして扉は開かれた。

　志人くんを先頭に、ぼくらは部屋の中へと入る。廊下からの連想で印象的に病室のような室内を予測していたのだが、そんなことは全然なく、中央に円卓を置いた、ごく普通の応接室のような部屋だった。そしてそのテーブルの向こう側に彼は——斜道卿壱郎博士は座っていた。

　御歳六十三歳というから、もっと老人めいた人物を想定していたのだが、ぼくのその予想は小気味いいまでに裏切られた。さすがに総白髪《しらが》になってはいるものの、髪の量はふさふさとしていて、全然減っていない。肌も瑞々《みずみず》しいとは言わないまでも、まだ活力が漲《みなぎ》っているように見える。その外観から考えて五十代、否、四十代と言い張っても十分に通用するのではないかとぼくには思えた。そして何よりも、こちらを見つめるその眼差しが、表情が、まるっきり老人のそれではなかった。研究者と言うよりもそれは、辣腕《らつわん》凄腕《すごうで》の政治家を想起させる。老獪《ろうかい》、老練、そんな言葉が次々と連想される。

斜道卿壱郎。

威圧されるに十分な、気圧《けお》されるに十二分な、重厚な雰囲気が室内を満たしていた。

「ふふ」

老人は笑った。

「久し振りだな——七年振りかな？　七年振りになるのかな、玖渚のお嬢さん」

しわがれた声だった。しかし、決して力なくはない。上から下へ、静かに呼びかけるような、落ち着いた感じの声。ありふれた言い方が許されるなら、それは人の上に立つ者の声だった。

「髪型を変えたのだね。そっちの方が子供らしくていいよ、玖渚のお嬢さん。七年前よりもずっと子供らしい」

「それはどうも」玖渚は卿壱郎博士の声に応じた。

「ほめてくれてありがとう。ここまで大層な歓迎を受けてまことに重畳だよ、博士」

「は。何やら皮肉の混じった言い方だな」

「そう聞こえた？　別段、そんなつもりはなかったんだけどね」玖渚は肩を竦める。「ま、そう聞こえたんなら、そうなのかもしれないね」

博士の後ろには、一人、小柄な女性が立っていた。襟首までのボブカット、眼鏡の奥からこちらを事務的な視線で——もっと言うのならば冷徹そのものの視線で——見つめている、スーツ姿の女性。白衣を着ていないということは、彼女は研究局員ではないのだろう。

となると、彼女が卿壱郎博士の秘書だという、宇瀬美幸さんか。

志人くんがぼくらから離れて、その美幸さんの隣へと移動した。そして美幸さんに何事か囁《ささや》き、それから博士に向けても同じようにした。博士は志人くんの言葉に二、三回頷いて、それから再度、こちらを見た。

「さて――くくく、何せ七年振りの邂逅だ」そして博士は玖渚に向かう。「もっとも七年などという年月、俺にしてみれば全然大したことはないが、まだ二十歳にもなっていない玖渚のお嬢さんからすれば結構な歳月だろう。積もる話もいろいろとあるだろうが、残念ながら俺にはあまり時間がない。忙しい身なもんでな」

「積もる話？　博士相手に積もる話なんか何もないと思うけどね。それに忙しいのはお互い様だよ。そっちが忙しいのは確かだろうけどこっちもこっちで色々とやらなきゃならない仕事があるんだからさ」

「そうかいそうかい。そいつはご同慶の至りだよ、玖渚のお嬢さん。俺の世界じゃ生産性のないことは仕事とは言わないのだがね、まあ子供は遊ぶのが仕事みたいなものだからな」

「遊ぶのが仕事っていうんなら、それもお互い様でしょ。生産性がないのもお互い様。相変わらず博士って機械論説やってるわけなの？　やってるんだとしたら本当、ご苦労様だよね。余分と無駄が多過ぎるよ。細部に対して手間をかけ過ぎなんじゃないかな？」

「あんたには分からないさ、玖渚のお嬢さん。あんたには俺のことなど何も分からないな」

「だろうね。そう思うよ。それは博士が正しいね。確かに分からないもの」

玖渚はうんうんと、二回頷いた。その様子におかしなところはないけれども、しかしそれだからこそ、何か違和感があった。ぼくの知っている玖渚の受け答えでは、これはない気がする。おかしくない受け答えなど、玖渚がするわけがない。

「人工知能——というよりも人工生命についての可能性はもう捨てちゃったの？　博士。風の噂でそう聞いたけど」

「捨てちゃあいない。俺は何も捨てたりせんさ。ただ思ったよりも簡単そうなのでな、遠回りをして地盤を固めておくことにしただけだ。俺は価値ある完全品しか創り上げたくはないのでね」韜晦《とうかい》するように唇を歪《ゆが》める卿壱郎博士。実に底意地の悪そうな表情だった。「遊びでやってるつもりはないんだよ、俺は。俺は道楽でやってる芸術家じゃない。一人の科学者が人生と魂をかけている仕事に口を挟むべきではないな、玖渚のお嬢さん」

「勿論そんなつもりはないよ。博士のやることに口を出そうだなんてね。絶望的に意味がなさ過ぎる」繰り返し、肩を竦《すく》める玖渚。


　そんな態度も、やはりぼくの知っている玖渚友とは、どこかそぐわない気がした。どこがどうと問われると答えられないのだろうけれど、しかし、正体の分からない不安感が、徐々にぼくの心の内から湧いて来る。そんなものを感じている場合ではないことは分かっているので、ぼくは少し首を振って、そんな思いを振り払った。こんなときはひかりさんのことでも思い出そう。ひかりさんは可愛いなあ。今頃何をしていることだろう。

「ところで玖渚のお嬢さん」と、卿壱郎博士は話題を変える。「ご祖父殿は健在でいらっしゃるかな？」

「——さあ」返答を少しためらうようにする玖渚だった。「意地悪だね、博士。その質問は意地悪だよ。知ってるはずでしょ？　あれから絶縁されたってことはさ。そういうことに関しちゃ、ちゃんと連絡入ってるはずだものね」

「おっと、そう言えばそうだったか。悪かったな、何せこの歳なものでね。物忘れが激しくていけない」博士はおかしそうに矍鑠《かくしゃく》と笑った。「歳はとりたくないものだというが、ありゃあ本当だな」

「ふうん、そうなんだ。そんなんじゃ研究がおぼつかないんじゃないの？」

「心配は無用。年端もいかん子供に心配されるいわれはないよ。衰えたのは記憶力だけだからな。今は俺の代わりに記憶してくれるメディアが腐るほどある。思考力さえ無事ならばあんたのご祖父殿のご期待に添うことはできるよ、玖渚のお嬢さん」

実に皮肉めいた物の言い方だった。実に嫌味めいた物の言い方だった。その物の言い方から判断して、博士が玖渚の来訪を歓迎していないことは確実だった。対する玖渚の返答も似たようなもので、この受け答えを聞いて、そこから友好的な雰囲気を感じ取れる人間なんて皆無だろう。

そう。卿壱郎博士にとって《玖渚友》などは、比較的どうでもいい存在なのだった。今だって一応は客人対応をとってはいるものの、それはカタチの上だけでの行為に過ぎない。玖渚にとって重要なのが斜道卿壱郎ではなく兎吊木垓輔であるように、卿壱郎博士にとって重要なのは玖渚の祖父――というよりはこの場合、玖渚の家であって、玖渚本人ではないのだ。

玖渚本家――玖渚機関については説明に言葉を要しない。日本における数少ない財閥家系の一つ――否、財閥家系の最上モデルと言えばそれだけで正解なのだから。関連事業や傘下企業、合わせて二万千二百にのぼる、否、実質上はその数字すらをも遥かに超える、複合企業の背景的存在。ごく普通の一般的生活を送っている限りにおいて、自分がその影に入っていることに気付かないほどに巨大な存在であり、世界中に影響力を持つ、ほとんど妖怪的な血族である。

そしてそれは、この研究所のパトロンでもある。たとえばメディチ家のようなものを想定してもらえれば、この場合この構図にぴったりとはまるのだろうけれど、要するに玖渚本家はこういった個人主体の研究施設やその他芸術方面、専門技能方面への出資を惜しまない——むしろ超積極的にそれらの活動へと資金を費やしているのである。《堕落三昧《マッドデモン》》とまで評された斜道卿壱郎が曲がりなりにも、山の奥の奥とはいっても、至極まともに、堂々と研究所を構えて、こうして研究活動を続けていられるのは、そういった玖渚本家のバックアップがあってこそのことなのである。勿論玖渚機関にしたって、伊達《だて》や酔狂の種類で、ましてただの親切心などでそんな出資をしているのではなく、たとえばこの研究所が上げた成果や業績を玖渚機関の指定する企業に先買権《アドバンス》を与えるように取り計らうこと、たとえばロイヤリティの操作、その他色々その他諸々《もろもろ》、利潤《りじゅん》は返ってくる仕組みになっている。ならばパトロンと言うよりも投資家と表現するのがより正鵠《せいこく》を射ているのかもしれない。《堕落三昧《マッドデモン》》に投資する投資家など、どうかき集めたところで相当数には及ばないだろうから、その意味では玖渚本家はハイローラーだと言えるが、しかし、だからこそ。

　だからこそ、こうして《玖渚友とその一行》はこの施設内に、脚を踏み入れることができたのである。いくら絶縁されているとは言っても玖渚友は玖渚本家直系血族の孫娘、無下になどできるわけもない。その要求を突っぱねることなど、卿壱郎博士には不可能だったのである。

　だからこれは、今の状況は、言ってみれば玖渚が権力を盾に横車を押したカタチになっている。そう考えれば博士の嫌味たっぷりの態度にも、志人くんの不機嫌そうな態度にも、納得がいこうというものだった。無茶を通しているのはこちら側なのだ。

「…………」

　あくまでも、それは現在の状況だけで言うならばの話だが。

「ところで、そっちの青年は全体誰だね？」

　博士が、突然、矛先をぼくへと向けた。露骨に疑問そうな視線をぼくに向けて、あまつさえ指までさして、ぼくを示す。

「てっきり玖渚のお嬢さんは、お兄さんと一緒においでになると思っていたが。玖渚のお嬢さんの知的所有権代理人《エージェント》はお兄さん以外にはあり得ないと思い込んでいたよ。そんな数寄者《すきもの》が彼の他にも有在だったとはまさしく驚天動地だ。ふうん？　見ない顔だな。どこの名士の息子だ？　それともお嬢さんと同じ技術者《エンジニア》か何かかな？　とてもそうは見えないが《一群《クラスタ》》の一人なのかな？」

「違うよ。いーちゃんはお友達だよ」玖渚は何ともなく答える。「直くんは世界で三番目に忙しい身体だからね、こんなところまで足を伸ばす暇はないんだってさ。でも、博士によろしくって言ってたよ。《妹が何か粗相《そそう》をするかもしれませんが、その責任は全て私が取りますのでどうかひらにご容赦をください》だってさ」

「それは、それは……ははは」博士は、ここではじめて、ただ単純に面白いというように声を上げて笑った。「どうやら彼も彼で健在なようだな。玖渚直、然《ぜん》として変わらず、その調子なわけか……。ふふん。こんな愉快な心持は久し振りだ。本当に久し振りだよ、玖渚のお嬢さん」

老人は子供のようにそう喜んで、それから態度を一変、「さて」と言った。

「それじゃあ真剣な話に入ろうか。お互いそろそろ限界だろう。ではそれにあたって——」

と、博士はぼくの方に再び視線を向ける。その圧力のある視線に、ぼくは内心たじろいでしまっていたが、しかしそんなことは表情には出さなかった。多分成功したと思う。しかしぼくのその小さな成功は博士にとって特に意味のないものだったらしく、博士はそのまま台詞を続けた。

「お友達には席を外してもらおうか。何せこれは重要な話だからね」

「……ぼくのことを言っているんですか？」

「そう聞こえなかったかな？　若人《わこうど》」くく、と笑いを漏らすご老人。「いい目をしているなあ、若人、実にいい目だ。うちの志人と、どっこいどっこいと言ったところか。本当にいい目をしている」

その言葉に、博士の後ろに美幸さんと並んで立っていた志人くんが、一瞬怪訝《けげん》そうに表情を歪める。ぼくを睨むようにして、だけどそれも一時のことで、すぐに取り直し、ぼくから目を逸らした。

「だがこれは何分専門分野のお話だ。特に間違った要求をしているとは思わんがね。さあ、席を外してもらえるかな？」

「それは……でも」

「博士の言う通りだわよ、いの字」

ぽん、と後ろから、鈴無さんがぼくの肩に手を置いた。振り向くと、鈴無さんはぼくの方を見てはおらず、その鋭い目線は博士に向かっていた。にやにやと、まるで状況を楽しんでいるかのような鈴無さんの表情だったが、この人の場合この手の表情は作り笑顔で、逆にポーカーフェイスとして使用することの方が多いことを、ぼくは知っている。本当に楽しいとき、鈴無さんは笑ったりしないのだ。

「いの字は未成年なんだから、それにいの字は部外者なんだから、加えていの字は専門外なんだから、──だから難しい大人のお話に首を突っ込んだりしちゃいけないわ。そういうことでしょう？　博士《ドクター》」

「……確かにそういうことだが」博士は鈴無さんを警戒するように見る。「あんたは誰だ？」

「アタシの名前は鈴無音々。鈴の無い音の繰り返し。この二人の保護者だわよ」

言って鈴無さんは、玖渚の背を押して、それから半ば強引に椅子に座らせ、そして自分はその隣へと腰掛けた。いや、それは《腰掛ける》なんて慇懃《いんぎん》な表現が当てはまる座り方ではなかった。椅子を腰で踏みつけたとでも、あるいは椅子を蹂躙征服したとでも表現してやっと半分と言うべき、実に豪胆な座り方だった。

そして不敵な表情を博士に向ける。

「勿論アタシは保護者なんだから、お話には立ち会わせてもらいますけど。問題ないでしょう？　博士《ドクター》」唇の端を吊り上げ、更に悪意めいた表情を作る鈴無さん。「何も問題はない。恐怖にふるえるほど何も問題はありません。いえいえむしろいいことずくめだわね。何せいの字同様玖渚ちゃんも未成年であらせられる。博士のような大人物との交渉を、まさか未成年が保護者なしで執行するわけにはいかないわ。だからこのアタシが立ち会うことは当然。学識ある博士殿でしたら、名誉ある博士殿でしたら、そして何より玖渚友のご友人の博士殿でしたら、この程度のことはとっくの昔に考えていて言うまでもなく、だから勿論アタシの同席を許してくださるはずだと思いますけれど」

「…………」

さすがはバイオレンス音々。嫌われ者憎まれ役を演じさせたら右に出るものはいない。背格好も手伝って正に天下一品、随一の悪役《ヒール》だ。外見で迫力に欠けるぼくではとてもこうはいかない。

博士は——それに対して、愉快そうに笑った。

「ははは……、確かにその通りだな、鈴無さん」何度も頷くようにしながら、博士は言う。「確かにあんたの言う通りだ。あんたは正しい……、正しいよ。うん、構わんよ、同席してもらって。好きなだけ同席するがいい。ただしそっちの若人は、どこかで一人で小一時間ほど時間を潰していてもらうことになるがね」

「そう。それでいいわね？」鈴無さんはぼくを振り向いて、ウインクしてみせる。「それでいいわよね？　いの字」

「そうさせてもらいますよ。どうせそんなところでしょうからね」ぼくは了解の意を示すように両手を広げてみせて、それから玖渚に声をかける。「友。じゃ、ぼく、さっきの喫煙ルームにいるから」

「うん」玖渚はぼくを振り向いて、にっこりと無邪気げに笑った。「分かったんだよ、いーちゃん。すぐに行くから、迷子にならずに待っててね」

その言葉に、その笑顔に、ぼくは安堵する。

うん、ぼくの知っている玖渚友だ。

「よし。それじゃあ志人くん、一緒に外で待ってようか」

「おう、分かった、じゃその辺案内してやるよ……ってなんでだよ！」志人くんは怒鳴った。「さりげなくおれを友達みたいに誘ってんじゃねえ！」

冗談だよ、と言って、ぼくは鈴無さんにあとを任せ、その応接室から外へと出た。

2

哲学の時間です。

さて、そもそも人間の心というのはどういうものなのだろうか。たとえばフロイトだか誰だかは心を意識と無意識に分類したけれど、それはわざわざ分類する必要があるものだったのだろうか。無意識的な心がなかったとして、あるいは有意識的な心がなくて全てが無意識領域の思考だったとして、このぼくにどんな不都合が生じるだろうか。

玖渚は心を脳の物理的な活動の結果だと言った。それは多分、正解なのだろう。それを全否定してしまうほどに、ぼくは現代生理学を侮《あなど》ってはいない。ただ、心という概念を脳が一枚岩《いちまいいわ》となって活動している、ただのニューロンとシナプスによる電気反応に過ぎないとするのなら、それは機械と変わらないではないかという反対意見が理解できないわけでははなく、むしろ心情的にはそちらに近い。が、その場合にしたって状況は似たようなものであって、《機械と人間とを同じものだと考えて、全体どのような不都合が生じるのか》と思わないわけにはいかない。

完全な論理《ロジツク》と整然な理論《プログラム》によって人間活動と人間行動の全てが説明できたとして、あるいはそれとそっくりの模造品を作り出せたとして、それの何が悪いというのだろう。《悪》などという言葉をそこに適用する理由がどこにあるというのだ？　チェスプレイヤーは何も人間である必要はない。ハノイの塔を完成させたのが機械のルーチンワークの結果であったところで、誰も困りやしないのだ。有機物の塊《かたまり》を無機物の集まりで表現する行為は褒《ほ》められるものでこそあれ責められるべきものではない。それが神様に対する冒瀆《ぼうとく》であり反逆だと言う向きもあるだろうが、生命を創り出す行為を何も神様だけの特権にとどめておく道理なんてどこにもない。大体、猪を改造して豚にするのと、人工的に生命の複製品や模造品を製造するのと、その間にどれほどの差異があるというのだろう？

倫理的な観点から見れば自動車の発明だって余計なものでしかなかったじゃないか。

とにかく、今日《こんにち》プログラムやアプリケーションで人の心を再現するのは、理屈の上では可能だというのは既に常識になっているらしい。いや、もうほとんど完成し終わっていると言ってもいい。外見上は人間とほとんど区別のつかないような人工生命体、古めかしい言い方をするのならばアンドロイドというものも、実用段階秒読み前だとか、なんとか。コストの折り合いさえつけば科学にできないことなんて今や何もないのだ。

そういうものだろうとは思う。

たとえばこうやって益体《やくたい》のないことを思考し続けているぼくの脳髄の中にしたって、言ってみれば零と唯がぐるぐるとブールしているだけに過ぎない。

それをプログラミング言語で機械語で、テキスト表現することは、時間さえかければ可能なのである。ここで言いたいのはそれがよいとか悪いとか、虚しいとかつまらないとか、そういうことではない。

　そういうように、究極には文章で表現できるものなのに、どうしてぼくはこうも迷い続けているのだろうかということだ。文章なら簡単なことのはずじゃないか。どこか遠い位置から、それこそ神様がおわします天空の城からでも眺め降ろしたら、ぼくの思考なんてものは本当に分かり切った戯言にしか過ぎない。それはロマンチックな想像などでは決してなく、ファンタジックな幻想などでは決してなく、ただ歴然とした事実なのだ。それでもぼくがわけの分からない、そして意味のない、無為なことばかり、矛盾したことばかりやっているのは、それはつまり神様が人間に関して何かミスをしたというよりは、ただ単にプログラムがクラッジなだけなのではないだろうか？　最初の最初から失敗してしまっている、存在自体が間違った文法が、ぼくの脳髄には刻まれているのではないだろうか？

　だとすれば。

　そんなプログラムを模倣《コピー》して一体どうしようというのか。そんな不細工な心《テキスト》を毎日のように量産している脳髄《ソフト》に、一体どの程度の意味があるのだろう。勘違いをしでかしてばかり、間違いをしでかしてばかり、そんな人間《アプリケーション》を作成して、二千年も四千年も六千年もかけて、結局のところ何一つ、一歩として進化も学習もしていない生物物体《デバイス》を模造《ペースト》して、一体どうしようというのだろう。

　そんなものを実際に作り出したところで、それは鏡の向こうに自分の姿を見るようなものなのではないだろうか。鏡面の向こう側、水面《みなも》の向こう側を覗くような、そんな詮《せん》のない行為ではないのだろうか。突き詰めるまでもなく、本当に、それは——それは。

「えーと。それは……なんなんだろう」

しばらく考えたけれど、続きの言葉は出てこなかった。それから更に一分ほど考え続けてみたけれど、どうもうまくない。この辺が今日の戯言遣いの限界なのかもしれない。やれやれ、とぼくは思索を放棄して、ソファの背凭《せもた》れに体重を預け、天井を仰いだ。

「うーん……。無理矢理に真面目《まじめ》っぽいことを考えるのは大変だな」

折角《せっかく》こういう研究施設に来ているのだからそれっぽいこと（人工知能だとか人工生命だとか、そういうこと）について考察してみようかと思ったのだけれど、やはりなれないことはするものではない、この調子だとどうやらろくな結論に至りそうになかった。やはり思索というものは、先に結論をおいておかなければまとまりようもないのだと、今学習した。帰納法なんてのはそんな簡単なものじゃない。

喫煙ルーム。

応接室を追い出されて、既に三十分が経過している。鈴無さんも玖渚も、それどころか卿壱郎博士も志人くんも美幸さんも、部屋から出てくる様子はない。この調子だとあとしばらくは時間がかかりそうだった。

「蚊帳《かや》の外、か……」

呟く。

まあ、そんなところだろう。別に何の感想もない。特にぼく自身、その蚊帳の中に入りたいと思っているわけではないのだから。除《の》け者にされることには慣れているし、客観的に言って、玖渚は鈴無さんに預けておく方がずっと安全なのだから。少なくとも、ぼくのような危うい奴がそばにいるよりは、そちらの方が良策なのは明白である。

分かっている。

分かってはいるんだ。

ソファの前のテーブル、その上の灰皿を見る。鈴無さんがねじり消した煙草が一本だけ、そこには残っていた。随分とタールの重そうな銘柄である。女性でこんなものを吸っているのは、鈴無さんの他にはぼくは知らない。まあ、鈴無さんは肺葉が強そうだし、ぼくが心配するようなことではないのだろう。少なくともあの人は肺ガンでは死ぬまい。

「……そう言えば鈴無さん、お酒は駄目な人だったよな……」

煙草が吸えてお酒が駄目とは珍しいな、と思ったけれど、考えてみればそんなことは全然関係がないことなのかもしれない。片や呼吸器で片や肝臓だ、全く別系統の内臓器官である。並べて考えるような問題ではない。だけれど、鈴無さんの親友であるみいこさんは、お酒についてはザルだけれど煙草のケムリは全く駄目というのだから、その対極さにはやはり何らかの関連性、因果関係があるような気がしてしまう。いや、こういう論理もどこかおかしいか。

「暇だな……、宮本武蔵の物真似しながらロボットダンスでもしようかな……」

自分でもわけが分からないと思うようなことを独白したそのとき、ふと、どこかからモーターの作動音のようなものが聞こえてきた。それは段々と近付いてきているようで、徐々に音が大きくなっていく。まるで昔はやったミニ四駆やRCカーが動作しているような感じの、チープな感じの稼動音だったけれど、はて、この音は一体——

音の発生源を探してみるかとソファから腰を浮かしかけたそのとき、ぼくの右足に、正にその音の発生源が衝突した。それは、ぼくの身長の四分の一くらいの大きさの鉄の塊だった。より正確に言うならば鉄でできた円柱のような物体で、底部には車輪と、それにモップのようなものが付随している。中途半端に腰を浮かせた姿勢のぼくの右ふくらはぎに、しつこく、しつこくしつこく衝突してくる。

「——？」

何だろう、これは。

ぼくの脳髄の中のキャビネットに、こんな珍奇なものを表現する固有名詞は保管されていないけれど。うぃんうぃんと、まるで漫画のような擬音を発しながら動作しているところを見ると、何らかの機械であることだけは確かなようだけれど、しかし一向その目的が判断できない。

ぼくはとりあえず、上から押さえつけてみる。するとぴたりと、その謎の物体は動きを止めた。何となく方向を逆向きにしてみてから手を離してみると、その物体、向けられた方向へ向かって駆動音を響かせながら、走っていってしまった。

「……？　……何だあれ……？」

「お掃除ロボットだよ」

謎の物体Xを不思議な気分でもって見送っていると、今度は反対側から、人間の声がした。振り向くと、五メートルほど離れた廊下の向こうに、志人くんや博士と同じような白衣を着た人間が二人、立っていた。

一人は髪が異様に長く、それは既に腰の域にまで達している。しかも綺麗に伸ばしているのではなく、何か物の本に出てくる妖怪のような、手入れなんか一度もしたことがない、整髪料なんて一度も使ったことがないといわないばかりの、汚らしい長髪だった。その恐るべき髪の毛に隠されて表情はほとんど窺《うかが》えなかったけれど、隙間からかすかに覗くその口周りに濃いひげが生えていることから、男性だと分かる。

もう一人は、対照的にさっぱりとした髪型だった。ただしさっぱりしているのは髪型だけであって、体格はというとかなり肥満している。白衣が随分と窮屈《きゅうくつ》そうに見え、引き締まった健康的な肉体とはとても言いがたい。かと言って見苦しい風貌かと言えばそういうわけでもなく、なんと言うのか、変に小綺麗にしているとでもいうのか、外国の白黒映画に出てくる貴族のような印象だ。

みいこさんと鈴無さんじゃないけれど、これもまた対極的な二人だな、と思いつつ、二人に近付いていって、ぼくは「なんですか？」と言った。

「えーと。何かおっしゃりました？」

「いやいやいや、別に」肥満さんが大袈裟っぽい仕草で手を振った。「不思議そうにながめてたからねえ。教えてあげようかと親切心を出しただけさあ。あれはお掃除用ロボット。つまり業務用メイドロボってわけさ、ははっ。いやいや笑っちゃいけないかな？　大垣くんが遊びで開発したものなんだけどねえ」

志人くんが作ったのか。そりゃ大したもんだと思って、もう一度廊下の先を振り向いてみたけれど、既にそこに物体Xの姿はなかった。どうやら廊下の角を折れたらしい。

「レーダーと探知機でゴミや汚れの位置を察知して、自動的にそこに向かう仕組みになってるらしいけどねえ……、ほら、うちの研究所ってカツカツなわけよ、誰かさんが際限なくお金使うから」そこでちらりと、肥満さんは長髪さんを皮肉げに窺うようにした。「掃除屋さんとか雇う余裕がなくて、大垣くんはそれを憂いてアレ作って、うん、事実役には立ってるんだけど……、うん、感心な少年じゃないか、今時にすりゃあ。ただね。あのロボ、人間とゴミとの区別がつかないところが玉に瑕《きず》なんだ」

「駄目駄目じゃないですか」

さっきぼくにぶつかってきたのはそういう理由だったのか。ゴミと同列かよ、ぼく。

「人間とゴミなんて区別する必要ないだろう」酷く低い、小さな、そして暗い声で、長髪さんが呟いた。「そんなの、区別するまでもなく、似たようなもんなんだから」

それが肥満さんと同じように皮肉めいた言い方だったのなら、ぼくの方にもまだ対処のしようもあったのだが、しかしごく普通のリズムでそんなことをおっしゃられてしまっては、受け手としては返しようがない。「ええ、全くその通りですね」と同意してしまっては、自分がゴミや汚れだと認めてしまったことになる。

「はっははは、こいつは随分ひどいことを言いますなあ、相変わらず」肥満さんが闊達《かったつ》に笑って、長髪さんを揶揄《やゆ》するように言った。「見てくださいよ、彼氏、驚いちゃってるじゃないですか。彼の気持ちを損ねたりしたら大変なんですぜえ？」

そしてぼくに視線をやる肥満さん。

「何せこちら、かの有名な玖渚家のお孫さん、その恋人どのであらせられる。恋人ですぜえ？　ラブラブなんですぜえ？　俺達みたいな木っ端《こっぱ》研究局員なんて、指先一つで弾き飛ばせる御《おん》お方《かた》でいらっしゃるんですからなあ」

「……えっと」

「おっとこれはこれは失礼いたしました。自己紹介が遅れまして」肥満さんはにやにやと、如何《いか》にも冗談半分げに胸の前に腕をやり、身体を二つに折った。「ワタクシ、ここで研究局員をやらせていただいており、いやしくも第五棟を任せられております、根尾古新と申します」

「……はあ」

ぼくは曖昧に頷いた。頷きながら、この人、肥満さんが根尾さんならば、と思考し、長髪さんに目をやる。長髪さんはぼくの視線に気付いたらしく（こっちからじゃ彼の瞳は髪に隠れて見えないのだけれど、向こうからは見えるらしい）、

「神足雛善だ」

と、短く言った。

「よろしく、恋人さん」

「はあ……」ぼくはまたも曖昧に頷く。

神足とは、京都じゃ普通にある名前だが、全国的には《珍しすぎて逆に有名》系の名字だ。ひょっとすると神足さん、出身は京都なのかもしれない。

「どうも、まあ、よろしくお願いします」

あまりにギャップのあり過ぎる二人組なため、そしてそれぞれが奇矯《ききょう》なインパクトを持つ二人組なために、自分のテンションをどう持っていけばいいの

かが判断できない。根尾さんについていくためにはテンションを高めなければならないだろうし、かといってそれでは神足さんに合わせづらい。ハイテンションとローテンションの板ばさみだけれど、しかし別にそんなことで悩まなくてもいい気がしてきた。無理をしてまでこんな人達の相手をする必要はない。ぼくは「それじゃ」とだけ言って、喫煙ルームに戻る。

「おいおいおいおいおいおい、つれないことを言うなよ、つれないこと言わないでくれよ、寂しいなあ」言って肥満さん……じゃなくて（考えてみれば失礼かもしれない呼称だった）、根尾さんが追ってきて、断りもなくぼくの正面のソファに座った。「暇なんだろ？　だったらちょっとお話ししようぜ、有名人くん」

「……別に暇じゃないですけど」

「脳髄だの人工知能だの心だの、怪しいことをぶつぶつ呟いている奴が暇でないわけがない」静かにそう言って、神足さんも根尾さんの隣に座った。「まして宮本武蔵の物真似でロボットダンスをしようという人間が忙しいなんて僕には思えない」

「…………」

ふうむ。嫌な独り言を聞かれてしまっている。どうやら随分と前から観察されていたらしい。考えに没頭すると周囲に気がいかなくなるのは、ぼくの悪い癖だった。それでなくともここは敵地（——多分そう表現していいのだろう）の真っ只中、油断するのは愚劣というもの。こんなところで油断していい存在など、それこそ赤い請負人の他にはいやしないだろう。ぼくはちょっとだけ反省しておくことにした。

それにしても、よりによって《有名人》と来たか。多少の予想はしていたけれど、こちらが向こうさんのことを《ちぃくん》の力を借りて調べ上げてきたのと同様、向こうさんもこちらのことを調査済みということらしい。さっき卿壱郎博士がいかにもぼくや鈴無さんのことを知らないように振舞ったり、てっきり直さんが来ると思っていたようなことを言ってたりしてたのは、やはり演技だったというわけだ。

それで行くと、志人くんがぼくと鈴無さんのことを知らなかったのは、その装いを強化するための伏線だったというのだろうか。敵を騙《だま》すにはまず味方からというけれども、ふん、成程、さすがは《堕落《マッド》三昧《デモン》》、なかなかどうして、老練ではないか。ぼくは応接室の方に目をやって、少しだけあの老人に感心した。味方を騙す——意外と難しいんだよね、それって。

「——それで？　お二人さん、何かぼくにお話でもあるんですか？」

「いやあ。改めてそう言われると困っちゃいますよねえ？　ねえ、神足さん」

「…………」

神足さんは完全なる無言で根尾さんに応じる。

「おやおや、こちらもお冷たいことで。俺はロンリーで寂しいですよ」しかし根尾さんは一向悪びれる様子もない。口元には余裕たっぷりの笑みが漂っている。再びぼくに向き直って、「じゃあ、そうだな。俺が一方的に話をするってのはどうだい？」と言ってくる。

「どんな話をですか？」

「どんな話が聞きたい？」にやにやと、肉の大量についた頬を揺らす根尾さん。「きみの望む話をしてあげるよ。きみの望むお話をね」

「…………」

「ん？　何？　何だい？　警戒してるのかな、しちゃってるのかな、ひょっとして？」

「警戒なんてしてませんよ」ぼくは平静に答える。

「する理由がありません。ぼくはただ単に、よく喋る男の人は信用しないことにしてるだけです。顔で笑って心でせせら笑ってる感じの人って、何か企んでそうですからね。何か企んでる人は苦手です」

「きついね、どうも」ぱしり、と自分で自分の額を叩く根尾さん。いちいち動作が大袈裟な人だ。演技過剰とも言える。「でも信用できるできないは別にして、聞きたい話はあるんじゃないのかい？　たとえば兎吊木さんの話とか」

「…………………」

「ん？　どうしたよ。聞きたいんだろう？　兎吊木垓輔の話をよ」

　兎吊木垓輔。

　反応しないつもりだったけれど、ぼくはその名前に、少しだけ肩を動かしてしまった。そして根尾さんにとってはそれで十分肯定の合図になったらしく「よっし分かった」と、大仰《おおぎょう》に手を叩いた。

「そうだよなあ。きみ達って兎吊木さんに会いに来たんだもんなあ。そりゃ兎吊木さんの話聞きたくって当然か。当然当然大当然。いやあ、兎吊木さん、ありゃすごい人材だぜ。いや、人材というよりも逸材だな。あの人は……」

「変態だ」

　根尾さんの台詞を、神足さんが断定的に遮《さえぎ》った。神足さんを見ると、いや、見ても髪に隠れてその表情はちっとも窺えないのだけれど、さっきとまるで変わらない調子で、つまり他人を非難するとか嘲罵するという雰囲気ではなく、それがごく当たり前のような態度だった。

「あれは変態だ。間違いなく」

「……そうですか」

　頷くしかない。

　そう言えば志人くんも異口同音に兎吊木のことをそう評していたか。しかし、同じ敷地内で生活を共にする同僚のことを《変態》とは、随分と穏当さを欠いている。確かにここは所長が《堕落三昧《マッドデモン》》などと称される、尋常外に化外《けがい》の地ではあるけれども、しかしだからこそ、そんな場所ですらもそんな扱いを受ける兎吊木《害悪細菌《グリーングリーングリーン》》垓輔、それは一体全体どんな存在なのだろうか？

そろそろぼくの想像を絶してきた。

「変態は酷いですなあ、神足さん。変態はいくらなんでも酷い。ものにゃ言いようってもんがあるでしょうが」根尾さんはばしばしと、無反応の神足さんの肩を叩く。「確かにちょっと変わっちゃいるかもしれないですがね。何せここに来てから、あの第七棟から一歩も出てこないってんだから。頭が下がるよ。ま、別に博士みたいな研究馬鹿ってわけでもないんだろうけど——」

「出てこない、ですか」

それは閉じ込められているの間違いじゃないんですか？　とでも切り返そうかと思ったけれど、自粛しておいた。ここで、こんなところで根尾さんをやり込めたところで何の意味もないし、そもそも根尾さんをやり込められるとも思えない。はっきり言って、ぼくはこういう饒舌《じようぜつ》タイプ、しかも芝居がかった道化性質の男が大の鬼門だった。どこかの闇突を相手にしていた方がまだマシな感じだ。

「そうそう、兎吊木さんと言えば面白いエピソードがあってだな」ぽん、とわざとらしく、今思い出したかのように手を打って、根尾さんは言った。「あれは半年くらい前の話だ。二頭の猪がだな——」

「何を話しやがっているんですか、根尾さん」

またも根尾さんの話は中途で遮られた。今度の犯人は神足さんではなく、声のした方を見ると、そこには志人くんが表情険しく、ぼくら三人を見下ろすような形で立っていた。志人くんの後ろには鈴無さんの姿が見える。ならば、体躯が小さいのでその姿は見えないけれど、きっとその後ろに玖渚もいることだろう。

「やあ、大垣くん」

にやにやと笑いながら、わざとらしい感じで根尾さんは片手を敬礼風にあげた。

「お役目ご苦労様だねえ」

「あなたは全くお役目ご苦労様じゃないようですね、根尾さん」志人くんはやや語調を強めて、怒ったように言う。「何を話してたんですか？　今こいつに、何を言おうとしていたんですか？」

　こいつ呼ばわりだった。

「別にい。大したことじゃないよ。大したことなんかじゃないさ。全然何も、俺は喋ってなんかない。俺は無口キャラだからね。ちょこっと挨拶しただけだよ、ほんのちょこっとだけ。ねえ神足さん？　そうですよねえ？」

「僕は知らん」

　神足さんは短く冷たくそう言って、そして席を立つ。志人くんの横を過ぎて、廊下の奥の方、多分博士のいる応接室に向かって歩いていった。

「おいおい。本当参ったなあ。俺にどうしろっていうんだよ、もう。ちょっと待ってくださいよお」神足さんに続くように、根尾さんもその巨体をソファから浮かす。「ったく……せっかちだなあ、神足さんは。おっと、それじゃあ少年、今回はこれで。俺はよく施設内を徘徊《はいかい》してっから、また出くわすこともあるだろうさ。そのときはまたお話ししようぜ。今度はじっくりとな」

　そして今度は、志人くんを無視するような形で、鈴無さんと玖渚の二人に一礼する。

「やあやあ、どうも美しいお嬢様がた。ごゆっくりお楽しみください、《堕落《マッド》三昧《デモン》》斜道卿壱郎研究施設をね」

　床が頭につくんじゃないかというくらいに低頭して、そして身体を起こし不敵っぽく「ふふっ」などと笑って、それから再度ぼくに向いて「じゃ、またな」と言い、根尾さんは神足さんの後を追った。

「……いの字。なんなのあれは？」鈴無さんが心底不思議そうに言った。「美しいお嬢様なんて呼ばれたの、アタシ、久し振りだわよ」

「僕様ちゃんも」玖渚も呆れたように、根尾さんの背中を目で追っていた。「あれは一体どういう誰なのかな？　いーちゃん」

「根尾古新さんだよ……、その前の髪の毛が本体みたいな人が神足さん。神足雛善さんだ」

しかし《じゃ、またな》と言ったか。それは次の機会を前提としたものの言い方だった。確かにエンカウント率の高そうな相手ではあったけれど、しかし、そうだとしたら我ながら余計なフラグを立ててしまったものである。

「ふん」志人くんが忌々《いまいま》しげにため息をついた。「全く、軽率な人達だな……。こんな奴と会話を交わすだなんて。こんな奴相手に口をきくなんて、この施設の研究局員としては愚昧《ぐまい》としか言い表しようがない」

おや。何かぼく、ひどいこと言われてますか？

なおもぶつぶつ聞こえよがしの独白を続ける志人くんを無視して、その後ろの鈴無さんに「首尾は如何です？」と質問した。ううむ、根尾さんの大袈裟な物言いが移ってしまっている。鈴無さんも同じようにあてられたのか、ぼくを抱きとめんばかりに大きく両手を広げて、「ポジティブだわよ」と大袈裟な仕草で応じた。

「細工は流々ってところかしらね。とりあえずの取り急ぎ、兎吊木垓輔氏との面会が許可されただわ」

「そういうことだよ、いーちゃん」玖渚が青い髪を揺らしながら言う。「今から志人ちゃんに案内してもらうんだよ」

「志人ちゃん言うな！」志人くんが独白をやめて、きっとこっちを振り向いた。「お前らちょっとなれなれしいぞ！　博士の知り合いだかなんだか知らねえが、おれに親しげにするんじゃねえ！」

「でも考えてみれば確かに志人ちゃんだよな」ぼくはもっともらしく頷く。「十九歳の人間には十六歳の人間をちゃん付けで呼ばなければならない義務がある」

「そんなもんあるか！　お前らふざけてんのか？　ふざけてんのかよお前ら！　あん⁉」志人くんはぼくに向けて怒鳴る。「いい加減にしとけよ！　それとも遠回しにおれをばかにしてんのか⁉」

「遠回りしてるつもりはないけれど、しかしこればっかりは決定事項だからな……、志人ちゃんの気持ちも分かるけれど、ぼくの一存でどうにかなることじゃない」

「志人ちゃん、どうしても嫌だったらしとしとぴっちゃんにするんだよ」

「するな！　お前ら次になめたこと言ったらおれは本気で怒るぞ！」

「分かったよ、志人ちゃん」

「了解したんだよ、志人ちゃん」

そこまで言ったところで、玖渚ともども鈴無さんに殴られた。

3

意外だったのは、研究棟を出るとき——即《すなわ》ち建物から外に出るために玄関口を通り抜けるときにも、例のカードキーと数字キーの暗証番号、それに音声と網膜《もうまく》確認、それらが必要だということだった。入るときならず出るときまでもそうも厳重なプロセスを踏まなければならないとは、重ね重ねにもう一つ重ねて、全くもって堅牢なことだ。棟内に入るとき、志人くんが「勝手に出るんじゃない」みたいなことを言っていたけれど、それはそもそも不可能なことだったらしい。

「第七棟はこっちだ」と、志人くんは相変わらずぶっきらぼうに言いながら先を歩く。「ったく——どうしておれがこんな奴らを……こんなのどう考えてもおれの仕事じゃねーだろうが」

少し離れてその後ろを歩く、玖渚友と、ぼく。鈴無さんは「ちょっと建物の中を見せてもらうわ。探偵、探偵」と言って、まだ第一棟の中を徘徊している。あの人はあの人で鈴無さん、好奇心の強い人なので、これをいい機会に見ておきたいものもあるのだろう。美幸さんの案内を受けているということである。美幸さんはそれなりの美人だったけれど少女という感じではなかったので、まあヤバいことにはなるまい。

「それにしても、友」ぼくは隣の玖渚に話しかける。「一体卿壱郎博士とどんな話をしたんだ？ 随分と早く面会がかなったじゃないか。こういうこと言うとまた悲観的とか後ろ向きとか言われそうだけど、ぼくはてっきり博士が何やらごねるんじゃないかと思ってたよ」

「そうだね。うん、その通りだよ。僕様ちゃんにしてみりゃ一応は一応予想通りなんだけど、こういう予想通りは気味が悪いや」玖渚はさきほど鈴無さんに殴られた後頭部をさすりながら、ぼくに応える。

「多分自信があるんだろうね」

「自信？」

「そ。さっちゃんに対する自信だね。本当、そういう人なんだよね……本当、ますます突き詰めちゃったんだな、博士。色々あったし仕方ないといえば仕方ないんだけどさ。研究者――じゃなくて、あれは学者としての性《さが》だね。性って言うより、もう業《ごう》って言った方がいいのかもしれないけどさ」

少し残念そうな、まるで何か大事なものが失われていくのを惜しむような感じで、玖渚は言った。ぼくはそんな玖渚に対してはかける言葉を知らなかったので、気まずげに目を逸らして、「そういえば」と話を変える。

「こんな山奥にどうやって電気引いてるんだ？ ちゃんと電線走ってるのか？ 水道とかガスとか。電話線はあるにしてもさ」

「さあ。ねえ、どうなの志人ちゃん？」

玖渚が志人くんに声をかける。志人くんはその呼び名に対しては諦めたようで、不満そうな顔をしたもののそれについては何も言わず、「はん」とくだらなそうに笑った。

「それはこれだよ」と、隣にあった建物に手をかける。「八割までは自家発電だ。研究だり実験だり結構な電力消費するから、一応電気とかは通ってるけど、足りねー分は自力で補わざるを得ないわけさ」

「ふうん。じゃ、この建物――」

「第六棟だ」

「第六棟の中身は発電所ってわけか。研究用の施設じゃないなら何かと思ってたけど、ふうん――」と、見上げてみる。一見、さっきまでいた第一棟や他の建造物と同様に見える――窓もなにもない――けれども。「まさか原子炉が中に詰まってるってんじゃないだろうな」

「そんな危ないもん作るわけねえだろ、ぼけ」志人くんはぼくの不安を一蹴《いっしゅう》する。「水素発電だよ、水素発電」

「水素発電って何だい?」

「水素使って発電するんだよ。聞きゃわかるだろ、そんなこと」

滅茶苦茶雑い説明だったが、しかしそれ以上の説明する気はないらしく、志人くんは前に向き直った。《水素発電》を行っているらしい建物と、杉林との間をのんびりとしたペースで歩き続ける。兎吊木のいる第七棟は、どうやらこの第六棟の向こう側にあるらしい。数字が一番新しいということは、第七棟は一番最後に建てられたということなのだろうか。

「しっかし随分と建物同士が隣接してるんだな……」ぼくは研究棟の配置図を思い出しながら、志人くんにとも玖渚にともなく呟く。「こういうのって、地震とか火事とかのとき、危険なんじゃないのか?」

「うにゅん」玖渚がもっともらしく第一棟と第六棟を見比べて、頷く。「そうだね。土地の造成上の問題だと思うけれど。山肌だから建築法とかいろいろあるんだよ。もっともこれは直くんからの受け売りなんだけどさ。だけどもこの程度、東京とかよりはマシくない？」

「ま、そうだろうけどな。でもお前、確か東京なんて行ったこともなければ見たこともないだろ」

「いーちゃんもないよね」

「でもぼくはヒューストンに行ったことがあるぜ」

「何の自慢にもならないね」

その通りだった。

なんとなく空を見上げてみると、雲行きはさっきよりもずっと悪くなっている。まだまだ夕方だというのに日の光は一筋として差さず、それどころか既に夜のように暗い。いっそ不気味と比喩してしまっても構わないような、鴉色の雲が天空を支配していた。

——と。

どすん、と玖渚がぼくの背中にぶつかった。

「あう、ごめん、いーちゃん」

「いや、別にいい」ぼくは横によけて、玖渚に道を開ける。「ぼくもぼうっとしてた。ちょっと空見てたから」

「うん？　あ、そうだね。天気悪いね。一雨きそうな感じ。ねえ、志人ちゃん？」

「……なんだ」志人くんが、疑問文なのに語尾を上げずに訊き返す。「もしかするとおれを呼んだか」

「うん。ここって標高何メートルくらいなの？　雲よりは低いみたいだけど」

「知らねえよ」はあ、とため息のようなものをつく志人くん。人のことは言えないが、若い癖にえらく苦労人ぽいため息である。「知ってるわけねえだろ、そんなこと」

「自分の住んでるとこなのに？」

「だったらお前は自分の住んでるとこの標高を知ってるのかよ？」

うに、と玖渚は腕組みをした。志人くんは再びため息をついて、のそのそと前に進む。うん、どうやら志人くんにも玖渚がどうにも度し難い人間であるということがわかったようだった。玖渚相手にムキになればなった分だけ自分が一人で疲れるだけなのだ。

「どうしたのいーちゃん？　早く行こうよ」

「ああ。そうだな」

頷いて、ぼくはさりげなく後ろを窺ってから、玖渚の後を追った。背後は杉林になっていて、そこには誰の姿も認められなかった。

「………」

勿論ぼくは、空を見ていたから玖渚とぶつかったのではない。そこまで熱中して雨雲を見つめるほどに、ぼくは風流人ではないのである。曇っている空を見ても「ああ、曇ってるなあ。実に曇っている」以上のことは思わない。そうではなく、ぼくが急に立ち止まったのは、背後から何やら不穏当な気配を感じたからだった。《不穏当な気配》という表現が曖昧模糊《あいまいもこ》として伝わらないというのだったら具体的に言い直そう。

ぼくは背後から視線を感じたのだ。

それが真実視線だったのかどうかは分からないけれど、とにかく《誰かに見られている》、《誰かに見張られている》という感覚があった。無論、さっき第一棟内で神足さんと根尾さんの接近に気付かなかったことからも分かるように、ぼくは特にそういうことに関して敏感だというわけではない。ないけれど、しかしだからといって特別に鈍感なわけでもない。感じてしまえば、それが間違いでないと断ずる程度の感覚神経はあるつもりだ。

しかし一体誰なのか。真っ先に思い当たるのは卿壱郎博士やその配下の研究局員（たとえばさっきの神足さんとか根尾さんとか）、それに博士の秘書の美幸さんだが、しかしそれはないだろう。ぼくの目の前には志人くんという、立派な見張り役がいる。わざわざ二重にして見張る意味などどこにもない。

「……友。お前って最近何か悪いこととかした？」

「してないよ。最近はめっきり」玖渚は疑問そうにしつつ答える。「何それ？　どういう意味の質問？　悪いことしてたら僕様ちゃん、いーちゃんにお仕置きされるの？　わくわく」

「いや、してないならいいんだ」

確かに玖渚はここのところずっと城咲《しろさき》の自宅にこもって、何やら怪しげな作業に打ち込んでいるばかりで、これといった活動はしていない。その《怪しげな作業》にこそ問題があったのだとしても、こんな山奥にまで追ってくる輩《やから》がいるとはとても思えない。

ひょっとすると動物か何かだったのかな、とぼくは考えを現実的な方向へと修正した。都合のよい解釈だという気がしないでもないけれど、しかし唯一合理的な解答はそれしかないように思える。ここはぐるりと高壁で囲まれているので、動物だとしたら鳥類しかいないだろうけれど、だとすればぼくは鳥類の視線まで感じられるようになったのか。それはまた格段なスキルアップだけれど、しかしそれはもう非人間の能力な気がする。

「お値段据え置きの戯言だ……」

そんな能力《スキル》を有するのは朱色の請負人だけで十分である。

志人くんの先導に従って、第六棟の横を過ぎ、角を折れたところで、第七棟が姿を現した。やはり他の研究棟と同じく、窓のないサイコロめいた建物。サイズは発電所である第六棟より一回り小さいくらい。高さはここから見る限り、似たようなものだった。

「……ふうん――」

この中にいるわけだ――《チーム》破壊《クラック》活動担当、《害悪細菌《グリーングリーングリーン》》兎吊木垓輔。

玖渚が何故だかぼくの手を取った。見ると、玖渚はぼくと同じように、何か思うところありそうに、研究棟を見上げていた。どうしてぼくの手を握ったのかは分からなかったけれど、ぼくはとりあえず、その手を握り返しておいた。

「なにたそがれてんだ？　お前ら」怪訝そうに、志人くんが言う。「たく。兎吊木さんに会いたいんじゃねーんかよ。早くついてこいって」

　志人くんはすでに玄関口に辿り着いていた。カードリーダの前で苛立たしげに、腰に手を当て、足をぱたぱたと鳴らしている。ぼくは玖渚の手を握ったままに、志人くんの方へと移動した。

「言っとくけどよ……、どうなってもおれは知らないからな。絶対に何も知らねー。本当、どうなってもおれは助けに入ったりはしないぜ」

「助けに？　なんだそれ？」ぼくは志人くんの言葉に首を傾げた。「何だかよく分からないことを言うね、志人ちゃん」

「しつこいよなお前らは……。あの黒姉ちゃんに言いつけるぞ」志人くんはやる瀬なさそうにぼくを見遣る。「ったく……、おれっていつもこういう役目なんだよなぁ……。ひっでえ仕打ちだよ、全く。まあいいけどよ。とにかく、兎吊木さんがなにをしようと、おれはお前らを助けないからな。そこんとこだけよーく心得といてくれ」

「だから助けるって何なんだよ、志人くん」ぼくは再度質問する。「別にぼくら、レクター博士に面会しに行くわけじゃないんだぜ？　ぼくらは兎吊木垓輔に舌でも食いちぎられるってのか？」

「…………………」

　軽口のつもりだったが、しかし志人くんは「ご明察だよ、コロンボさん」と呟き、そしてカードをカードリーダへとかざした。暗証番号を入力し、そして「大垣志人。ＩＤはikwe9f2ma444」と言う。

　重厚な扉がゆっくりと開く。志人くんが最初に入って、そしてぼくと玖渚がそれに続く。志人くんは「ったく……、本当、予定外だよなぁ……やだやだ」と呟きつつ、廊下の奥へと足を進める。

「四階だ」

短く言って、志人くんは廊下の一番奥にあった鉄製のドアを鍵で開けて、その向こうにあった階段を昇り始めた。

「エレベータは使わないのか？　今隣にあったみたいなんだけど」

「嫌いなんだってよ。兎吊木さん、エレベータ」志人くんは振り向きもせず答える。「だからエレベータシャフトからボックスから、全部分解《デコンポーズ》しちまった。ほとんど道具も使わずにぶっ、ば、ら、しちまったんだ」

「…………………」

玖渚を窺うと、「さっちゃんは相変わらずだなあ」などとなつかしそうにひとりごちている。どうやらそれは冗談や軽口の類《たぐい》ではないらしい。成程、《破壊屋》で《変態》か。なんとなく、兎吊木垓輔の片鱗《りんぺん》を垣間見た気分だった。

四階に到達する。階段を昇りきってさっきとは別の鍵でドアを開け、白い廊下へと出た。卿壱郎博士のいた研究施設の中枢、第一棟はさながら大病院の病棟のような印象だったけれど、だとすればこちらはどうも大学の校舎のような印象だった。それというのも、なんというのか人間的な空間ではないように思えたからである。現実感がない、まるでテーマパークの中にでもいるんじゃないかというような違和感があった。

志人くんは迷いもせずに、立ち並ぶドアの中から一つを選出し、そこで立ち止まった。ぼく達の到着を待って、それから志人くんは覚悟を決めたようにそのドアをノックする。

「…………」

返答はない。志人くんは不審げに眉を寄せて、再度ノックした。しかしやはり返答はない。静まったままだった。

「……おかしいな。博士から連絡は入ってるはずなんだけど」

「寝てるんじゃないのか？」

「ぼけ。連絡入ってるのになんで寝るんだよ」志人くんが呆れたようにぼくを見て、そしてもう一度、ノックを繰り返した。「…………おかしいな……」

再三再四ノックを続けて、ついに志人くんは諦めたらしく「はあ」と小さく息をはいて、ノブに手をかけた。そして「大垣です。入りますよ、兎吊木さん」と一応断ってから、そのドアを外側に向けて引いた。

部屋の中には誰もいなかった。

志人くんが室内に入ったので、ぼくらも同じようにした。そして、部屋の中のその様子に少し驚く。人がいないだけではない、室内にはスチール製の簡易椅子が一つ、中央に置かれているだけで、他には何一つ、大袈裟な比喩表現ではなく他には真実何一つ、存在していなかったのである。まるで新築の、まだ誰も足を踏み入れていないマンションの一室のように、がらんどうとした——そう、非人間的な空間だった。

「志人くん」ぼくは志人くんに声をかける。「ここって何の部屋なんだい?」

「あん? 兎吊木さんのプライベートルームだよ。仕事してないときは大体ここにいるらしいんだけどよ……」

プライベート? この部屋のどこに私生活《プライベート》なんてものがあるというのだろう。そんなものは片鱗としても、ここにはありはしないではないか。ぼくは意味もなく、何もない、この十二畳ほどの、数字以上にだだっ広い部屋の中を歩いてみた。

「ふうん。ここがさっちゃんの部屋か……」玖渚もぼくと同じようにする。「ふうん。成程な……成程ね……成程か——うふふ」

何か納得しているようだった。これも、また兎吊木らしいとでもいうのだろうか。ますます《変態》というその形容が現実味を帯びてくる。いや、これが、こんなものが個性なのだとしたら、それはもう病的と表現するべきだろう。そう思う。

志人くんは苛立たしげだった。無意味にきょろきょろ部屋の中を見回して、それから乱暴っぽく壁を叩く。壁に吸音板でも仕込んであるのだろうか、ばしん、と、迫力のない音がした。

「くそ……まさか逃げたんじゃ……」

志人くんがそう呟いたとき、

「逃げてなんていないよ」

入り口の方から、声がした。それは妙に尖った感じの、甲高い、雌鳥《めんどり》のような声だった。

「失礼なことを、そして間違ったことを言わないでくれるかな、志人くん？　失礼でも真実を口にすることは構わない。間違っていても礼節を弁《わきま》えていれば俺は許す。だけどその両方ってんじゃいただけないな。全然いただけないよ志人くん。それともきみは俺に何か逃げなければならない理由でもあると言うのかい？」

志人くんが振り向き、ぼくが振り向き、そして玖渚が振り向いた。

そこには一人、白衣の男が、ドアの内側にもたれかかるようにして立っていた。

印象的なのは、その若さにそぐわない白髪。中肉の体軀に長い手足。様になってはいるものの、そのせいで白衣が寸足らずになっている。両の手にはそれぞれ白い絹の手袋を装着している。一見すると女性的とも表現できるやさっぽい顔つきだが、しかし顎先に少しだけ生えた無精ひげがそれを裏切っていた。そしてオレンジ色のサングラス、その向こう側の瞳。その目はにやにやと笑っているが、目の奥はまるで笑っていない。

これが。こいつが。

「う――ううう」志人くんがどもったように口籠もりながらも、彼の名を口にする。「……う、兎吊木さん……」

「そう、兎吊木さんだぞ」にやりと、兎吊木は男前に笑った。「兎吊木垓輔だ」

「あ、あの……」

志人くんは一歩下がるようにしながら、兎吊木に向かう。それは、まるで小動物が肉食獣を前に怯えているかのような、とても比喩してしまって間違いにならないような、極端な態度の変貌だった。今しがた乱暴に壁を叩いて毒づいていたのと同一人物とは思えないくらいに、志人くんは、兎吊木を前に萎《い》縮《しゅく》してしまっていた。

萎縮。

そう、これは敬意や畏敬の表われなんかでは決してない。志人くんの感情は、不本意ながらもこのぼくにはよく分かる。自分のことのように理解できる。それを嫌というほどに理解できてしまう。この、兎吊木を目前にしたぼくの感想は、兎吊木垓輔と初対面したこのぼくの感想は、多分今志人くんが感じている心持ちと全く同一に分類できる種質ののだろうから。

だが、当の兎吊木垓輔は、志人くんにも、そしてこのぼくにも、まるで目もくれずに、その影すらも眼中に入れることなく、ある一方向を見下ろしていた。その一方向はわざわざ口に出して説明するまでもない、その一方向である。余人にあらず、そこには青い髪の一人の少女が、兎吊木の瞳を見上げるように顎を上げて、佇《たたず》んでいた。

兎吊木はサングラスの位置を直し、そして右唇だけを歪め、

「——やあ《死線の蒼《デッドブルー》》」

と言い、仰々しく、深々と頭をさげた。

それは、大の男が年端も行かない少女にかしずくという、異様すら憶える光景だった。

「二年ぶりになりますね。そうなのですか。おや、髪型を変えましたか？　随分と可愛らしくなってしまったんですね。あのコートはどうしました？　あの大事な大事な思い出は。ふふっ、何にせよ、こうして再びあなたとあいまみえることができて、この俺としては感激と感動の極致ですよ」

「精確には一年と八ヵ月十三日十四時間三十二分十

五秒零七ぶりだよ。もっとも既に再会から十七秒八二時間超過しているけれどね。うん、そうだね――私もこうして会えて嬉しいよ」

かつての彼の統率者は答えた。

「実に久し振りだ、《害悪細菌《グリーングリーングリーン》》」

一日目（3）——青い檻

0

努力は必ず実を結ぶ。
それが結果に繋がるとは限らないけれど。

1

「あの玖渚ってがきよぉ……」志人くんが、まるで独り言のような雰囲気で、ぼくに言った。「……一体、何なんだ？　一体全体あいつ、どういう奴なんだ？」

「うん？」自分に向けて放たれた言葉だと判断するのに時間がかかり、ぼくはワンテンポ遅れて返答する。「…… がきじゃないって。あれでも十九なんだってば」

「……。そっか」

普常ならここで何かしら反駁《はんばく》があるところなのだろうが、志人くんは力なく、頷くようにしただけだった。

第七棟、四階喫煙ルーム。ぼくと志人くんは、そこで向かいあうような形で座っていた。別にぼくらのどちらかが喫煙者だというのではなく、ただ単に時間を潰しているだけだ。とは言え時間というものはこうしていれば勝手に潰れていくものだから、その表現もおかしい。言うなれば、逆に時間に潰されないよう、ここで踏ん張っていると表現すべきなのかもしれない。それは絶対に間違った仮説ではあるけれど、この状況を説明するのに有用なほどには悪くない比喩だった。

ぼくはちらりと、廊下の奥へと目をやる。並ぶドアの群れの中から一つに焦点を定め、その向こう側を覗くようにした。勿論距離もあるし、ぼくはどこかの島の占い師さんのように千里眼の能力など所有していないゆえに、その向こうがどうなっているのかは見えるわけもない。ただ、《死線の蒼《デッドブルー》》と《害悪細菌《グリーングリーングリーン》》があの中で何らかの会話を交わしているということだけしか、ぼくには分からないのだった。

どんな会話を交わしているのかなど、想像もつかない。そんなこと少しも分からない。

「……兎吊木垓輔か……」

ぼくは低く、そして重く呟く。

年齢は三十歳前後と言ったところだろう。あの白髪が染めているのか、それとも地毛なのかは判断できないけれど、とにかく年齢はそんなところだと思う。どこか軽佻浮薄《けいちょうふはく》っぽい雰囲気があったが、しかしその雰囲気だけで彼が尋常でないことだけは分かった。確実にどこかにある太く長い一線、その向こう側にいる人間だと、それは一目で分かった。

まるで赤い請負人のような、まるで青いサヴァンのような。

「おい、聞けよ。聞けよお前」志人くんが、今度は少し強い調子で言った。「あの玖渚って奴、一体何なんだ？ 訊いてんだから教えろよ」

「……それをぼくが知ってると思うのか？」

「知ってるはずだろ。お前あいつの恋人なんだろ？」志人くんは詰め寄るようにして、言う。「あの兎吊木さんと対等に話せる奴なんて、あの兎吊木垓輔と同じ立場で話せる奴なんて、おれははじめて見たぞ。ここにいる誰だって……博士だって、そんなことはできない。それなのに、いくら元《一群《クラスタ》》の同僚同士《メンバー》だっていっても……」

「それは少し正確じゃないな」ぼくは訂正の矢を入れる。「玖渚友と兎吊木垓輔は対等同士《メンバー》じゃない。階層《ランキング》でいうなら玖渚の方が階級《クラス》は上だったんだよ。あいつは《チーム》の統率者だったんだから」

「……そうなのか？」

「そうなんだよ。もっとも、ぼくだって未だに、半信半疑だけどね。いや、三信七疑くらいかな」自嘲するように、ぼくは肩を竦《すく》めてみせる。「全く、大した戯言模様だよな」

信じられねえ、と志人くんはソファにもたれるようにする。そして「だったら……、あいつ一体何者なんだよ」と、同じ質問を三度繰り返した。

「ぼくが知っていると思うのかい？」ぼくは同じ答を返す。「そんなこと、ぼくが知っていると思うかい？　志人くん」

「……知らないってのか？」

ぼくは何も答えなかった。何も答えないことで、肯定へと変えた。

そう、知らない。ぼくはあんな玖渚友は、知らない。兎吊木垓輔と対峙し、言葉を交し合ったときの玖渚友。《死線の蒼《デッドブルー》》などと、不穏当な危険極まりない名詞でその名を呼ばれた玖渚友。あれに較べたら、まだ初対面の人間の方がいくらか知っていると言ってもいい。少なくとも、その場合相手が人間であることだけは断言できるのだから。

《死線の蒼《デッドブルー》》に関しては――それすら分からない。

「…………」

ぼくは一体今まで何を見てきたのだろう。

いや、違う、そうじゃない。ぼくは一体、今まで何を見てきたつもりでいたんだろう、だ。戯言というのならばこれこそが間違いなくそれだ。勘違いも甚《はなは》だしい。一体今まで、あいつの隣にいて、どれほどのことを見逃していたというのだろうか。いや、そもそもぼくが真実の意味で玖渚の隣にいたことが、ただの一度といえども、ただの一瞬といえども、果たしてあったのだろうか？　あの兎吊木がかつてそうしていただろうように、玖渚の隣にいることが、果たしてぼくにはできていたのだろうか？

理解できた。

ぼくが兎吊木に、ひいては《チーム》の連中に対して抱いていた感情、その正体。それは嫉妬や羨望や憧憬などという、上等な種類の情念ではない。これは自分自身に対する、おぞましいまでの劣等感だ。自分自身に対する苛立たしいまでの絶望感だ。自分自身に対するそら悲しいまでの失望感だ。

　愚かしいまでの無力感だ。

「おい、大丈夫か？」

　志人くんのその呼びかけで、ぼくは我に返った。顔を上げてみると、志人くんが不安そうな表情でぼくを見ていた。ん、とぼくは首を左右に振って、「大丈夫だよ」と応じる。

「別に何もないけど」

「そうなのか？　すっげえ悲愴そうな顔してたぞ、お前」

　この志人くんに心配されてしまうくらいなのだから、それは途轍もないまでの悲愴さ加減だったのだろう。惨憺《さんたん》とも言うべき顔だったに違いない。自分では想像もつかないけれど、きっとそうだったのだと思う。まるで裏切られたようなこの気持ちは、十分にそれに足る。

「裏切りね……本当、最悪だな……ぼくは」

　呟いて、それから再度頭を左右に振った。そして両手で自分の頬を少しきつめに張って、気を取り戻す。痛みが呼び水となって、沈んでいた意識を覚醒させる。よし。悩んだり考えたりするのは、もう少し先送りにしておこう。今はまだ、今のところはまだ、流されるままに流されておこうではないか。自覚的にしろ無自覚的にしろ、ぼくが玖渚のためにできることは、それだけしかないのだから。

「志人くんはさ——どうしてこんなところにいるわけ？」

「あ？　なんだそりゃ」いぶかしむように訊き返す志人くん。

「どういう意味だよ。おれがこんなところにいるのかってのは」

「別に答えたくなけりゃそれでいいんだけどね。なんとなく間ぁもたすために訊いただけさ。その若さでこんなところにいるのはおかしいなと思ったし」

「その若さで、ね。何かの皮肉のつもりかよ、そりや」

志人くんはしばらく黙る。ぼくも返事を期待せずに、それ以上何も言わなかったが、やがて志人くんは口を開き、「おれはあの博士が好きなんだよ」と言った。

「あの博士って――斜道卿壱郎博士のことを指しているのかい？」

「たりめーだろ。《堕落三昧《マッドデモン》》だろうがなんだろうが、あの人はすげー人だよ。あの玖渚ってのがどんなもんなんだかおれは知らないけど、お前だってそうなんだろう？」志人くんはぼくに振ってきた。「お前だって、あいつが好きだからあいつのそばにいるんじゃねえのか？」

「好きとか嫌いとか……それこそガキじみてるんじゃないのかい？　志人くん」ぼくはゆるりと首を振る。「そんな簡単なものじゃないさ。とてもじゃないが、そんな簡単なものじゃない。もしそうだったんなら、分かりやすくて助かったんだけどね」

「…………」

「いや、本当はもっと簡単なのかもしれないな？　本当はもっと分かりやすいのかもしれない。簡単過ぎて分からない、単純明瞭ゆえの複雑難解さ――ってことなのかもしれない。たまたまぼくの前にあいつがいて、あいつの前にぼくがいた――そのタイミングががっちり合ってしまっただけのことなのかもしれないよ。ほら、デジタル時計。ふと見れば数字が全部揃ってた、とかさ、本質的にはその程度のことで、そこには何の理由もないんじゃないかって思うよ」

「よく分からないな」

「だろうね。分からないついでに言うなら志人くん、一つだけ認識を改めて欲しいな。ぼくはあいつの恋人とかじゃないよ。どうしてだか知らないけど、誤解されがちなんだよね。そういうんじゃなくて、あいつは友達なんだよ、友達」

「はあ？　友達っつーにはお前らちょっと仲よ過ぎ

るだろうが。男女だしよ」

「友達だってのに仲がよ過ぎるってことはないだろう。それに友情と性別とは没交渉さ。……とにかく、そんな風に言われるのは、あいつはどうだか知らないけど、ぼくとしてはあんまり愉快な気分じゃないね。志人くん、君だって卿壱郎博士の恋人とか言われたら嫌だろう？」

志人くんは腕を組んだ。

「……そりゃ嫌だな」

「そりゃ嫌だよね。つまりはそういうことだよ。なんでもかんでも色恋沙汰に結びつけるような考え方は、少なくともぼくの流儀じゃないんだよ」両手を広げる。「大体、恋人ってんなら、ぼくには他にいるからね」

「そうなのかよ。どんな奴だ？」

「超エリートのお嬢様学校に通う女子高生さ。一年生だから十五歳なのかな？　西条玉藻《さいじょうたまも》ちゃんっていう、きらきら光るものが大好きな、そこそこ可愛いおきゃんな娘でね。もうぼくはすっかり病みつきさ。よく一緒にアイスクリームを食べに行くんだ。いっつもおごらされるんだけどね。クリームは彼女に、ぼくはコーンだけ。ま、惚れた方の弱味だよね」

「……すげえ作り話っぽいぞ」

「半分くらいは作り話だからね」

「はん。てめーは嘘つきだな」

「きみは餅つきだね」

「そうそう、正月を迎えるたびにこんな感じに捏《こ》ねて捏ねて、ぺったんぺったんと――ってなんでだよ！」志人くんが怒鳴った。「なんでおれがこんなところでお前と漫才しなくちゃいけねーんだよ！」

「いや、別にぼくはノリ突っ込みまで期待してはいなかったんだけどね……」

志人くんをからかうのは面白かった。

しかし志人くんの方は面白くもなんともなかったらしく、「ざけんなよ、ったく」と不機嫌そうだった。

「どうせお前なんかに――っと。そういやお前、名前なんだっけ？　まだ聞いてなかったな。あんときお前一人だけ名乗らなかったもんな」

　うん？　とぼくは首を傾げる。根尾さん達の話を聞く限り卿壱郎博士は事前にぼくらのことを調査していたはずだから、必然ぼくの名前も伝わっている可能性もあると思っていたが、そこまでは探りきれなかったのだろうか。あるいは玖渚友のオマケとしてのこのぼくの名前など必要ないと思ったのかもしれない。あ、いや、違った。名前が伝わっているにしろ伝わっていないにしろ、どっちにしても志人くんは一人、《玖渚友ご一行の案内役》として、何も知らされていないのだったか。先ほど志人くんは博士に対し並々ならぬ尊敬の意を示したが、自分がそのような立場にあると知った上で尚、同じことが同じように言えるのだろうか。敵を騙す前に欺かれた味方として。

「…………」

　まあ、多分言えるのだろう。それは説明を受ければ十分に納得のいく範囲内のことだし。

「おい、どうしたよ。お前名前がないのか？」

「んーとね。名前はスプーキーE」

「………ふうん」

　少し期待して構えていたのだが、今度はノリ突っ込みを入れてくれない志人くんだった。どころかかなりお寒い対応である。

「……えーと、つまり――《E》だから《いーちゃん》だってオチか？」

「正にしかり、その通りだ」

「…………」

「伊館郁夜《いだちいくよ》でも可」

「………………」

　志人くんはどうやらぼくについても何らかを諦めたらしく、俯いてため息をつき、「どうせお前なんかによ」と、話を元に戻した。

「お前なんかにおれがどうしてここにいるかなんて、説明しても分かんないさ。分かられてたまるかよ、そんなこと」

「だね。自分の気持ちをそう簡単に分かるとか言われたくはないよね。……そう言えば、この四月にさ、相手の心が何でも分かるって占い師に会ったぜ」

「あ？ また得意の嘘っぱちかよ」

「これは嘘っつーか戯言なんだけどね。細かいことを言えばだけど。とにかく、その人を前にしたら志人くんと言えどこのぼくと言えど、何一つの隠し事もできないって人さ」

「心理学の達人だってことか？」

理系の人らしい解釈だ。ぼくは「そういう見方もあるんだろうね」と頷いた。

「志人くん。どう思う？ そういうのって」

「どう思うも何も、嫌に決まってるだろうが」志人くんは質問の意味が分からないように首を傾げる。

「こっちの思ってることが筒抜けなんて、少なくともいい思いはしねーだろうよ。そりゃお前がさっき言った通りだ」

「いや、そうじゃなくってさ……こっちじゃなくて、向こうはどんな気持ちなんだと思う？ 相手の気持ちが全部分かってしまうっていうのはさ」

「そりゃ便利でいいんじゃねーの？ 色々と」

「……便利か。……そうかもね」

あまりにも明快に返ってきた志人くんの解答に、ぼくは頷いた。けれどあの占い師がそれを聞けば、ぼくらに何らかの反論をすることだろう。

ああ、そう言えば。

あの占い師の読心能力をもってしたところで——玖渚友の心は不明瞭なのだったか。恐らくその不明瞭さの原因は、玖渚友の心が、あまりにも深過ぎるからだと思われる。常人と比べてあまりにも大量の情報を処理しているその脳髄を単純に意味解釈することが容易でないのは、さすがに想像もつく。

と、そのとき、ぼくらのいる喫煙ルームの横を、例の謎の物体X——否、今はもうその正体は分かっている、業務用メイドロボが通り過ぎた。鉄の円柱は今度は人間とゴミとを勘違うこともなく、そのまま廊下の奥へと向かって行った。成程、どの研究棟内にもあのロボットは配置されているわけか。

「あの業務用メイドロボを作ったのはきみなんだってね、志人くん」

「あん？」志人くんが眉をよせる。「そりゃ、ま、そうだけど。誰に聞いたんだ？」

「根尾さん」

「——あの野郎」志人君は苛立たしげに舌打ちした。「なんて口が軽いんだ」

「先輩に対してあの野郎とは頂けないな。でも大したもんだね。メイドロボを作るなんて実にすごい。うん、ぼくは古いタイプのメイドさんの方が好きだけど、だけどああいう新しい感じのも悪くないと思うよ」

「メイドロボ言うな。そんなん言うのは根尾さんだけだ」

特に自慢げでも誇らしげでもないように、むしろその程度のことで褒められるのはうっとうしいという風に、志人くんは「あんなの何でもねえよ」と言った。

「部品と道具さえありゃああんなもん、小学生でも作れるぜ」

「そうだな。それが古いタイプのメイドさんとの違いだ」

ぼくはうんうんと頷いたが、やっぱりぼくは古いタイプの方が好きだった。

「……なあ、志人くん。メイドついでに質問をもう一つ」

「何だ？」

「兎吊木さんって、ずっとここから出てないって聞いたけど、本当？」

「どこがメイドついでの質問なのかはさておき

……」志人くんが怪訝そうに逆質問する。「それは誰から聞いたんだ？」

「うーんと。これも根尾さんから」

「…………」志人くんはその姿勢のままでしばし停止する。「…………くそ。あの野郎」

「だから、先輩局員に対してあの野郎とは頂けないなって」

「あの野郎はあの野郎だ。男なんだから野郎だろうが。おれは間違ってない。それに先輩後輩で言うならおれの方が根尾さんよりは先輩だよ。ここでのキャリアはおれの方がずっと長いんだ。根尾さんはここじゃ一番の新人だしな。……、そうだよ。それがどうかしたか？ 兎吊木さんがここから一歩も出てなくて、お前何か不都合なのか？」

「いや、そういうわけじゃないけどね……」ぼくは適当に受け流す。「それにしてもここは変人揃いだね。兎吊木さんは勿論としても、きみだってとてもまともとはいえないし、卿壱郎博士も神足さんも根尾さんも心視先生も。正に多士済々、百花繚乱《ひゃっかりょうらん》乱れ撃ちだ。《堕落三昧《マッドデモン》》なのは何も卿壱郎博士だけじゃないってわけか」

「おれはまともだ。さりげに失礼なこと言うなよ、お前。……ん？ おいお前、神足さんや根尾さんだけじゃなく、三好さんにまで会ってたのか？」

「あ、いやそうじゃない。三好心視さんのことは噂に聞いたことがあるだけだよ。人体解剖学と生物解体学の権威だもんな、ぼくだって知ってる」

「そうかよ。ま、あの人は割と有名だからな……ここに来る前に勤めてたとこが勤めてたとこだし、お前でも知ってて不思議じゃないか。とにかく、おれはまともだ。おれだけじゃない、みんなまともだよ。お前みたいな凡人の観点から見たらおかしく見えるかもしれないけど、そりゃお前の理解能力の問題だぜ」

「ふうん……そうかもしれないね。そうなんだろうね、多分」

領いたものの、その《みんな》の中に兎吊木が含まれているのかどうかは、疑問なところだった。その点については、しかしぼくはあえて追及しないことにした。そこを追及すれば、必然玖渚のことにも話題は及ぶだろう。そうなったとき、ぼくは冷静に会話を続けられる自信はなかった。

「ぼくの理解能力の問題、か……」

そうなのだろうか？　そうなのかもしれない。そうじゃないのかもしれない。けれどきっと、そうなのだろう。そういうものなのだろう。結局問題は、自分のところに返ってくるというわけだ。随分と入り組んだ割に、答の単純な論理《ロジカル》である。まるでマーフィーの法則のようだった。

曰《いわ》く、難しい計算式の答は零か一になる。

「零、ねえ……」

そのとき、きい、と蝶番《ちょうつがい》が擦れる音。その方向に首を向けると、玖渚が部屋から出てくるところだった。ドアを後ろ手に閉め、そしてきょろきょろと辺りを探すようにして、そしてぼくと目が合ったところでその動きが止まった。

「あ、いーちゃん発見！」

言って、こっちに駆けてくる玖渚。全速力で喫煙ルームまで到達したかと思うと、しかしまるでペースを落とすことなく、どころか逆に速度を上げて、ぼくに飛びついてきた。玖渚のこの手の行動にはぼくは馴《な》れっこになっていたので、ぼくは二人共が怪我をしないように上手《うま》く衝撃を殺しながら、玖渚を受け止めた。

「へへー」と、薄く笑いながらぼくの背中に手を回し、玖渚はぼくに抱きつくようにする。「ただいま、いーちゃん」

「…………」

ぼくは一瞬だけ躊躇《ちゅうちょ》して、「お帰り、友」と応えた。

いつも通りの、当たり前のような空気。

今のところはこれでいい。いいと思う。

いいと思えよ。

「……見せつけてくれちゃってどうも、だけどよ」

志人くんが不機嫌そうな唸《うな》り声を出す。「話終わったんならさっさと戻ろうぜ。いちゃつくんは他でやってくれ。面会終わったら博士のところに連れて行くよう、おれは言われてるんだよ」

「助手というより雑用っぽい役割だね、きみ」

「うるせえ！　ぶっ殺すぞてめえ！」

苛立たしげに言って（そりゃ怒るか）、志人くんは乱暴に席を立った。そしてずかずかと先を歩いていった。ぼくはすぐに後を追おうと思ったけれど、しかし、玖渚がぼくを離してくれないので、まず立ち上がることができない。

「おい、友。あとでいくらでも抱きつかせてやるから、とりあえず離れろ」

「うーんと。それはいいんだけど」そう言って玖渚は案外と素直にぼくから身体を離した。そして志人くんに向く。「志人ちゃん、ちょっと待って」

「あん？　なんでおれが待たなくちゃいけないんだ？　おれにも抱きついてくれるってのか？」

「やだよ。あのね、さっちゃんがね……」と、一瞬ぼくを横目で窺うようにする玖渚。視線をすぐに志人くんへと戻した。「いーちゃんと話したいんだってさ」

「あ？　なんだって？」「あ？　なんだそりゃ？」

志人くんの訝《いぶか》しむような声と、ぼくの驚いた声とがほとんど同時に二重奏。志人くんがバスでぼくがテナー。しかし男二人の短合唱など、あまり耳心地いいものではなかった。志人くんとぼくとの間で何となく気まずげな空気が漂い、それを振り払うようにぼくは玖渚を向いて「何だって？」と尋ね直した。

「だからさっちゃんがいーちゃんと話がしたいって」

「そうなのか？」

「何でだよ！」志人くんが怒鳴るように、いやむしろ叫ぶように言う。「何で兎吊木さんが、こんな野郎と話をしたいなんて言い出すんだ?」

「今度は《こんな野郎》か……。きみこそ鈴無さんに説教してもらった方がいいんじゃないのか?」ぼくはやれやれと嘆息する。「でもその意見には全くもって賛成だ。友、どうして兎吊木がぼくと話をしたいなんて言い出すんだ?」

「さあ。知らない」玖渚の答はにべもなかった。

「とにかく、僕様ちゃんが部屋を出て行く段になって《さっきの死んだ魚みたいな目をした青年を連れてきてくれませんか。二人きりで話がしたい》って、さっちゃんが言ったの」

「《死んだ魚のような目をした青年》としか言ってなかったんだろ? だったらそれは志人くんのことかもしれないぜ」

「それはない」「それはないよ」

今度はソプラノとバスとの二重奏だった。

「間違いなくお前だ」「間違いなくいーちゃんだよ」

「間違いない」「間違いないよ」

輪唱が始まってしまった。もう何がなんだか分からない。ぼくは「いや、とにかくとしてだ」と、無理矢理そのリンクを断ち切った。

「ぼくの目がどんな感じかなんてこの際横に置いておこう。どうしてぼくが兎吊木に呼ばれたのかってことだろうが」

「だから知らないって。僕様ちゃんに訊かないでよ。行ってみれば分かるんじゃないの?」と言って、玖渚はさっき自分が出てきたドアを指さす。

「折角だしちょっとお話ししてきなよ、いーちゃん。きっと楽しいからさ。僕様ちゃん、ここで待ってるし」

そして玖渚はソファにちょこんと腰掛けた。志人くんは進みかけた廊下を戻ってきて、「どういうことなんだよ、ったく」と呟きつつ、同じようにして座る。

「本っ当にしょうがないかたねーな、お前らときたらよ。

じゃあさっさと行ってこいよ。おれもここで待ってやるから」

「別に先に帰ってもいいけど」

「だからそれやったらお前ら、出られなくなるだろうが。なんでおれがこんなところに用もないのにいると思ってるんだ?」ばしん、とテーブルを叩く志人くん。「おら、さっさと行ってこい」

「分かったよ……分かりましたともさ」

とにかく、行くしかなさそうだった。兎吊木がぼくをどんなつもりで呼び出したのかは分からないけれど、他に選択肢は見当たらない。気はすすまないけれど、そうするしかなさそうだった。ぼくは玖渚に「気をつけろよ。何かあったら大声を出せ」と、志人くんには聞こえないように気を配りながら耳打ちして、それから廊下を歩き、ドアの前にまで来た。

そこで一旦玖渚を振り向いて、

「おい」

と呼びかける。

「友、お前、兎吊木と話してどうだった?」

「楽しかったよ」

簡潔な答だった。実に、実に玖渚友らしい返答だった。しかしその《らしさ》を、ぼくは今、見失いかけている。玖渚友らしさとは一体どういうものなのか、そんな単純なことが、曖昧になりつつある。分からなくなってきた。劣化コピーを裏焼きしたように分からなくなってきた。

ぼくの玖渚に対する思いも、そしてぼくに対する玖渚の思いも。

あるいはここここそがぼくにとっての踏ん張りどころなのかもしれない。少なくともあそこで志人くんと並んで座っている玖渚友は、ぼくの知っている玖渚友であるはずだと、ぼくはそう思いながらドアをノックして、そして、ノブを引いた。

「やあ——はじめまして」

と。

まだ室内に入ってもいないのに、内側からそんな、高い音調《ハイトーン》の声がした。女性のものだと言われたら信じてしまうような、無理矢理の裏声のような、そんな感じの、しかし決して柔らかではない、尖った刃物のような音。

ぼくは室内に入り込んで、そして後ろ手にドアを閉めた。そしてぼくも相手と同じように「はじめまして」と、言った。そうすると、兎吊木はにこりと、愛嬌よく笑った。

部屋の中に唯一ある調度、スチール製の椅子に座っている。足を組んで、完全にリラックスしている姿勢で、ぼくに対して向き合っている。顎を少しだけ上げて、下から見上げるようにして、ぼくの表情を覗いている。

言葉が出てこない。兎吊木に対して、何一つ、言葉が出てこなかった。

「——そう固くならないで欲しいな」やがて、兎吊木の方から言った。「さっきちらりとまみえたときもそうだったが、どうして俺のことを、そんな不倶《ふぐ》戴天《たいてん》の敵のように見るんだろうね、きみは。こんな風に人間と口を利くのは久し振りなんだよ。俺はまだ君に対して何もしてないはずだぜ？　ほら、志人くんはあの調子で、俺と会っても口を利いてくれない目をあわせてくれない近くにすら寄ってきてくれないって有様だし、他の連中は全然此処《ここ》にこないしな。これでも俺は人恋しい性質でね。純粋な寂しがり屋なのさ。寂しくて寂しくて仕方ない。だから頼むから、何か喋ってくれないかな？」

「久し振り？」

その言葉にぼくは首を傾げる。同時に、少しだけ緊張もほぐれた。少なくとも、言葉の通じる相手ではありそうだ。ぼくは少し移動して、兎吊木と一定の距離を保ちつつ、右側の壁にもたれるようにした。そして再び兎吊木に対して正面を向く。

「何を言ってるんですか。さっき玖渚と話をしたところでしょう？　あなたは」

「《死線の蒼《デッドブルー》》と？　おいおい」兎吊木はくすくすと笑った。ひどく人間っぽい仕草で、当たり前なのだろうけれど、それが当たり前だからこそ、ぼくは酷い違和感を覚えた。「勘弁してくれよ。そんなことを言われると俺としちゃあ挨拶に困るな。きみが一番よく分かってるはずなんじゃないのか？　それともきみは《死線の蒼《デッドブルー》》――玖渚友を人間と定義しているのかい？」

「…………」

「あれと意志を疎通《コミュニケート》することなんか誰をしても不可能だよ。俺をしてもきみをしても誰をしても不可能だ。そうだろう？」

同意を求める兎吊木の目は相変わらずにやにやと笑っているが、やはりその瞳の奥は軽佻さのカケラもない。まるでこちらの隙を狙っているような、そんな表情だった。ぼくは「そんなことはないと思いますけどね」と、適当に答えておいた。

「そんなことよりも兎吊木さん」

「兎吊木でいい。それに、そんなところに突っ立ってないで座ったらどうだい？」

「床にですか？」

「掃除はしてあるから別に汚くないよ。もっとも俺が掃除したんじゃなくて、志人くんの作った機械が掃除したんだけどね」

「立ってます」

そうかい、と兎吊木は頷いた。

ぼくは壁に預ける体重の量を少し増やし、左足にかかる負担を少なくした。いつでも走り出せるようにするためだ。そんな必要があるとは思わないけれど、しかし用心に越したことはない。

「兎吊木さん、ぼくに話があるんですか？」

「兎吊木でいいと言っているだろう？」兎吊木は肩を揺らす。「俺は《さん付け》にされるのは苦手なんだよ。きみからそんなことをされるいわれはないし、志人くんにもやめてくれと言いたいね。全く、困ったものさ。《一群《クラスタ》》の奴らはこぞって俺を呼び捨てにしていたものなんだが、あっちの方がよっぽど気楽だよ」

「……そのクラスタって何です？」ぼくは気になっていたことを質問した。「ここに来てから何回か聞いた名前ですけれど……、《チーム》の別称ですか？」

「別称という表現は正鵠さを欠くな」兎吊木は指を一本立てて言う。「そもそも俺達には名前なんてなかった。だからそれぞれが銘々、好き勝手な名前で呼んでいただけだ。俺は基本的に《一群》《クラスタ》と呼んでいた。その風習がここでは一般化しているというだけだよ。まあ俺が一般化させたんだけどさ。確か、《凶獣》《チーター》の奴は《集団》《メイト》と呼んでいたかな。《罪悪夜行》《リバースクルス》は《矛盾集合》《ラッセル》だったか。それから《二重世界》《ダブルフリック》なんかは《領域内部》《インサイド》とかうまいこと洒落ていたな。単純に排他的なだけでなく、あれは言葉遊びが大好きだったからね。それからそれから……、ふふ、ま、百花繚乱好き勝手さ。自称するたびに名称を変更している奴なんかもいたし、だから別称も本称も正称も俺達にはない。俺は自分達のことを《一群》《クラスタ》と呼んでいた、ただそれだけだ。——そして《死線の蒼》《デッドブルー》は《仲間》《チーム》とね」

《仲間》《チーム》。

　その言葉が、ぼくの肺腑をえぐる。

「おっと、せっかく緩んだ表情をまた固くしてしまったかな。何か俺の言ったことが気に障ったかい？　だとしたらすまなかったね。あまり他人と口を利く機会に恵まれなくて、なめらかなる会話の手法というものをあまり心得ていないんだ。気を悪くしないでくれ」

「いえ、別に構いませんよ。気にしません。それよりも兎吊木さん」

「呼び捨てにしてくれと言っているのにね……、まあいい。どうせ全て希望が聞き入れられるとは思っちゃいないさ。続けたまえ、なんだい？」

「玖渚とどんな話を？」

ぼくの質問に一瞬だけ黙って、兎吊木は「きみは」と言う。

「彼女のことを《玖渚》と呼ぶのかな?」

「……質問に答えて下さいよ」

「きみが答えてくれたら俺も答えるさ、相互主義で行こうぜ。まずは俺からの質問だよ、きみは普段《死線》のことをなんと呼ぶんだ? 俺が俺達のことをかつて《一群《クラスタ》》と呼んだように、きみは彼女のことをなんと呼ぶのかな?」

「……」

「ちなみにこの俺、兎吊木垓輔が彼女本人に呼びかけるときは《死線の蒼《デッドブルー》》という。第三者に向けるときにもそうする場合があるが、その第三者主体でものを考えて喋るときは《玖渚友》となるな。概念として話すときには《死線》などと略すこともしばしばだ。代名詞には《彼女》を使う。ごくまれに《あれ》と言うこともある。精々この四つだな」

　質問の意図が分からないので、ぼくは答に少し躊躇する。しかしどう考えても裏がある種類の問い掛けではなさそうだった。とすると単純な興味か。結局ぼくは正直に答えることにした。

「あいつと直接話すときは《友》って下の名前で呼びます。代名詞なら《お前》ですね。こうやって他の人とあいつについて話題するときは《玖渚》って名字で、代名詞なら《あいつ》とか、《彼女》とかですね。例外が一件だけあって、直さん……玖渚のお兄さんと玖渚について話したときは《あなたの妹さん》と、ぼくはそう言ってました。あの人、妹が名前で呼ばれるのを嫌がりますから」

「まるで他人事のように話すのだね。いや、悪くないよ。過去の自分なんて所詮は他人みたいなものなのだからね」

　そう言って兎吊木は「ふむ、《友》《玖渚》《お前》《彼女》《あなたの妹さん》ね……」などと、ぼくの台詞をぶつぶつと繰り返した。

「成程なあ……そういう人間なわけだ、きみは。了解了解、よく分かったよ」

「心理テストか何かだったんですか？」少し余裕が出てきたことも手伝って、ぼくは自然揶揄するような口調で言った。「それで？　ぼくは玖渚に対してどんなひねくれた感情を抱いているんです？」

「それは言わぬが花だろうね。いや、知らぬが仏の方かな」兎吊木は悪びれもしない。「それにしても随分と鬱屈しているんだね、きみは。そんな死んだ魚のような目をしておきながら」

「死んだ魚とは随分ですね。博士には《いい目だ》って言われたんですけれど」

「いい目さ。実にいい腐敗具合だ。こうして相対していると《凶獣《チーター》》を思い出すよ」

にやにやと、兎吊木は実に楽しそうだった。それは純粋にぼくと会話することを楽しんでいるのか、それともぼくを観察することを楽しんでいるのか、それとも楽しそうなだけで本当は楽しんでなどいないのか、その判断を下すことはできなかった。

「……ぼくは答えたんですから、ちゃんと質問に答えてくださいよ。兎吊木さん。玖渚と、どんな話をしたんです？」

「それはきみにだって予想はついているんだろう？　どんな話をしたと思う？」

「………」

「ああ、悪い悪い。大丈夫だよ、俺はソクラテスじゃないんだ。鼻の形なんかよく似ていると言われるがね。しかし問いかけに問いかけを返して相手自身に考えさせる手段《スタンス》は確かに悪くないが、俺の流儀《スタイル》じゃないな。俺はどちらかというとてめえで勝手に喋りまくる饒舌型だ」

「そうですか」

「うん。《死線の蒼《デッドブルー》》には勿論こう言われたんだよ——《ここから出してあげる》とね」

兎吊木は、それを誇らしいことのように言った。まるで、玖渚にそんな風に声をかけてもらえることは、至上の幸せであるとでも言わんばかりに。

「……それで、あなたはなんて答えたんです？」

「断ったよ。当然だろう？」本当に当然のように兎吊木は言う。「他にも色々話したがね、それはプライベートなことなので勘弁願いたいな。俺がどんな風に性欲を処理しているのかなんて話、聞きたくないだろう？」

どうだろう。いや、聞きたくない。

「どうして断ったんですか？」

「こうやって手を振って《いやいや結構だよ》と言ったんだ。……そんな目で見るなよ。きみは冗談が通じないのか？　いちいちそう目くじら立てなくてもいいだろう。クジラは魚じゃないんだぞ」

自分で言った冗句が面白かったのか、兎吊木はくすくす笑った。それは頭髪の色と同じくらい年齢にそぐわない、幼稚じみた仕草だった。

「質問は交互にしようぜ。今度は俺が質問する番だろう？　順逆はきっちり区別しよう」

「……。なら、どうぞ」ぼくは半ば投げやりっぽく頷いた。「でも、まだぼくに訊きたいことなんかあるんですか？」

「あるよ。一杯ある」

一杯あるらしかった。

「ではとりあえずジャブとして……、玖渚友とキスをしたことはあるかな？」

「…………」

実に名状しがたい気分になった。

「ちなみに俺はない」

当然だ。その年齢差で未成年相手にそんなことをすれば、情状酌量の余地なく犯罪行為である。社会的に犯罪というよりも、人間的に犯罪だ。

「で、きみはどうなんだい？」

「……ありますよ」ぼくは、今度は完全に投げやりに答えた。「それが何か？」

「いや、羨ましいと思っただけだ。続けてくれ」

「何を続けるんですか。今度はぼくが質問する番でしょう？」ぼくは顔を起こし、ゆるみっぱなしの兎吊木の顔を見据えるようにする。「どうして断ったんですか？　ここから出たくないんですか？」

「おかしなことを言うんだね、《死線の蒼《デッドブルー》》もきみも」兎吊木は途端、つまらなそうに言う。「きみ達は酷く、とってもおかしなことを言っているよ。俺は特別研究員《フェロー》としてここに招聘《しょうへい》されている身分だぜ？　給料だって出ているし、それなりの福利厚生もある。別に軟禁されてるわけでも監禁されてるわけでもない」

「……斜道卿壱郎博士がここ一年の内にあげた業績、自分の名義でもって玖渚本家に進呈した研究成果学識業績、その九割までが、兎吊木垓輔、本当はあなたの手柄だという話ですけれど」

「さあ、知らないな。何のことやらさっぱりだ。俺はそんな話、聞いたこともないね。デマじゃないのかな？」ふふ、と笑う兎吊木。「世の中には人の成功をねたみそねむ流言飛語が多いからねえ」

「閉じ込められていないというのなら、兎吊木さん、あなた、ここから、この研究施設から外に——否、この第七研究棟から外に出る手段を持っているんですか？」ぼくは畳み掛ける。「たとえばカードリーダに通す研究局員証は持っているんですか？　ＩＤ暗号《コード》は持ってるんですか？　声紋登録、網膜登録は受けているんですか？」

「…………」

　兎吊木は黙った。そして、眇《すが》めるような据わった目つきで、ぼくを見据えるようにする。ぼくはそれを意図的に、半ば強引に無視して、縷々《るる》と台詞を続けた。

「ここから出たことがあるんですか？　ないと聞きましたよ。……自分の技術《スペック》を全て卿壱郎博士に提供して、自由を完全に束縛されて、それでもあなたはここから出る必要などないというんですか？」

「言うねえ、若いの」兎吊木は両眼を閉じて、それから右目だけを開けて、そして言った。「その歳で自由について語るか。十九やそこらで自由などと、大それた言葉を口にするか。なかなかどうして、不遜じゃないか」

「……玖渚の言うことには……いえ、より正確に言うなら、ちぃくんの言うことによればですけど、あなたは卿壱郎博士に何らかの弱みを握られて、それがゆえにここに拘束されているのだと……」

「ふふっ！　《弱み》か！」兎吊木は胸の前で力強く手を打った。乾いた音が室内に響いた。「《弱み》はいいな！　あの《凶獣《チーター》》にしては素晴らしい言語変換《エンコード》だ！　笑える。面白すぎるぞ。こんな面白い話があるとはな」

「……質問に答えてくださいよ、兎吊木さん」

「ふふん、ふふふ。質問に答えろってか？　いいよ。答えてあげよう、若いの」兎吊木は哄笑をやめ、ゆっくりと顔を上げた。「たとえばさ……、豚という生き物を、きみは知ってるかな？　牛や鶏でもいいのだけれど」

「豚くらい知ってますよ、そりゃ」

「それはよかった。じゃあ豚が猪を家畜化して作り出された生物であることも、当然知っているだろうね？　牛や鶏は品種改良を受けたわけではないけれども、まあ似たようなもので、家畜扱いだ。家畜。それについてどう思う？　彼ら——あえて《彼ら》と呼ぼう——彼らは生物として、人間に敗北を喫したのだと思うかな？」

「……違うんですか？」

「違うね。違うどころか丸逆だよ。結果、家畜化された結果、改良された結果、彼らはより栄えた。人間によって保護され、人間によって育成され、人間によって生産され、生命体として飛躍的にその勢力《シェア》を伸ばしたのだ。人間と共生することによって——否、人間に寄生することによって、彼らは生命体として不動の地位をえた。違うかな？」

「——屁理屈にしか聞こえませんけど」

「屁理屈だろうと理屈は理屈さ。李《すもも》も桃も桃のうちなのと同じだね。さて、では今俺がおかれている状況は、そんなに悪いものなのか？　こうして研究棟を一棟まるまる与えられ、こうしてきみとお話しすることもできる。束縛されていると言ってもしかし、そんなことはどこにいたって同じだよ。束縛のない人生なんかこの世界にあるのかい？　少なくとも俺は、家で毎日テレビを見て定められた人間とだけ付き合って、移動できるといっても所詮限られた空間内でしか暮らさない、そんな人間よりはよっぽど自由だと思うがね。少なくとも俺の精神は限りなく自由なのだから」

「本気で言ってるとは思えませんね」

「どう思うかはきみの自由だ。束縛するつもりは、俺にはないよ」

兎吊木はそこで言葉を矯《た》め、そして「ではこちらからの質問だ」と言う。

「玖渚友と寝たことは？」

「………ぼくはこの後ずっと、そんなセクハらい質問をされ続けるんですか？」

「別にいいじゃないか。せっかくなんだからここは男同士、腹を割って話すとしよう」兎吊木は嫌らしげなおっさんみたいな表情になった。「ちなみに俺は《死線の蒼《デッドブルー》》と寝たことはない」

「だからあったら犯罪ですって」ぼくは両目を左手で覆った。「ぼくもありませんよ」

「ないのかい？」意外そうだった。「え？　そんな、まさか。嘘だろう？」

「本当ですよ。こんなことで嘘ついたりしません。それに近いことも全く……まあ、なかったとはいいませんけれど、大抵未遂で終わってます」なんでこんな展開になっているんだろうと思いつつ、ぼくはなるべく淡々と答える。「これで満足ですか？」

「ううん。いや、不満だな。そんなはずがない」兎吊木は腕を組んで唸った。「きみは正常な男性なのだろうね？　変な趣味を持っていたりは？　実は今俺に欲情していたりするのかい？」

　してねえよ。

ぼくは兎吊木を無視し、自分のターンに持ち込むことにした。

「つまり兎吊木さん、あなたはここから出るつもりはないってことですね？」

「そういう意味ではないな。出るつもりがないのではなく、出なければならない理由がないのさ。たとえば《死線の蒼》《デッドブルー》は普段は京都のマンションで引きこもり生活を送っているらしいじゃないか。だがそれを無理矢理外に連れ出すのか？　きみは。そんなことはしないだろう？　別に彼女に外に出なければならない理由はない。中にいることで満足しているんだからさ。誰も困っちゃいない。俺だって同じだよ。宇宙が広いということを知るためだけに宇宙に行く必要はないだろう？」

「つまりこの度《たび》の玖渚の行動は、兎吊木さんにとって余計なお世話でしかないと？」

「おいおい、そういう挑発的なものの言い方はいささか卑劣だな」兎吊木はおどけるように右眉だけ上げる。「勿論そんなことはないさ。玖渚友の気持ちは素直に嬉しい。感動しているといってもいい。それに、そうじゃなくとも《死線》に再会できたことは俺にとって喜びだ。そういう意味では玖渚友に同行してくれたきみにも感謝しているよ。ありがとう」

「……どういたしまして」

ため息。どうやら饒舌型というのは本当らしい。何をどういう方向から攻めたところで、あちらへこちらへとバイアスを散らされ、そして丸め込まれてしまう。

変なおっさんにしか見えないが、それでもこいつは玖渚友の仲間《チーム》なのだ。それを失念してはならない。

「さて、俺のターンだ。つまりきみにとって玖渚友は、あの少女は一人の女性として見ることのできない、きみにとって友愛の対象ではあっても恋愛の対象ではないということかな？」

お。今度は比較的まともな質問だった。

「要するに玖渚友の子供な体躯《ロリィ》には欲情しないと」

「…………」

期待したぼくがばかだった。

「ちなみに俺は欲情する。……冗談だよ、逃げないでくれ。出て行こうとするな。欲情なんてするわけがないだろう、俺は彼女よりも十五も年上なんだよ？　そんなことするわけがないじゃないか。俺の育ったところじゃロリコンは挨拶《あいさつ》代わりの冗句なんだよ。本当だぜ。この程度で退《ひ》いてるようじゃ、きみ、俺の出身地じゃ生きていけないぜ？　頼むからその疑り深いまなざしをやめてくれ」

「……はあ」

どんなことがあってもこいつの故郷にだけは行くまいと誓いつつ、まさか志人くんや神足さんが言ってた《変態》とは、そういう意味だったのだろうかと考える。だとすれば志人くんのあの怯《おび》えようにも説明がつく。ぼくはさりげなく、右胸のナイフをいつでも取り出せるように身構えた。

「きみは玖渚友とキスをする。抱き合いもする。しかしそれは言わば妹に対する愛情みたいなものなのかな。きみにとって玖渚友は妹だと、そう言うのかな？　それはまあ悪くはない。妹のようにしか思えないというのは、ある意味女性に対する最大の賛美とも言えるからな」

「……」

「ちなみに俺には妹が二人いて——」

「聞きたくないです」ぼくは間髪置かずに遮った。「それに普通、日本では妹にキスをしません。抱き合いもしないです」

「なに？　そうなのか？」兎吊木は本気で驚いたかのように、眼を瞠《みは》った。「——そうだったのか。いや、勉強になった。ありがとう。きみに会えてよかった」

「はあ」なんかすごく嫌な感謝だった。「とにかく、玖渚は妹じゃありませんよ。少なくともぼくは、そんなことを思ったことはありません。家族のように近しい存在なのかもしれませんけれど、だけどそれは距離の問題です」

「ふうん。家族なんてどうでもいいと思ってる顔だね。ふふん。何となく分かってきたよ。問題点がね」

　問題点？　一体、何に対する問題点が見えてきたというのだろう。ぼくにしてみれば、この兎吊木という男こそが、今のところ唯一の問題だった。なんだか、もうさっさと会話を取りやめて部屋を出たい気分になってきていた。

　それをしなかったのはやはり、兎吊木が玖渚の《仲間《チーム》》だったからだろう。否、決して過去形でなく今をもってして尚、お互いを仲間だと思っている、そんな片割れだからこそ、ぼくはここで会話を続けるのだろう。そう自己分析する。

「じゃあ――」と、ぼくは言葉を繋ぐ。そしてぐるりと、この何の調度もない部屋を見回した。「――どうして、こんな何もない部屋を私室《プライベートルーム》にしているんですか？」

「おっと。一旦矛先を変えてきたな？　成程、俺の油断を狙う作戦か。うん、悪くない悪くない。それは冴えたやり方だ。そんな可愛い顔をして、えげつないなあ。どうやら見た目よりは知能がある人間のようだね、きみは」兎吊木は愉快げだった。「答はシンプルだよ。俺はごちゃごちゃしているのが嫌いでね。本当はこの――この椅子だって放棄したいくらいなんだが、さすがにそこまで突き詰めるといささか病的だからな」

「今でも十分病的だと思いますけど」

「いや、安心していいよ。他の部屋は割とごちゃごちゃしている。ごちゃごちゃしていない部屋もあるが、少なくとも整然とはしていない。整理は苦手なんだ、俺の専門は壊すことだからね。俺はこの四階フロアは完全に私用で使用しているが、機会があれば帰りに三階と二階を覗いて行っていいよ。仕事場は、夢の島くらいには散らかっている」

「遠慮しますよ」ぼくは兎吊木の申し出を断る。「機密事項も多いんでしょう？　志人くんに怒られてしまう。それに、そうだからこそ、この部屋が面会に当てられたのだと思いますけれど」

「確かに卿壱郎氏はそう言っていたがな……。ふふ、難儀な御仁だよ、彼は」

卿壱郎博士を《彼》と称したその兎吊木の表情から、少なくともぼくは、怒りとか恨みとか、こんな空間に閉じ込められている人間が通常発するであろう感情の気配を読み取ることはできなかった。とはいえ逆の感情、自分の所長《ボス》に対する畏敬や好情が読み取れたと言うわけではないけれど。

全く……こいつが何を考えているのか、ちっとも想像がつかない。

「さて俺の番」

「お手柔らかにお願いしますよ」

「任せておけ」兎吊木は随分と時代がかった調子で請け負った。「質問。異性に対してどのくらい興味がある？」

「……人並みに、ですね」ぼくは相変わらずのセクシャルハラスメントに耐えつつ、答える。「当然でしょう？　そんなこと」

「ふふ。そういう意味ではないよ」兎吊木はそんなぼくの心中を知ってなのか知らずになのか、更に時代がかった感じで言う。「ここでかつての《一群《クラスタ》》メンバー、《二重世界《ダブルフリック》》の言葉を引用《エピグラフ》する機会が生じるのは俺にとって非常に喜ばしいことだ。自分が誇る友人のことを語ることくらい、愉快な楽しみはないからね」

「……」

《二重世界《ダブルフリック》》。

玖渚の言うところの《ひーちゃん》か。

「どんな言葉を引用するんですか？」

「奴が女について語ったときの言葉さ。《たとえば犬がいるとしよう。僕はその犬を蹴ったりはしない。煉瓦《れんが》を使って頭を潰したりもしない。その犬が飢えていて、僕の手にパンがあれば、それを犬に与えることだろう。尻尾を振って足元に寄ってくれば頭を撫でてやるし、仰向けになればその腹をくすぐってやってもいい。なんならば部屋の中で放し飼いにしてやっても構わない。腕を噛まれても、僕はたぶん許すだろう。だけれどだからと言ってその犬に首輪でつながれたいとは思わない》」

「……随分とダウナーな友人を誇ってるんですね、兎吊木さん」ぼくは素直な感想を述べた。「女性と犬とを同列に並べちゃ駄目ですよ」

「ふふ。《凶獣《チーター》》も確かそんなことを言っていたな。すると《二重世界《ダブルフリック》》は答えたね、《ほう、するときみは犬を人間以下のクソ生命体と見なしているわけだ。ふうんきみは根源的差別主義者だな。ははん偽善者か。やれやれ全く見下げ果てた男だね。死んだ方がマシだな。そもそもきみなんて生きている意味がないけれどね。生きている内は他人に迷惑をかけるばかりで死んで初めて周囲の人間に安心を与える存在というか。死ぬことでしか他人の役に立てないとは、しかしそれこそ犬コロ以下だな。成程チーターだと思っていたが実はドッグだったのか。こいつはお笑いだ。おいドッグ、それじゃあちょっと調べ物をしてくれないか。骨のことなんだが》。ちなみにその後は取っ組み合いの喧嘩になった」

「……楽しそうですね」

なんだかコメントしづらい話だったので、ぼくは適当な相槌を打つ。

「楽しさなんて感情は俺たちには不在だったがね。さて、きみにとって玖渚友が妹でないというのなら、動物《ペット》というのはどうだろう？」

「…………」

「実際彼女は犬のように忠実だろう？　きみに対しては、ね」

なんだか含みのある物言いだった。まるで、自分はきみに対して隠している切り札があるんだと、そう言わないばかりの自信たっぷりの態度。ただのハッタリやポーズとは思えない。

「実際きみにとって《死線の蒼《デッドブルー》》は便利な存在ではないかと思うよ。何せ玖渚家の直系血族。こんな大規模な研究所を山肌に建築するだけの資金を、あんな《堕落三昧《マッドデモン》》相手にぽんと支払える一族の孫。絶縁されているとは言ってもその影響力は半端でない。何せ実兄、玖渚直のことがあるし、彼の他にも本家の中には彼女に与《くみ》している人間が数多数いる。彼女のそばにいるだけで、きみの人生は保障されたも同然だ」

「…………」

「それに彼女はあの通り、青い髪にあの歳にしてもまだ幼い肢体、奇矯なところがその他数々あるとはいっても、客観的に可愛い女の子だ。可愛い可愛い、実にそそる女の子だ。それを好きなようにできるというのは、きみの希望通りにできるというのは、男としてなかなか魅力的な話だよな」

「しかしあまり愉快な話ではありませんね」ぼくは兎吊木の台詞を遮った。「ぼくがそんな人間に見えますか？」

「……ふふ。怒るのだね、きみのような男でも」兎吊木は《狙い通り》とでも言わないばかりの表情を浮かべた。「自分が侮辱されたからか？　それとも玖渚友に対する思いを侮辱されたからかな？　あるいは図星をさされたからなのかな？」

「別に怒っちゃいませんよ。愉快な話でないと、そう言っただけです」

「そうかな。俺は愉快だよ。愉快極まりない。友達の話を、友達の友達としているのだからね、こんな喜ばしいことはそうそうない。……きみ、コンピュータメディアをどの程度扱える？」

「それほど得意じゃないですね」突然話題が変わったことに警戒しつつ、ぼくは答える。「一応電子工学だの何だの授業は受けましたけど」

「ああ。そう言えば《死線》が言っていたな。きみはＥＲ３システムに、あの強大な知識銀行《シンクバンク》に関わっていたんだったか」兎吊木が一人で納得したように頷く。「成程成程。納得いった、それでは見た目よりも賢いわけだ」

「玖渚からぼくのことを？」

「ああ。何と言われたか、知りたいかい？　玖渚友からどういう風な名詞をもって表現されたか知っておきたいかな？」

「いえ。結構です」

即答で断ったぼくから何かを見取ったように、兎吊木は微笑む。嫌な微笑だった。

「……コンピュータは人間が開発した装置《デバイス》の中でも最も最も最も優れた装置《デバイス》だ。それは主にハードではなくソフト面に関して言える。厳密なプログラムに従って普通には理解できない理屈で、しかも超高速で動作する。あらゆることを可能にし、人間とは全く違う膨大な言語によって作動し、人間が百年かかってようやく近付いた境地に五分ほどで到達する。だがその一方、そんな理解不能、難解に過ぎる装置《デバイス》でありながら、ただの凡人にもそれが操作《コントロール》できてしまう。スイッチを切れば、コンピュータは止まる。だからこそ、人間の間でコンピュータは栄えたという説もあるな。コンピュータの操作という行為は人間の中にある《自分よりも優れた存在を足元に引き摺《ず》り下ろしたい》というひそやかな欲望を満たしてくれるからとね」

「……ぼくは」

「人間は対象が何であれ自分が主導権をにぎっていたいものなのさ。さて、人間の汚い欲望についてちちょっと覗いてみたところで、玖渚友の話に戻ろう。彼女は間違いなく《天才》だ。まず特筆すべきは脳の中にとんでもないディスクファームでも組み込まれているのではないかと思うくらいの記憶力。人類限界のＲＡＭだ。そして、一度でも彼女が書いたプログラムを見せられて、魅せられない者はいないだろうな。美しいとは無為なる無駄がないということだ。余計や余分がどういう意味においてもないということだ。《死線の蒼《デッドブルー》》の作り出したプログラムには一切合切の無駄がない。プログラムだけではない、技術屋として作り出したハード、マザーボードやCPUにも余計なものが一つもなかった。《無駄がない》という一点においては《死線の蒼《デッドブルー》》は、《一群《クラスタ》》内で飛び抜けていたよ」

「……」

「幼き頃《死線の蒼《デッドブルー》》が何と呼ばれていたかきみは知っているかな？　無論知っているだろうね、知らないはずもない。彼女はただ一言、サヴァンという名詞で呼ばれていたんだよ。無論フランス語を借りるまでもない、英語でジーニアスと呼んだところで、日本語で天才と呼んだところで、ドイツ語で呼ぼうが中国語で呼ぼうがスワヒリ語で呼ぼうが、意味は何も変わらないがね。才能に国境なんてないからな。俺がまだ一人孤独なハッカーだった時代に、まだ自分が孤独だと夢見ていたその時代に、玖渚本家直系の孫娘がそのような天賦の才を備えているという噂を聞き、俺は正直戦慄したものだよ」

「戦慄……ですか」

「戦慄、戦慄、戦慄さ。俺達は随分と気の合わない仲間同士だったが、しかしそればっかしは全員に共通しているんじゃないかな？　ある者は嫉妬してある者は崇敬して、彼女のことを探ろうとしたことだろう。無論、この俺も玖渚友と接触を持たんとして――もっとも当時の俺の心持からすれば《接敵せんとして》というところだがね――あらゆる手段を駆使したが、さすがは玖渚機関、一筋縄ではいかない。諦めざるをえなかった。だから彼女が《一群《クラスタ》》を結成するにあたって向こうの方から声をかけてきてくれたとき――俺は歓喜にむせび泣いたよ。大袈裟な物言いじゃない、本当に泣いた。笑いたければ笑えばいい、三十を過ぎた大の大人が、十四の小娘によって、救われたというのだからな」

「…………」

無論、笑えるはずもなかった。

全然、笑える話じゃなかった。

「いや、実際茶番だと思うよ。酷く滑稽《こっけい》な茶番劇だ。考えてもみたまえ。世界最高峰の頭脳——ふふ、自分で言うのも照れくさい話だが、世界最高峰の頭脳が九つも集まって、やったことといえばいっとう年下の子供の遊びに付き合うことなんだからな。才能の無駄遣い、天才の浪費もここに極まったという感があるね。実際——俺達が俺達の力をもっとまともな方向に運用しておけば——俺達が正義の味方でありさえすれば、この地球はずっと素晴らしい惑星になっていたことだろうな。なあ、俺が大袈裟なことを言っていると思うかい?」

「——思いませんよ。確かにあなた達が善良でさえあれば、世界を救うことなんかアップルパイのように簡単だったことでしょう。けど、それはありえない仮定ですよね。結局のところ天才なんてのはそんなもんでしょう。あなた達《一群《クラスタ》》の九人——玖渚を含めた九人が、例外だったってわけじゃない。この研究所にいる人間だってそうでしょうし、ぼくが今まで会ったことのある才人達だって、みんなどこかがまともじゃなかった。まともじゃないというのは《社会的に見て》という意味だけじゃありませんよ。みんな——どこか外れちまってましたよ。人格者の天才なんて方こそ例外中の例外でしょう。ぼくはね、能力のある人間に対して人格を期待するほどに、夢見る乙女をやってませんよ」

「そりゃ夢見る乙女に対する差別発言かい?」

「なんでそうなるんですか。夢見る乙女は少なくとも夢見る中年男よりは好きですよ」

「俺のことを言っているのかい? しかしまあきみの言う通りさ。天才とは社会的に不適合者であることが多い。というか、元々社会というのは才能のある人間に不親切なものだからね。誰だってともすれば自分の利益を根こそぎ奪っていきかねない天才に対していい思いばかりがするとは限らないからな」

「……いい加減にしてくださいよ、兎吊木さん」ぼくはとうとうこらえ切れなくなって言う。「言いたいことがあるのならはっきり言ったらどうです？　回りくどいにもほどがある。いや、回りくどいどころの話じゃない。あなたの話は単に冗長だ。ゲーテの言葉じゃありませんが、実際、もしもあなたが小説だったら、ぼくはここで読むのをやめてます」

「そりゃなんとも残念だね。ここからがようやく面白いというのに」

「とてもそうは思えませんがね」

「つまらないと思った本を壁に叩きつけず最後まで読むことを勇気と呼ぶ——んだそうだよ。太宰治曰くね。寂しがり屋の天才はいつもいいことを言う。そうは思わないかい？」

「……じゃあ、ぼくも勇気を奮って、精々期待させてもらいますかね」

「ああ、期待しておけ。その点はばっちり請け負うさ、《害悪細菌《グリーングリーングリーン》》の名にかけて。……しかし天才——いい言葉なんだが、しかしあまりにも世の中に氾濫し過ぎている感は否めないね。考えても御覧よ、天才と呼ばれることなんてのはそれほど難しくもない。この施設内にいる人間の中で、かつて天才と呼ばれた経験が一度もない人間がいると思うかい？　志人くんだって美幸さんだってそうだ。《死線》の付き合いできた、きみと保護者の鈴無さんとやらのことまでは知らんがね。天才と呼ばれることなどそんな大したことではない。難しいのはね——自身で自身を天才だと確信することなんだよ。勿論、思い込みなんかじゃなくってね」

「確信と思い込みは、何が違うんです？」

「さあね、何も違わないかもしれないね。少なくとも俺やきみから判断すれば、それは何も変わらないのかもしれない。だがね、予測するのと確信するのとの違いは、きみにだって分かるだろう？　六が出ると予想してから、サイコロを振る。六が出る。おい、これは予想した人間が優れていることになるか？　ならないだろう。だが六が出ると確信していたのなら別だ。こいつは紛れもない——正に紛れのない、才能と呼んでいい特性だよ。かつてこの俺も己を天才と予測した過去がある。けれどそれは思い違いだった。今から思い出せば恥ずかしい限りだよ。そこへいくと玖渚友、彼女は——そこら辺、酷く自覚的だとは思わないか？　自身の天才についてしっかりと認識し、自身の天才をしっかりと理解しているとは思わないかい？」

「らしくもなく随分安っぽい言い回しですね、兎吊木さん。比喩だって使い古されている。あいつが天才だってのはぼくも認めますが——」

「きみも認める、そして俺も認める。しかし一番認めているのは玖渚友本人なんだ。自覚と自認という行為はどんな種類のものであれ自信につながるものだとか、その手の論理は説明をしなくともいいだろう？　相対的な評価を求めようとするならば他人のセンスを見抜く能力が必要だろう。しかしこと絶対的な評価を得るためには、何よりも自分を知っておかなければならない。周囲と比べることで自己を認識するのではなく、自身を自身だけで認識する行為。自分を試したりしない、試験など一切必要ないし試練など一切必要ない。生きるために世界を必要としない、これこそが絶対的天才、確信さ」

「……………」

「さて。そんな《天才《ホワイトアウト》》だが、しかし反面、それ以外のことにおいては酷いもんだ。機械いじりやがらくたの構築《アプリケーション》においては完全無欠を誇る玖渚友だが、それ以外の方面においては無能そのものだ。才能の極端な不均衡はかの有名なイデオ・サヴァン症候群や最近話題のアスペルガー症候群の特徴でもあるが、彼女の場合はそれらの一般的な症候群とも更に種類を異にすると言うべきだろうね。幼稚な言動、つたない思考能力。特に対人関係においてはそれは完璧なる劣悪を発揮しているね。そりゃそうだろう、何故なら彼女には《感情》が欠落している。

欠落しているとは言わずとも、全然足りない。足りてはいるのだろうが、しかしその操作法《コントロール》を全く知らない。ゆえに、相手の感情を読み取ることができない。人間関係なんて、所詮鏡を見るようなものだからね。相手が自分と同じように思考していると考えて初めて成立する。鏡にうつらない相手とのコミュニケーションなんてできるはずがないのさ。ま、これは俺が言っていいことではないが……それは勘弁してくれ。とにかく、だから《天才》の玖渚友は、結局一人では生きることができない。突出し過ぎているがゆえに、一人では生きていられない。しかし突出しているから、一人で生きなくてはならない。ふふ、なかなか面白い矛盾回路《サイコロジカル》だね」そして兎吊木は、ぼくを指さす。「……きみのような存在がいなければ、玖渚友は生きていくことすらできない。それがきみである必要があるかどうかはともかく、玖渚友は生きていくということにおいて、生命活動を行うにあたってきみに頼り切らざるをえない。玖渚友をコンピュータに例えるのならば、彼女はOSが登場する以前の酷く原始的なメカニズムなのさ。さあ質問だ。玖渚友を自分の庇護《ひご》下において、きみは一体どういう気分なのかな?」

「……ちょっと質問が多過ぎますよ、兎吊木さん」ぼくは俯《うつむ》いたままの姿勢で言う。「質問は一回《ワンターン》につき一つか、多くても二つってのが礼儀ってもんでしょう」

「そうかもしれないな。それはきみの言う通りかもしれないが、だけどその程度のサーヴィスはしてくれてもいいだろう? 無償奉仕は人間関係の潤滑剤《じゅんかつざい》だぜ。答えてくれよ。玖渚友を所有して、きみはどんな気分なのだい?」

「ぼくに《あいつはぼくのものだ、誰にも渡さない》とでも言わせたいんですか?」ぼくは重々しく、顔を上げ、兎吊木を睨んだ。「冗談じゃない。あなたが欲しいってんなら、勝手に持っていけばいい」

「…………」

「あなたにぼくは語れませんよ。ぼくにだって、ぼくのことは語れない」

「ふふん。語れないんじゃなくて語らないんだろう？　確固たる自分の意志で」兎吊木は一歩も引かない。「自分が自分について、一体何を語る羽目になるのか恐怖で仕方がないんだろう？　自分を突き詰めて、どんな結果が出てきてしまうのか、きみは恐れている。恐れに恐れている。きみは自分が恐くて仕方ない。そうだろう？」

「かもしれませんね。でも、だったらどうだって言うんですか？　あなたにごちゃごちゃ言われる筋合いはない。たとえ筋合いがあっても、そんなことを言われたくはありませんね。ぼくにとって玖渚は友達だ。玖渚にとってもぼくは友達だ。それでいいじゃないですか」

「今は、そうだね。今はそれでいい」兎吊木は頷く。「今はそれでいいかもしれない。だがきみは……きみ達はいつか、壁にぶつかるよ。そんなあやふやな、そんな有耶無耶《うやむや》な関係がいつまでも持続するわけがないからな。壁にぶつかって気付けばそれでいいが、壁にぶつかって死んだらそこで終わりなんだよ。そこのところ、きみは分かっているのかな？　俺にはただ、目をそらしているだけのように思えるがね。質問終了《ターンエンド》。さあ、ではきみからの質問を受け付けようか」

兎吊木はスチール椅子の背凭れにぐ、と体重を預け、ぼくからの質問に身構えた。ぼくは次に何を訊くべきか、迷う。いや、何を訊きたいかは既に決まっている。それを訊いてもいいものかどうか、躊躇したのだ。だがぼくは結局口に出した。

「……、兎吊木さん。《チーム》……《一群《クラスタ》》のことですけれど」

「好きに呼んでいいよ。そもそも匿名集団だったんだからね」

「……そもそもどうして、そんな、ものが結成されたんですか？」

　ぼくは言った。

「あなた達は一体何をどういう風に考えて、《チーム》……《一群《クラスタ》》なんてものを組織し、活動に至ったんですか？」

「……それが核心か」

　兎吊木の目つきが変わった。今まで表向きだけでもにやにやと笑っていたあのチェシャ猫のような瞳がくるりと入れ替わったように、こちらを射抜くような、ぼくをえぐるような、そんな露骨な目つきへと変貌した。

「簡単《イージー》なことだ。きみのその質問について答えるのは俺にとって赤子の手をひねるよりも数段数十段数百段と容易《たやす》い。実に簡単、一言《ワンワード》ですむ。……だが正直言って、あまり気が進まないな」

「……？　どういう意味ですか？」

「つまり俺が正直であろうと思えば、きみの期待を裏切ることになるからさ。残念ながら俺はきみの期待に添えるような答を持ち合わせていない。それこそ《二重世界《ダブルフリック》》ならばうまくきみをやり過ごすのだろうが、俺にはそれができない」

「………」

「それでも聞きたいか？」

　兎吊木は白髪をかきあげるようにした。そしてサングラスを外し、白衣のポケットに仕舞い、そして生の眼でぼくを見据えた。

「聞きたいのなら、俺は答えよう。だがそれは親切心から答えるのではない。むしろ、俺達から玖渚友を奪ったきみに対する悪意から答えることを、まず心得ておいて欲しいね。それでも、それでもきみは聞きたいのか？」

「聞きたいです」

　ぼくは、ほんの一瞬すらも、ほんの一刹那すらも迷うことなく、頷いた。優柔不断で中途半端なこのぼくが、躊躇もせずに頷いた。

「教えて下さい、兎吊木さん」

「《死線の蒼《デッドブルー》》がそれを望んだからさ」

兎吊木は、本当に一言《ワンワード》で答えた。

簡潔なことのように、そう答えた。

「俺達はそれに従ったに過ぎない。それが彼女の言葉だったから、従ったに過ぎない。彼女は俺達の統率者《リーダー》であっただけではない。彼女は俺達の支配者《カイゼル》だったのさ。そして俺達は《死線》の兵隊《ボーン》であり、そして奴隷《スレイヴ》だった」

「う――」

がくり、と。

ぼくの膝が崩れるようになる。脚だけでは体重を支えきれなくなり、壁に張り付くようになった。しかしそれでも身体を支えきれず、両手を使って壁を押さえつける。壁が倒れてきそうだった。いや、ぼくが倒れそうになっているだけか。しかしどうにかしないと、このままではぼくという存在が終わってしまいそうだった。

「――つりぎ――」

ぼくは。ぼくは。ぼくは。ぼくは。ぼくは。

と。ぼくが何かを口にしかけたとき。

「おい！ いつまで兎吊木さんと話してるつもりだ、お前！」

ドアの向こうから、志人くんの怒号と共に、激しいノックの音がした。

「いい加減にしろよ！ 何やってんだ！」

「ふふ……」兎吊木が、その声に、肩を竦めて、椅子の上で姿勢を変えた。白衣からサングラスを取り出して、装着する。目つきが、例のにやにやしたものに戻っていた。

「分かったよ志人くん！ もう話は終わったよ！ ……ふふん、どうやら今はここまでのようだね。まだまだ質問はあったのだが、ここらでお開きといったところか。玖渚の友達くん」

「……そのようですね」ぼくは全力で脚に力を入れ、壁から身体を離した。「そのようですね、《害悪細菌《グリーングリーングリーン》》さん」

「ふふ。明日、また来たまえ。そのときはもう少し建設的な話をしようじゃないか。どうせきみも一日二日、ここに滞在するのだろう？」

「ええ、まあ、そうなるでしょう、ね……」

「明日は鈴無という保護者の彼女も連れてきてくれよ。《死線》の話じゃ彼女も随分と面白そうな女性だ。きみに負けず劣らずね」

「セクハラしたら殴られますよ」

「ご心配頂きまことに重畳」兎吊木はぼくの皮肉にも動じることなく笑った。「だが安心してくれ。これでも身体は丈夫なんだよ。殴られても平気さ。ふふ、それじゃあみんなにもよろしく言っておいてくれ」

「みんな……？」ぼくは首を傾げる。「誰ですか？」

「みんな、さ。志人くんや博士、美幸さんや他の研究局員達。神足さんや根尾さんには会ったらしいじゃないか」

「ええ。長髪さんと肥満さんですね」

　そうそう、と兎吊木は頷く。

「根尾さんの肥満はもう仕方がないが——肥満は体質だからな——神足さんの長髪は眼が悪くなってしまうからな。きみの方から注意してやってくれ」

　分かりましたよ、とぼくは言って「それでは失礼しました」と、ドアを開けようとした。そのとき兎吊木が「ちょっと待ってくれ」と、ぼくの背中に声をかけた。ぼくは振り向かないままで「なんですか？」と訊く。右手は既にドアのノブを握っていた。この扉一枚向こう側には志人くんがいて、そしてその近くには玖渚がいる。玖渚友がいる。ぼくの知る玖渚友が一枚向こう側にいる。

「最後の質問《ラストターン》だよ、玖渚の友達くん」

「……それ、おかしいですよ」ぼくは振り向かない。「兎吊木さんから質問を始めたのに、兎吊木さんで終わったらずるいじゃないですか」

「この次はきみのターンから始まる。それでいいだろう？　それにさっききみが俺に向けた問いかけと同じく、一言《ワンワード》で解答が済む、簡単な質問をするだけさ。時間は取らせないよ」

「はあ……別にいいですけれど。なんですか？」

兎吊木はすぐには言わず、いくらか間を置いて、それから言った。

「きみは――」

ぼくに向かって訊いた。

「――きみは――」

ぼくの脳内を、じっくりと、えぐった。

「きみは玖渚友のことが本当は嫌いなんじゃないのかな？」

2

数十分後――ぼくと玖渚は、再び、斜道卿壱郎博士のおわす第一棟の中にいた。先ほど卿壱郎博士と謁見した四階の応接室の中、玖渚と二人、並んで座っている。他に人間はいない。卿壱郎博士はただ今三階の実験室で研究作業に没頭しているらしく、志人くんはそこに《玖渚と兎吊木との面会が終わった》と報告に行ってしまった。

ゆえに今、ぼくは玖渚と二人きりだった。

二人きり。

二人。

……しかし、本当に、そうだろうか。

この部屋には一人と一人がいるだけで、二人がいるわけではないんじゃなかろうか。

「……？　いーちゃん？」

やがて、玖渚が隣から、ぼくを覗き込むようにした。下から、大きな瞳でぼくを見る。

「ねえいーちゃん。さっきから一言も喋らないけど、どうしたの？」

「……ん？」ぼくは顔を起こした。「あれ？　ぼく、喋ってなかったっけ？　おかしいな。中世ヨーロッパにおける宗教問題と貴族階級の支配制度について熱く論じてたはずなんだけど」

「論じてないよ」

「いや、論じてたね」

「論じてないって」

「論じていたともさ！」後に退けなくなった。「ぼくはナポレオンの血を引くものとして、その辺りのことを真面目に考えないわけにはいかないからね。いずれヨーロッパ全土を手中に収める立場の者として、その土地の過去の歴史を掌握することは当然のことだよ」

「いーちゃん、ひょっとしてさっちゃんに何か意地悪いこと言われたりしたわけ？」

無視された。

玖渚は少しだけ不安そうに、ぼくのことを心配するような口ぶりで言葉を続ける。

「さっちゃんは興味のない人に対してはそんなこと、言わないはずなんだけどね。さっちゃんがいーちゃんに固執《こしつ》する理由なんて、思いつかないんだけどな」

「……いや、特に何も言われてないさ。何も、特にはね。お前の近況とか調子とかを訊かれただけだよ」ぼくは普通を装って答える。「他の視点から見たお前の現在状況を知りたかったんじゃないのかな。とにかく、ぼくは何も言われてない」

「ふうん……」

玖渚は納得いかないようだったが、しかし、とりあえずは頷いた。

ぼくは椅子にぐっともたれて、天井を見上げる。そこではファンがくるくると回って、室内の空気を回転させていた。そんなものを何の意味もなく見つめながら、目に見えもしない空気の流れをなんとなく見つめながら、ぼくはゆっくりと息をはいて、少しだけ空気の流れを変えてみた。

無論、この行為にも意味はない。

何の意味もなかった。

「…………」

かつて訊かれたことがある。

《きみは俺の妹を愛しているのか？》

いつか問われたことがある。

《きみは玖渚ちゃんのことが、好きなのかな？》

その両者に対してぼくは、ほとんど即答で、《そんなことはありませんよ》と答えた。二回を二回とも、二度を二度とも、そう答えた。三度目があったとしてもそうするだろうし、四度目だってそうするだろう。五度目も同じことをするし、六度目だってそうに違いない。

ほとんど即答で、首を振る。

それだけのことだ。

しかし――

《きみは玖渚友のことが本当は嫌いなんじゃないのかな？》

ぼくは、兎吊木のあの質問に、即答どころか、ついに、答えることができなかった。答えられなかったのだ。

「…………なんで」

どうして、ぼくはあの程度の、あの程度のシンプルな、それこそ一言《ワンワード》で終わらすことができる質問をかわすことができなかったのか。

別に正直である必要はない。別に素直である必要はない。あんな男を相手に、正直になる必要も素直になる必要もないのだから。だから嘘をついても、その場しのぎを縷々と述べても、今まで通りそうすればよかっただけの話なのに。

五月、彼女に対してそうしたように。

戯言を遣えば、それでよかっただけの話なのに。

どうして……。

「屑が……なんて情けない。恥知らずにも程がある。いや、恥知らずどころかこいつは身の程知らずだ……何をやってんだ、この屑は」

死んでしまえばいいのに。

なんで生きているんだよ。

「……あまりにも、情けなさ過ぎる……」

「うん？　今度は何か言った？　いーちゃん」玖渚が首を傾げる。「よく聞こえなかったけど」

「……いや、独り言だよ。ぼくの半分は独り言で構成されているからね。しかし、いやいや、それにしてもさ」ぼくは無理矢理、口調を軽い明るい感じにして言った。「鈴無さんの言い草じゃないけど、意外と普通の奴だったな、兎吊木って。お前とかちぃくんとか、もっと根本から言葉の通じないぶっ飛んだ変な奴を想像してたよ、ぼくは」

言葉が通じること。

通常、それはぼくにとっては相手に対するアドバンテージになるはずなのだが。全く……さすがのさすが、《チーム》の破壊工作専門係、《害悪細菌《グリーングリーングリーン》》といったところか。本当、心の底から大したものだ。

戯言まで壊してしまうとは。

「普通……ってんじゃないんだよね、さっちゃんは」玖渚は珍しく言いよどむようにした。「まあ、うまくは説明できないんだけどさ。それにしても、困ったなあ」

「困ったって、何が？」

「どうせいーちゃんも聞いたんでしょ？　さっちゃん、ここから出るつもりなんかないってさ」

「ああ……それか。そうだな、そう言ってた」出るつもりがないどころか、そんなことには全く興味がなく、それよりもぼくと玖渚の関係の方がよっぽど興味の対象物であるかのような具合だった。「お前、説得しなかったのか？」

「したけどね。したんだけどさ、したんだけどさあ。説得ね――さっちゃんの前じゃそれほど虚しく響く言葉も珍しいや。さっちゃんは僕様ちゃんの言葉なんかで停まったりはしないんだよ。兎吊木垓輔に停止《レッド》はない——不滅《グリーン》、不浄《グリーン》、不死《グリーン》だよ」

「お前の言葉でも停まらないって……リーダーじゃないのかよ、お前」

「元、リーダーだよ。でもねえ、《チーム》っていっても、みーんな好き自由やってたからねえ……よくあれでまとまってたもんだよ。だから《チーム》は解散というよりも破綻《はたん》したっていうのが正しいんだよね。肥大し過ぎた才能なんて手に余っちゃえばもうどうにもならないもんだからね——その辺はあんまり思い出したくない苦労話だよ」

「ちぃくんのエピソードとか聞きゃ、確かにそうかもしれないな……」

「うーん。困った困った。困り過ぎてるよ僕様ちゃん。困難のバトルロイヤルって感じ。こんなに困っていいのかなあ」

玖渚が鹿爪《しかつめ》らしく腕を組んだそのとき、扉が内側に開いて、卿壱郎博士と美幸さんが、並んで部屋に入ってきた。近い距離で博士の立ち姿を見るのはこれが初めてだったが、それは風貌とは違い、いかにも老人らしい、小さな体軀だった。木製だと思われる、いささか時代がかった感じの杖までついている。しかしそれでも、若い頃はさぞかし立派な身体つきだったのだろうと窺わせるような片鱗が、あちらにこちらに見え隠れしていた。

卿壱郎博士はぼくと玖渚を一瞥《いちべつ》し、そして露骨に「にやり」という感じに笑い、

「どうだったかな？」

と、しわがれた声で言った。

「お久しぶりの、お友達との邂逅は。いい具合に行きましたかな、玖渚のお嬢さん」

「うん。それはそれはもう、楽しかったよ」玖渚は笑顔で答えた。「夢のような楽しさだったよ。ここまで来た甲斐《かい》があったってもんだね。明日もまたお話ししようってさ」

「そうかそうか。それはよかった」対して博士も綽《しゃく》然《ぜん》と笑う。「だがそいつは仕事に対して支障が出ない程度にとどめておいて欲しいものだな、玖渚のお嬢さん。俺達はこんな山奥で、何も余暇を過ごしているわけじゃないのだからな。あんたと違って、俺は《暇も金も有り余って》とはいかないんだからな」

「お金はともかく、そんなに暇じゃないってのはさっき言ったと思うんだけどね。けどま、その辺の事情については十分に察しているつもりだよ」玖渚は言う。「察した上でやってるんだから、どんな誤魔化しも無意味なんだ。それよりも博士。こちらとしては今から本題に入りたいんだけれど、話し合いができるくらい時間と寛大さはあるのかな？」

「寛大さ？　いいとも、俺は若人には常に寛大だよ」

そう言って、卿壱郎博士はゆったりとした歩調で移動し、玖渚友の正面に、座っている玖渚を見下すような具合の絶妙の位置に停止した。

「しかし――保護者の彼女はここにはいないぞ。そんな頼りなさそうな少年が相棒で、大丈夫なのかな？　玖渚のお嬢さん」

「ご心配は有難く受け取っておくけど、余計なお世話もはなはだしいよ、博士。博士だって本当は分かってるんじゃないの？　いーちゃんがどういう人かっていうことはさ」

「………………」

卿壱郎博士は露骨に不快そうに舌打ちし、美幸さんの方を向き、

「おい。席を外せ」

と言った。

「え。でも、博士――」

「口答えは許さん。わかりやすく言えば、《消えろ》と言っているのだよ」

「………………」

「もう少し分かりやすく言うか？」

「——いえ、分かりました」

美幸さんは言われた通り口答えせず、ただ一礼して、部屋からしずしず、足音も立てずに出て行った。彼女にはメイドの才能があるな、返す返すも志人くんの発明は大罪だ、とぼくは思ったが、しかしそれは場合が違うのにもほどがあるってものだろう。

才能か——しかし、さっきの玖渚の言葉じゃないが、こんな研究施設でここまで虚しく響く言葉も珍しい。こんな、間近に二人の天才をおいて、才能なんて言葉にどれほどの意味があるものか。祇園精舎の鐘の音もさながらだ。

くすくす、と玖渚が声を立てて笑った。

「相変らず、人を人とも思っていないんだね、博士。そんな博士がどうして人工知能なんかに手を出したのか、それだけはどうしても理解できないよ」

「理解できない？　これはこれは、玖渚のお嬢さんらしくもない台詞だな」

「…………」

「ふん。不愉快極まる子供だよ、貴様は」博士が毒々しい口調でそう言い、玖渚との距離を詰めた。「その顔つき、その瞳、その唇、その輪郭、その肉体、その笑顔、その口ぶり、全てが全て気に障る」

「ちょっと博士……」ぼくは思わず口を挟む。「そういう言い方は、あまり紳士の態度じゃないですね」

「紳士の態度？　この《堕落三昧《マッドデモン》》にそんなものを期待するとは、認識の甘い坊主だな」博士は笑う。「それに、特に失礼にもなるまいよ。この玖渚のお嬢さんは、俺の言う言葉なんかじゃ傷つきもしないんだからな。ハナっから俺のことなど、眼中に入れちゃおらんのだ。そうだろう？　玖渚のお嬢さん」

「それは意地悪な見方だよ、博士。そんな風にひねくれたものの見方をしなくてもいいんじゃないのかな？」

「だが事実さ。貴様はあれだろう？　兎吊木垓輔しか眼中に入れていないんだろう？　そう、貴様はこの俺のことなど、本当に見ちゃあいないし、見るつもりもないのさ」博士は更に言う。「憶えておるか——などと訊くのもいちいち馬鹿らしい話だな。七年前、当時北海道にあった我が研究所に貴様が実兄玖渚直と共にやってきた、あの日のことを」

「………」

「少なくともこの俺もあの日のことは忘れられれんよ。なあ坊主」と、博士はぼくに話題を振った。「このお嬢さんが、当時十二歳のこのお嬢さんが、俺が三十年をかけた研究成果を見て、何と言ったと思う？」

「……さあ。想像もつきませんが」

「《こいつは実にすごい研究だね》」割り込むようにして玖渚が言った。「《こんなの、真面目にやらなきゃ三時間はかかっちゃうよ》——って言ったんだよ」

「………」

　そのときの光景が目に浮かぶようだった。こいつは、六年前ぼくに対して見せていたのと同じような笑顔とともに、普通の普通の当たり前に、そんな台詞を言ってのけたのだろう。何の悪意もなく何の悪気もなく、他人を傷つけるつもりも侮辱するつもりもなく、きっと博士がそれに三十年もかけたことなど想像もせず。

　平気で卿壱郎博士を——

踏みにじったのだろう。

「仕方ないじゃない。博士があの程度に生涯をかけてたなんて、直くんも教えてくれなかったんだからさ。人が悪いよね、直くん。いーちゃんもそう思うでしょ？」

「ふん。確かにあの若造も不愉快極まるものだったな」自分のバックである玖渚機関の人間に対しても、博士は毒を向けた。「全く——兄妹揃って、この俺を蹂躙しおったな。今でもあの日のことを夢に見るよ、俺は」

ぼくは玖渚の方を向いて「——ちなみに直さんは何て言ったんだ？」と、小声で訊いた。玖渚は「うーん」と唸ってから、

「《ご安心ください博士。あなたは妹の言うことなど気にせずに研究を続けてくだされぱそれでよいのです》」

と、直さんの口ぶりを真似て言った。

「普通じゃないか」

「普通だよね。何がいけなかったのかな」玖渚は首をひねる。「その後に《玖渚本家の直系である高貴な私の高貴な妹にそんな雑用をやらせるわけにはいきませんから》と続けたのが悪かったのかもしれないね」

「間違いねえよ」

卿壱郎博士の肩を持つつもりはさらさらないが、しかしそんなとんでもない兄妹に自分のフィールドをひっかきまわされて、いい思いがしないのは当然だろう。

「けどそんなの昔のことじゃない、博士」玖渚は博士に向き直った。「それに女子供の言ったことだし。そんな気にしちゃ駄目だよ」

「若いということも女だということも、才能だよ。玖渚のお嬢さん。そうだろう？」

「……だからさ。別に思い出話をしにきたわけじゃないんだよ。博士のことを軽く見ているつもりはないけど、だったら博士、もう少し学識ある人間同士の会話をできないものかな？　博士の態度は、とても話し合いをしようって態度じゃないよ」

「そちらこそ、話し合いをするつもりなんかあるのか？　玖渚のお嬢さん。何がどうあったところで、お嬢さんは兎吊木の奴を俺から奪っていくつもりなのだろう？」

「奪っていくとは人聞きが悪いね」

「だが玖渚のお嬢さんがやろうとしていることはそういうことだ。この研究所にいるこの俺の局員を、一人、ここから連れ去ろうというのだからな」

「………」

「あの男は渡さんよ」

博士は、きっぱりと言った。

「何があろうと——いくら玖渚のお嬢さんが相手であろうとも、俺は兎吊木垓輔を手放すつもりはない。話し合いをするつもりなど、少しもない。俺の意見は変わらないし——兎吊木垓輔の意見も変わらない」

「——そこなんだよね」

玖渚はゆるりと肩を竦めて言う。

「そこなんだよ。さっちゃんはね——自分の意志を絶対に曲げたりはしない人なんだよ。《チーム》として活動してた時代にも、さっちゃんの制御が一番大変だったんだ。操作はできても制御はできない、それが《害悪細菌《グリーングリーングリーン》》の名の由来。《チーム》の中で手に負えないかもしれない、と思ったのはさっちゃんだけだもんね。そのさっちゃんを自分の意のまま思いのままに操《あやつ》ってるって、博士、一体どんな手段を用いているの？」

「いやあ。あいつはただ単に、俺と気が合うだけだよ。研究の趣味が合うので一緒にやろうと意気投合したもんでな」

明らかに分かる大嘘だった。それはさっきの、兎吊木との会話を思い出せば判然とすることだ。しかし表向きには、今のこの状況、そういうことになっているのだろう。

「……もうちょっと、人間らしい話し合いができたらいいなあとか、そういう望みを抱いてきたんだけどね。希望的観測だったかもしれないけどさ」

「人間らしい、ね」博士は皮肉げに言う。「……しかし人間らしい話し合いなんて、人間を相手にやるものじゃないか？——化け物さん」

「いーちゃん！」

玖渚が怒鳴った。

卿壱郎博士にではなく、ぼくに向かって。

席から腰を浮かしかけた、ぼくに向かって。

「動かないでよ。動いちゃ駄目だよ」

「…………」

「ここで暴れてどうするのさ。話し合いをしてるんだよ、今は」

「…………」

「いーちゃん」

「……オッケイ」

「…………」

「オッケイだってば」

「…………」

「オッケイだってばさ。分かってるよ」

ぼくは座り直し、握り締めた拳を開く。せめてもの気晴らしとばかりに博士をきっとにらみつけたが、博士はぼくの視線などまるで知ったことでもなさそうに、「ふん」と鼻を鳴らした。

「成程。玖渚のお嬢さんのおっしゃる通り、ただの腑抜けたがきでは、なさそうだな」

「………まあね」

「小僧よ。俺が玖渚のお嬢さんを人間扱いしないことに激昂したようだが、人間扱いしていないのはそちらも同じだろう。小僧、お前に分かるのか？　年端もいかんこんな小娘から、見下される老人の気持ちがよ」

「分かるわけないでしょう、そんなこと」ぼくは不機嫌に答える。これは兎吊木を相手にするのとは種類の違う不機嫌さだった。「俺の気持ちが分かるか、なんて、そんなしみったれた台詞、年上の人間からは聞きたくないもんですよ」

「分からないだろうな。ああ、分かるまい。お前の隣にいるのがどれほどの才能なのか、お前には片鱗も分かっちゃいないんだろうな」

「…………」

「なあ小僧。俺は実際、少しお前が羨ましいよ」博士は少しだけ、その声から敵意を抜いた。「いや、羨ましいというのは少し違うかもしれないな。そう――俺から見れば、お前はものすごいことを平気でやってのけている。玖渚友の隣にいる、という偉業をな」

「…………偉業」

「偉業だ、誇ってもいい。俺だって《堕落三昧《マッドデモン》》である前に一個の人間だ、ものを評価する目は持っている。そこの少女が図抜けた天才であり、かつて同じ称号で呼ばれたはずのこの斜道卿壱郎を遥かに凌《りょう》駕《が》する素晴らしい才能であることも、大いに認めよう。——だがそれでも、あえてそのそばにありたいとは、とてもじゃないが、思えんな」

「…………」

「俺にはとても耐えられないだろうからな。とても耐えられない。そんな化け物のそばにいるなら死んだ方がマシだろう」

「……いい加減に」

「玖渚のお嬢さんに対して何の劣等感も抱いていないなどとは言わせんよ、小僧」卿壱郎博士は言う。「さっきの反応から見る限り、玖渚友から何も感じずに生きていられるほど無神経な阿呆でもなかろうよ」

「兎吊木さんと似たようなことを言いますね」

意見の向かっている方向は真逆だけれど。

《害悪細菌《グリーングリーングリーン》》は《死線の蒼《デッドブルー》》を神と崇め。

《堕落三昧《マッドデモン》》は《青色天才《サヴァン》》を化物と恐れる。

しかしそれは方向が逆ベクトルというだけで、言っていることは全く同じだ。このぼくを救いようのない愚か者だと定義している点で、全くの同一だった。

だけど。

「いい加減、そんな文言《もんごん》にはうんざりしてるんですよ。どいつもこいつも、本当にステレオタイプでいやになる。針の跳んだレコードみたいな有様じゃないですか、みっともない。そうやって他人をてめえ勝手なものさしで測ってるみたいなものの言い方は——」

「博士」

玖渚がぼくの台詞に割り込んだ。人の台詞に途中で割り込むというのは、玖渚にしてみれば珍しいことだった。それも、ぼくの台詞にだ。

「博士。もういいよ、そういうのはさ。才能とか天才とか、そんな御託はどうでもいい。思想のぶつけ合いとか、思想対決だとか、そういう面倒くさいのももうごめんだよ。そういう論理は文系の哲学者に任せようよ、理学博士さん。正直なところ、博士の頭の中にぜーんぜん才能ってものがないってのは素直に可哀想だと思うけどね、それをこっちのせいにしないでよ。あなたの無能に関して玖渚友は何の責任もないんだからさ」

「——な」

あまりにも神経を逆なでする玖渚の物言いに、博士の顔が赤に染まる。ぼくも驚く。こうも露骨に相手を挑発する玖渚を見るのは初めてだった。

「そういうことでしょ？　ここにさっちゃんを閉じ込めているのはさ、自分の力じゃできないからさっちゃんの力を使ってるってことでしょ？　どうやってさっちゃんを懐柔・籠絡……脅迫したのかは知らないけど、人の能力を使ってやってる研究で偉ぶるような真似も、ついでにやめてもらえないかな。いや、それすらもどうでもいい。あなたのことなんて心の底からうわべまで、どこをとってもどうでもいい。博士が何を誇ろうが何で偉ぶろうが、やっぱりそれについても玖渚友は何の責任もないんだから。だから言いたいことは一つだけ」

玖渚友は言った。

「さっちゃんを返して」

「…………」

「あれは私のなんだよ」

「…………」

「私のものは私の手元に置いておく。少なくともあなた如きに所有されるのは不愉快だよ」

「……都合のいい意見だ」博士はかろうじて、反論する。《死線の蒼《デッドブルー》》に反論する。「あれは貴様が捨てたものだろうが。落ちていたものを拾って、何が悪い？」

「捨てたものでもだよ。捨てたものでも私のものには違いがない。捨てたものを拾われるのは不愉快なんだよ。……あのね、博士。《死線の蒼《デッドブルー》》はとってもとっても強欲なんだよ。その程度のことも、分からないの、かな……？」

「……あれは渡さないよ」

博士は繰り返した。

わずかに凄んでみせた玖渚に、怯んだようになりながらも、尚、繰り返した。

「土下座されてもお断りだ。あれは——この俺が玖渚のお嬢さんに対して唯一持っているアドバンテージだ。この俺が、貴様に対し、たった一つとはいえ、借り物の長点とは言え、勝っているんだ。そこを譲るわけにはいかないよ」

「——つまらない。結局は嫉妬なの？」

「嫉妬——そう見られてもしょうかたないことかもしれんが、あまり俺を軽く見るな。俺が今やっていることを知れば——今度こそ、玖渚のお嬢さんと言えど、腰を抜かすさ」

「ふうん。確かにここの面子《メンツ》を考えれば、三時間じゃ無理かもしれないね——何せさっちゃんまでいるんだからさ」

「……話し合いは決裂だな」

博士が玖渚から距離をとり、近くにあった椅子に座る。

「というより、話し合いの余地はないという感じだな。ここまで圧倒的に対立しているのに、和解交渉も何もあるものか」

「まあ、そう簡単に結論を出すのはやめようよ。ごめんなさい、ちょっと感情的になりすぎちゃったかもしれないね」玖渚はにっこりと笑って、卿壱郎博士に両手のひらを晒《さら》した。「謝るから、さ。今日は博士、本当に忙しいらしいから、明日、また冷静になって話し合おうよ。色々おみやげもあるんだよ」

「……そうだな。また明日、か」博士はここで思い出したかのように、くつくつと笑った。「……どんな切り札があるかしらんが、悪あがきだとは思うがね。玖渚のお嬢さんの言うとおり——兎吊木垓輔は絶対に自分の意志を曲げたりはしない。それがやむかたなしに定められた意志であろうともな」

「……かもしれないね」

「宿舎は林の奥だ。玖渚のお嬢さんには少し汚い場所かもしれんが、まあ我慢してくれ。何せこんな山奥なものでな。志人に案内させよう。志人は一階ロビーで待たせている、行ってやれ。それではまた明日——玖渚のお嬢さん」

そう言って、これ以上話すことなしといわんばかりに、卿壱郎博士は椅子ごとあちらを向いてしまった。

「……うん。また明日」

玖渚はそう言って席から立ち、そしてぼくの手をひいた。

「行こうよ、いーちゃん。志人ちゃん、一階にいるんだってさ」

「……うん。わかった」

ぼくは言われるままに立ち上がり、玖渚に手をひかれ、卿壱郎博士を残し、部屋を出た。

玖渚友と斜道卿壱郎——

その因縁は浅いように見えて意外と深かった。

《どうでもいい》どころではない。いや、因縁が深いと見えるのは、このぼくの立場から、あるいは卿壱郎博士の立場からであって、玖渚本人はなんとも思っちゃいないかもしれない。その何とも思っちゃいないという事実がまた、卿壱郎博士のプライドを傷つけるのだろう。

分からなくもない。

分かりたくもないが。

だが残念なことに——それは斜道卿壱郎にとってだけではなく、玖渚友にとっても残念なことに——この対立、まるでかみ合っていない。間違いなく双方は対立しているというのに、全然歯車がかみ合っていない。それこそ、鴨川と比叡山とで勝負をしているようなものだ。あんなので、話し合いも和解案もあったもんじゃなかろう。

若さも性別も才能の内――

確かに博士の言う言葉には含蓄《がんちく》があった。

「………つーか、なんだかな」

《害悪細菌》、兎吊木垓輔。

《堕落三昧》、斜道卿壱郎。

《死線の蒼》、玖渚友。

とんでもない――博士の言葉を借りるならだが、とんでもない化け物クラスの天才が、三人揃い踏みか。

正直言って、三人が三人、何言っているんだか分からない。このような理解放棄こそが、斜道卿壱郎博士のいう《羨ましさ》の要因なのかもしれない。きっとそうなのだろう。頭がいいというのも、それはそれで不幸な話だ。見えなくていいものまで見えてしまう。聞こえなくていい音まで聞こえてしまう。知らなくていい味まで知ってしまい、感じなくていい匂いまで感じてしまう。料理人になるのなら、まあそれでいいのかもしれないけれど。

「………」

頭のいい人はすべからく料理人になるべき。

うん、これは卿壱郎博士に勝るとも劣らぬ、なかなか含蓄のある言葉だった。あの島の料理人を思い出しながら、ぼくはそう考えた。

と、廊下を歩いたところで――例の喫煙ルームに、宇瀬美幸さんがちょこんと座っていた。

「あ、美幸ちゃん」と、玖渚の方が先に声をかける。「博士との会合、終わったよ。もう戻った方がいいんじゃないのかな?」

「――それはどうも」

美幸さんは半分ほどまで吸っていた煙草(エコー)を灰皿に押し付け、立ち上がった。そのまま何も言わずにぼくらの横を通り過ぎようとしたが、そ

こで思い出したように、

「あ、鈴無さんですが」

と言う。

「言われた通りに私が案内していたのですが——途中、春日井博士と三好博士に出会いまして、なにやら意気投合したようでした。今、二階の喫煙ルームで話しこんでいるはずです。まだそこにおられると思いますから、お探しのようでしたらそちらにお寄りください」

「それはどうも」

玖渚が同じ台詞を返した。

それでは、と、過ぎようとした美幸さんだったが、ぼくはその背に「美幸さん」と声をかける。

「あの、ちょっとお伺いしたいことがあるんですけれど、よろしいでしょうか」

「——なんでしょう？」

「あなたはどうして、どういう理由でここで働いてらっしゃるんですか？」

「…………」

これは、志人くんに問いかけたのと同じ質問だった。志人くんは結局《お前なんかには分からない》とぼくを突っぱねたけれど、果たして美幸さんはどうなのか——

「私は意見を持たない主義です」

きっぱりと、美幸さんは言った。

「…………」

「他に御用がないようでしたら、私はこれで」

「……ええ。お引止めして、どうもでした」

にこりともせず、美幸さんは博士のいる部屋へと向かって、屹然《きつぜん》と歩いていった。ほとんど迷うところのない足取り。あるいは彼女にとって、ぼくらのような来訪者、馴れっこなのかもしれなかった。《堕落三昧《マッドデモン》》なんかの秘書をやっていれば、苦労はそれなりに多かろう。その点で言えばぼくと気が合ってもおかしくないだろうはずだが、しかし今の会話から思う限り、話が合いそうにはなかった。

「音々ちゃん二階だってさ、いーちゃん」

「……そっか。じゃ、行こうか」

ぼくはなるたけ平然っぽく頷き、喫煙ルームのそばを過ぎ、エレベータの場所へと向かった。下向きのボタンを押し、中に乗り込む。

「しかし……また明日、ね」黙っているのが気まずく思えたので、ぼくは思いついたままのことを言う。「あの分じゃどう話し合ったところで、明日も明後日も話し合ったところで、あの爺さんが耄碌《もうろく》でもしない限り、結果なんか出そうにないけどね」

「ああ……うん。その辺はね、まあ。色々考えてるよ。その辺は宿舎行ってから説明することにするよ。ここじゃ誰が聞いてるか分からないし、ちょっと込み入ってるしね。それよりもいーちゃん」と、玖渚はぼくを見た。「抱きついていい？」

「……なんだそれ？」

玖渚のいきなりの態度に、ぼくは無理矢理、茶化すような態度を取った。「今までそんなこと、訊いたことなかったじゃないか。好き勝手の好き自由、抱きついてきたくせに」

「うーん。なんとなくそういうノリなんだよ」

「成程。らぶこめいたノリなわけだ」

「わけなんだよ」玖渚は無邪気っぽく微笑した。「それで、いいのかな？　エレベータの中だけでいいから、お願いするよ」

「構わないぜ。充電だろ？」

うん、と玖渚は、ぼくの胴に腕を回した。

そして自分の身体を押し付けるようにしてくる。顔を胸に埋め、力をゆるめることはない。それでも玖渚の細腕、ぼくは苦しいことはなかった。

苦しくなんかない。

苦しくなんかない。

「…………」

それは本当に久しぶりに訪れた、ぼくと玖渚との時間だった。この時間のためになら何を捨ててもいいと思わせる、かけがえのない時間だった。

「——これもあるいは、戯言か……」

玖渚に抱かれながら考える。

玖渚は一体、兎吊木とどんな会話を交わしたのだろう。久方ぶりに再会したかつての《チーム》メンバー同士として、どんな会話を交わしたのだろう。分からなかった。分かるはずもなかった。

ぼくは天才ではないし、玖渚友と兎吊木垓輔は、理解し合える天才同士なのだから。斜道卿壱郎博士よりも更に更にずっとずっと、堕落し切ってしまっている、天才同士なのだから。

しかし——

兎吊木と玖渚がどんな会話を交わしたかは想像もつかないが、兎吊木とこのぼくとが交わしたその会話については、最後の質問に限らず、全て憶えている。兎吊木の嫌らしい、全ての面において全ての方向において嫌らしい、不愉快極まりない質問攻勢を、ぼくは一つ残らず憶えていた。

戯言殺しの質問を。


「——…………」

エレベータが停止した。二階に到着したらしい。だけれど玖渚は、それでもぼくから離れようとはしなかった。ぼくは何も言わなかったし、まして玖渚を引き剝がそうとはしなかった。そんなことをするはずがなかった。そんなことができるはずもなかった。

開いた扉が閉じて、そしてぼくらはそのまま、そこでしばらくの時間を過ごした。自分達の時間を過ごした。

ぼくの背に回された玖渚の手。ぼくの胴を回った玖渚の腕。ぼくの胸に押し当てられた玖渚の顔。ここから見下ろせる青い髪。

そして——

そして、一バイトの無駄もなく、一ビットの余計もなく、完全なる美を形成するだけの回路を在内した、小さな頭。

究極のＲＡＭでも組み込まれているような記憶力

——と、それをそう、兎吊木は称した。だけれど、恐らくは兎吊木本人も理解している通りに、その比喩は微妙に間違っている。玖渚友の、否、《死線の蒼《デッドブルー》》の脳内神経に組み込まれているのはRAMではなくROMだ。だからこそ一度憶えたものは決して忘却しないし、そして書き換えられることはない情報をあらん限りに詰め込んで、そしてその情報はそこで永遠の輪となる。部分と全体とが等しい無限集合と化すのだ。

憶える能力、ではない。

忘れない能力だ。

玖渚友のことを《機械のようだ》と比喩した人間は数限りなくいるが、その内の何人が、本当にそうだと思っていたのだろうか。そんなことを言いながらも、それでもどこかで《そんなことを言っても、同じ人間なんだから——》と思っちゃいなかっただろうか？　それも、何の根拠も論拠もあるわけではなく——ただの希望的観測で。そうでないと、あまりにも我が身が情けなさすぎるから。

しかし兎吊木は、確信しているようだった。玖渚友を《装置《デバイス》》と比喩した兎吊木垓輔は《害悪細菌《グリーングリーングリーン》》はそう信仰しているようだった。そしてそれは実際その通りなのだろうと思う。そうなのかどうかはぼく如き戯言遣いには分からないけれど、実際その通りなのだろうと思う。

ゆえに——ゆえに。

だから玖渚は決して忘れない。

忘れてなどいない、忘れることはない。

六年前にぼくによってどのような目に遭わされ、ぼくによってどのように騙され、ぼくによってどのような羽目に陥ったのか——忘れることができない。たとえ玖渚本人が忘れようと思っても、忘れることができないのだ。

ぼくがどれだけ罪深い、罰にまみれた人間なのかということを。

忘れない。

憶えている。

それで尚、こうしてぼくを抱擁するのだった。

全てを許すのだった。

幼稚な子供に対する母親のように。

飼い犬に腕を嚙まれた飼い主のように。

寛大なる女神のように。

全てを許すのだった。

「——笑えるよ」

ぼくは諧謔《かいぎゃく》的にそう呟き、少しも笑わない。

玖渚友を所有する気分を兎吊木は問うた。

玖渚友の隣にいる気分を卿壱郎博士は問うた。

勿論そんなもの、ぼくに答えられるはずもない。

ぼくは玖渚を所有してなんかいないし、玖渚の隣にいたことなどないのだから。

　結局のところこのぼくも兎吊木垓輔《グリーングリーングリーン》同様、綾南豹《チーター》同様、日中涼《ダブルフリック》同様、他の《チーム》の連中同様に——玖渚友によって保有されているだけなのだから。

所有されているのはぼくの方だ。

その所有のされ方が、兎吊木達とは違うというだけで。その所有のされ方が、兎吊木達よりもずっとえげつないという、ただそれだけのことで。

「——………」

所有されているものが、所有者と並んで歩くことなどできるものか。

「うん。充電完了なんだよ。いこっか、いーちゃん」

「そうだな」

ぼくは普通に答えた。

答えたと思う。

「志人くんをあんまり待たすと悪いしね」

「そうだねー、あはは」玖渚が《開く》のボタンを押す。「でも音々ちゃん、研究局員の人とは話が合いそうにないとか言ってたのに、なんで心視ちゃんとかと話してるんだろうね？」

「さあね、知らないよ」ぼくはぶっきらぼうに答えつつ、箱内から出る。「何か盛り上がる話題でも、あるんじゃないのかな？」

3

「まーね、ERプログラムや何やゆーても、結局は学校制度みたいなもんやから、一年おきに進級試験みたいなもんがあるわけなんよ。それに合格できんかったら強制退学、ゆーみたいなな」

明るい、いかにも陽気そうな女の人の声。

「ふうん――」これは鈴無さんの相槌。「当然いの字も、その進級試験を受けなくっちゃ駄目なわけね」

「そうそう、そんな感じ。どんな試験なんやゆーたら、これがまた嫌らしい試験でな。全教科分織り交ぜて百問用意されてんねんけど、時間が六十分しかないねんよ。で、合格点は六十点。合格基準だけ聞いたら甘いようにも思えるけど、百問ある問題、その第一問から第百問まで、どない考えても一問一分じゃ解けへん難問揃いなわけよ」

「ははあ、話が見えてきましたぞ」根尾さんの、時代がかった大袈裟な口調。「つまりあれですな、限られた時間内で、いかに《自分が解ける問題》を見つけ出すか？　そういう《観察眼》、《判断力》が試される試験なわけですな。ふふん、そりゃ日本じゃ考えられない、さすがはERプログラム」

「そそ、そういうこと。つまり六十点いうんは単位の最低基準ってことやないんよ。どころかそれが《満点》って言い換えてもいいくらいなんね。百問の中には普通絶対に解くことができんような難問かて混ざっとって、絶対に百点なんかとれへんようなシステムになっとってんから」

「陰険な試験だわね」鈴無さん。「というか、随分と意地の悪い先生が作ったんでしょうね、それは」

「そうやねー。合格できんかったら強制退学っちゅう厳しい処置が取られる場面でこんな難易度Sの試験を出すなんて、ウチにはとても考えられへんけど、あそこは変な先生もいっぱいおったからね。さて、ほんでここで、あの戯言遣い《モンキートーク》はどうしたと思う？」

「セオリー通りにいけば、満点を取ってしまったって奴でしょうな」根尾さん。「絶対に満点が取れないはずの試験で満点を取ってしまう。あの少年ならそれくらいのことはやってのけそうですよ」

「いや、零点ってのもあるんじゃないかしら」鈴無さん。「あえてその出題者の先生に反抗する意味を込めて、向こうっ気強く、白紙で提出したとかね」

「ふふん。えーねー。で、神足ちゃんはどう思うん？」

「知らない」神足さんは短く答える。「しかしあえてオチを予想するなら、その絶対に解けないという一番難しい問題だけを一問正解して、残りは全部間違えたという奴だろう」

「うっふふふ。いや、皆さん。三者三様答えてくださったけど、それがなんと、その全部が正解なんよ！」噺家もさながらに見得を切り、ばしん、とテーブルを打つ音。「根尾さんはさっき《観察眼、判断力が試される》試験やゆーたけど、もう一個、これは洞察力も試される試験でね。あの彼氏、神足ちゃんの言うた通り、一番難しい問題だけ解いて——残り九十九問、全部白紙で提出したんよ」

「…………」「…………」「…………」

「驚くなかれ、それこそが《出題者》の先生が望んどった《満点》やったんやね。その最高難易度の問題が解けるような生徒は他の問題がどうであれ進級させるって、決めとってんな。他の問題がどうであれ——つまり他の問題を解く必要なんか最初からなかったわけよ。その問題が解けて他の問題が解けんわけないっちゅーわけ。だから、その一問だけを解いたら、それでよかってん。あいつはそれを読み切って、余計な労力をかけんと、六十分をたった一問を解くためだけに使ったわけよ」

最小の労力で最大の結果を出すこと——

それが望まれていた解答。

「なるほど。まるで禅問答ですな。そちらの方が確実に解ける六十問を探すよりはよっぽど簡単というわけですか。ゆえに神足さんと俺との答えは両方とも正解というわけですか——洞察力とはいってもよっぽどの確信がないと、そんな真似はできないでしょうに。《出題者の気持ちになって解く》というのは試験の基本ですが、いやいや、大したもんだ、あの少年」根尾さん。「——しかしこちらの美しいお嬢さんの解答は、まだ満たされてませんぜ？」

「うん。そこがあの戯言遣い《モンキートーク》の一筋縄ではいかんとこで」ちょっとここで時間を溜めてから。「——自信たっぷりに提出したその一問の解答が、間違えとったわけですわ」

そして彼女は一人で爆笑した。

変わっていない。変わっていない。全くもって変わっていない。どこもかしこもあらんかぎり変わっていない。ERプログラム時代、このぼくを散々いじめ倒してくれたあの頃から、三好心視さん——いやさ心視先生は、ちっとも変わっていないようだった。

「いや、結局、その洞察力だけは評価されて進級できたわけやねんけどな——あいつの他にそんな無茶ができた奴、一人しかおらんかってんから——」

「——心視先生」

　余計なところに話が滑りそうになったのを見取って、ぼくは廊下の陰から喫煙ルームに向けて、姿を現した。喫煙ルームでは、長身の黒ずくめ、鈴無音々さんが右奥に、左奥にどっかりとした根尾古新さんの肉体が、その手前に長髪でその身体の半分が隠れている神足雛善さんの姿が、そして右手前に——右手前に、三好心視先生が、いた。

　短く刈った金色の髪に、いささかレンズが大き過ぎるのではと思わせる眼鏡。鈴無さんと比べるべくもない小柄な肉体に、サイズの大きめの白衣を、袖を通さずに羽織っている。その風貌の様子はお医者さんごっこをしている中学生くらいの女の子を連想させた。もっとも、彼女は女子中学生だった時代にそんなごっこをやってはいなかっただろう。なぜなら、彼女は小学校高学年で、既に動物解剖学の博士号を取得していたのだから。

　三好心視。

　名前こそは心視だが、専門（そして嗜好《しこう》及び興味）はその全逆で、生物の肉体を徹底的に解剖し分解し探究することである。その権威あいまって、かつて超絶強大の研究機関、ER3システム計画《プロジェクト》プログラム部門において教鞭《きょうべん》をとっていた。そして現、《堕落三昧《マッドデモン》》卿壱郎研究施設、第三棟を任されている、機関準所長《ナンバーツー》。

　そして——そして、かつてのぼくの恩師だ。

　それは勿論、かつて教従したことのある相手は問答無用に恩師と定義しなくてはならなければの話だが。

「——へへっ」

心視先生は、二十八歳というその年齢に全くそぐわない、悪ガキじみた笑みを見せた。いや、あれから三年経っているから、今はもう三十を越えているのか。しかし、まるで化粧っけのないその顔には、まるで少女のような表情しか浮かんでいなかった。

「いよう、戯言遣い《モンキートーク》。思いもよらぬ再会やな」心視先生は「ぶいっ！」とピースサインをぼくにつきつけた。「なんやんなんやん、生まれて初めて《増えるワカメくん》でも見たような珍妙なツラしよってからに。どうなん？　自分、あれから元気しとったかのん？　我が生徒よ」

「少なくともたった今まで、今よりは元気にしてましたよ。ええ——本当に思わぬ再会ですね、我が恩師」ぼくは自分の両目が自然と心視先生から逃げていくのを感じつつ、答えた。「先生の方こそ、お元気そうで、健在そうで、相変わらずで、お変わりなく、いかにもで、なんというか、本当、心の底から、………最悪ですね」

ここに来るまでの道中、兎吊木が囚われている場所があの《堕落三昧《マッドデモン》》卿壱郎研究施設だと知ってから、ちぃくんからの情報の中に《三好心視》の名前を発見してから、ぼくがずっと考えていた不安は、ここで的中した。同姓同名の希望ははかなく脆《もろ》く消えていった。

「今こちらの鈴無さんにあんたの武勇伝を教えたっとったとこなんや。爆笑人生ゆーんか、あんたがどないな風におもろい奴やったかいうことをな。なんやてー、聞いたでー、自分」先生はソファから立ち上がって、煙草をくわえたままで器用に喋る。

「プログラム中退してしもたんやて？　何勿体《もったい》無いことしてさらしとんねん。自分、その頭ん中には何が入っとんねん？」

「……先生だってシステムから脱退したじゃないですか。だからこそここに、こんなところにいるんでしょう？」

「おっと、なんやまるでいて欲しいなかったみたいな言い回しやな」へへ、と先生はぼくの肩に馴れ馴れしく腕を回した。「けどウチは自分とちごてやめたんとちゃうもんね。単純にクビになったんやもん」

「あそこを生きたままでクビになることなんて、絶対に不可能なはずなんですけれどね……」

　けれどこの人は。

　不可能をねじり回して可能に変えてしまうこの人だから。

「まあ今思えば確かにウチもウチで惜しいことをしたかもしれへんなー、思うけど。噂で聞いてんけど、ほら、システムのトップ七愚人《フール・オブ・ザ・シーズ》。あれ、なんでも一人分、死んだか何かで欠けができたらしゅうてな。あのままシステムに残っとったらウチがその後釜になれとったかもしれへんのに」

「そりゃ無理でしょうよ。候補はいっぱいいるんですから」ぼくは平静を装いつつ、そんな世間話をする。「風に聞いた話じゃ、確かまた日本人の誰かがなるんじゃなかったですかね。サイトウなんとかって……、ちょっと変な名前の」

「冗談やん。真面目でもない癖に冗談の通じんやっちゃな、自分。ウチみたいな普通のおねーちゃんが七愚人になんかなれるわけがあれへんやろ？」先生はそう言って「へへへ」と笑い、ばしばしとぼくの背中を叩いた。「うん、自分も自分で相変らずや。なんか嬉しいわ」

「…………」

「いや、しかしまー。それにしても、驚いたよね」根尾さんが、心視先生によって拘束されているぼくに向かって快活な風に言う。「きみ、只者じゃないとは思っていたけれど、まさかあのERプログラムの留学経験者だったとは。ね？　神足さん。俺の言った通りでしょ？」

「お前は何も言っていない」

　神足さんの答は冷たかった。腕組みをして、いかにも《付き合いでここにいるだけ。早く自分の研究棟に帰りたい》という態度。そんなぶっきらぼうで無愛想な態度なのに、しかしこの中では一番親近感が持てるのはどうしてなのだろう。

「人が悪いよねえ。大垣くんにはこれ、黙っておいた方がいいよなあ。彼、プログラムに参加しようとしてできなかったんだから。博士に止められたんだったっけ？」根尾さんはにやにやとしたまま続ける。「でも本当、きみ、どうしてERプログラム、やめちゃったんだい？　ER3システムって言やあ、俺達学問の徒にとってみりゃ憧れの象徴みたいなもんなのに」

「…………」

ER3システムとは。

アメリカはテキサス州ヒューストンにその本部を持つ、言ってしまえば個人経営の研究機関である。そういう意味ではここ、《堕落三昧《マッドデモン》》斜道卿壱郎研究施設と同類項に分類《カテゴリ》できるのだけど、しかし全く規模《スケール》が違う。あそこに比べれば、卿壱郎博士には悪いけれど、こんな田舎の研究施設はあってもなくても同じである。世界中という世界中から、学術という学術の専門家を、まるで大英博物館のようにかき集め、度を越した蒐集家のようにかき集め、そして日夜その真髄を極めんとしている一種の《科学宗教》団体組織、それもかなりの狂信っぷりが窺われる集団組織——それがER3システムなのである。

そしてその究極の研究機関が行っている若手育成制度がERプログラム。あえて誤解を恐れずに乱暴に表現すれば、それは研究所付属学校みたいな制度だ。詳しい経緯やなんかはここでは省略するけれど、ぼくは中学二年からその制度《プログラム》に参加して、今年の正月頃、プログラムを中退して日本に舞い戻ってきた。そして現在に至るわけだが、その約五年間のうち最初の二年、ぼくはこの変態解体マニア、三好心視先生に師事していたのである。

彼女が一体どういう性格の持ち主で、それ以上にどんな過去の持ち主なのかという点については、できれば説明したくないというのが本音のところだ。そもそも、さっきここで鈴無さん達を相手に垂れていたぼくに関する武勇伝、その非常に種別の悪い進級試験の出題者は、他ならぬ心視先生その人なのである。先生についての説明は、それだけで十分過ぎるほど十分であるように思える。

だから心視先生がシステムから抜けて日本に戻ると聞いたとき、ぼくは快哉《かいさい》を叫んで喜んだ。ぼくと同じように心視先生に教鞭を執られていた生徒達はその夜、施設の一室を借り切って一大パーティーを開催した。ぼくはランチキ騒ぎは苦手だからその手の誘いは一切断っていたのだけれど、このときばかりは参加させてもらった。参加しただけではない、心視先生の門出を祝ってウォッカを壜《びん》イッキまでしたものだ。

急性アルコール中毒で施設内の病院に収容されたぼくを見舞いにきたとき、心視先生は「どうせまた会えるやろき、そんときはまた仲良うしたってやー」みたいな不吉過ぎる予言と、骨折したわけでもないのに身体中油性ペンで落書きされたぼく（犯人が誰かは言うまでもない）とを残して、病室から、そしてアメリカ大陸から去っていった。

予言はこうして成就《じょうじゅ》されたわけだ。

「いやー、あんときはあゆうたもんやけど、ほんまに自分と再会できるとは思てなかったで。先生は嬉しい！　ほんまに嬉しい！　感激や！」

「ええもう、ぼくも嬉しくて涙が出てきますよ」

この台詞、後ろ半分は嘘ではなかった。全身の古傷がずきずきと痛み出し、本当に涙が出そうだった。ぼくは先生の腕を振り払い、そして鈴無さんに「さ、行きましょう」と言う。

「志人くんが下で待ちくたびれているはずですからね。急がないとまたノリ突っ込みを受けてしまいます」

「そうだわね」頷いて、鈴無さんはその長身を立ち上げる。「それじゃ三好さん。興味深いお話をどうも有難う。非常に参考になっただわ」

「いやいや、こないな話でええんやったらいつでも聞かせたるで。ウチは第三棟におることが多いさかい、滞在中に何かあったら寄ったってな」心視先生は鷹揚《おうよう》に笑う。「自分も、昔みたいに先生に相談があるんやったらいつでも来いや」

「遠慮しますよ」即答した。「大体、先生だっておし仕事が忙しいでしょうからね」

「《仕事》ねえ……」先生は薄く笑う。ああ、この笑みだ。さあどこからメスを入れようか、と思案するような、そんな笑み。

「しかしまー、こんなんが《仕事》なんやったら、生きていくんなんか、本当に簡単なもんやと思わへんか？　ん？」

「…………」

「ま、積もる話もあるやろけど、そーゆーんは今度二人っきりで会ったときにじっくりとしよか」

「積もる話？　あなた相手に、そんなものはありませんよ」玖渚の言葉を借り、ぼくは先生に向かう。「あなた相手に積もる話なんてものは何もない」

「そりゃ寂しいやね。それが本当やとしたらやけど」

先生はびくともせず、へらへら笑うだけだった。

「じゃ、俺らもそろそろ行きましょうか、神足さん。博士にまたどやされますぜ」

「どやされるのはお前だけだ」

根尾さんが神足さんを促《うなが》し、神足さんはそれに短く答え、二人とも喫煙ルームから出て、ぼくの横を過ぎていく。根尾さんはうやうやしく一同に礼をして、神足さんは何の愛想も見せずに。全く、返す返すも対照的な二人だ。その割、別に仲が悪いわけでもいいわけでもなさそうだが。

と、ぼくはそこで兎吊木の言葉を思い出した。

「あの、神足さん」

「……なんだ？」めちゃくちゃ面倒そうに振り向かれた。「何か用か？」

「髪、切った方がいいですよ」

「…………」

神足さんはまるで暗号でも聞かされたような反応でしばらく黙った後、「いらん世話だ」と、髪の毛ではなくぼくの方を切り捨てた。そして根尾さんと並んで、エレベータホールへと向かって歩いていった。

「ほな、ウチももう行くわ。いい加減春日井ちゃんを待たせとるさかいな」

春日井さん——そうか。そういえば美幸さんは《鈴無さんは三好博士と春日井博士と話している》みたいなことを言っていたけれど、ここにいたのはその内先生だけだった。あの凹凸二人組は途中から通りすがりで参加したのだろうと考えて、では春日井さんはどこへ行ったのだろう。

ぼくの疑問を表情から見抜いたようで、先生が、

「春日井ちゃんは《そんなワケのワカラン子供の話なんか聞いても全然つまらないです》ゆうて、先に三階行ってしもてん」

と、教えてくれた。

うん、まだ顔も知らないけれど、その行動からすると、春日井さんはどうやら比較的まともな神経の持ち主らしい。実際どうかは分からないけれど、そう期待しておこう。

「じゃ、また顔つきあわせて酒でも呑もうや。ほなねー。ばいばいきーん」

そして先生は去っていき、喫煙ルームにはぼくと鈴無さんだけが残される。鈴無さんは既にフィルター部分しか残っていないような煙草をようやくねじり消して、それから「いの字」とぼくを呼ぶ。

「兎吊木氏との面会は滞りなく?」

「——滞りなくとは言いませんが、しかし大概は鈴無さんの予測してるだろう通りに、大過はありませんでした」

「そ」頷く鈴無さん。「それはそれは大いに同慶。よかったよかった。ま、アタシもそこそこ堪能させ

てもらっただわ。美幸さんの無愛想にゃ参ったけれどね」

「あの程度で無愛想なんて言っちゃいけませんよ、無愛想が泣きます。で、どうでした？　《堕落三昧《マッドデモン》》見学の感想は」

「どうもこうも――わけ分からなかったわよ。ま、そのわけの分からなさが面白かったんだけどね。なんつーっか、異国の地を歩いてたような気分だわ。ねえ、いの字」鈴無さんは言う。

「その……あおちゃんとか兎吊木氏とかって、本当に斜道卿壱郎博士よりも優れた頭脳を持ってるの？　ちらりとその辺を見学した感想を言わせてもらえれば、とてもそうは思えないんだけどさ」

「人を表面で判断しちゃいけませんよ――ってのはあなたにとっちゃ釈迦《しゃか》に説法ですがね」ぼくは肩を竦《すく》める。「さあて。その辺は非常に微妙ですよ。頭の良さみたいなものは、きっちり数値にして比べることのできないものですからね――それこそさっきの試験の話じゃないですけれど」

「……問題があるとすりゃ、世代の違いってとこなのかもしれないわね」

妙に確信的に、鈴無さんは呟いた。

斜道卿壱郎――六十三歳。

兎吊木垓輔――三十五歳。

そして玖渚友――十九歳。

互いに互いの全盛期同士を比べてみることなど意味はないだろう。実際三人は違う世代を生きてきた三人だし、そして最後の一人である玖渚友にいたっては、普通に考えれば今をしてまだ成長期としてみるべきなのだ。

成長なんてものを、玖渚がするのかという問題はあるが。

「世代の違いって奴は才能以上に決定的だと思わない？　いの字」鈴無さんが続ける。「結局さ――どういう時代を生きてきたのかって点じゃ、博士、兎吊木氏、あおちゃんの三人じゃ、あおちゃんが一番恵まれてるわけじゃない。道具《ツール》やら手順《ルート》やらがもう揃っちゃってるんだから。ジャンケンで後出しすればば勝てるのと同じ理屈でさ」

道を切り開かなければならない者と、その道を舗装すればいいだけの者。どちらが楽で、どちらが成果をあげられるかなど、それは考えるまでもないだろう。どんな物事でも後発の側が優れているのは当たり前の話——という理屈は確かな説得力を持って成り立つ。

けれども。

「そんな簡単な問題じゃないと思いますけれどね……」少なくともさっきの二人の会話を聞く限りにおいて、そうは思えない。一面の真実ではあるのだろうけれど、それが全てではないだろう。「……つうか、その辺の三人の問題なんてのは、ぼくら凡俗の知るところじゃありませんよ。深く考えない方が身のためだと思いますけれどね」

「かもしんないわね。で、いの字。そのあおちゃんはどこ？　見当たらないけれど、ポケットの中にでも隠してるわけ？」

「ああ……先に下に送り届けてきましたよ。志人くんをあんまり待たしても悪いと思いましてね」

「ふうん。送り届けた、ね」鈴無さんは含みありげにぼくの言葉を反復した。「……つまりそこまでしても、大事な大事なあおちゃんを志人くんに預けるような真似までしても、あんたはあおちゃんに自分の過去を知られたくはなかったってわけだ」

「……何言ってんですか、鈴無さん」ぼくは歩き出しながら、冗談っぽく答えた。「玖渚はちゃんと知ってますよ、ぼくがERプログラムに参加して、ER3システムにかかわっていたことくらい。元々玖渚のお兄さんの紹介でそこに行くことになったんだから、当然でしょう？」

「でもあんたは向こうで何をしでかしたのか、それをあおちゃんに黙っている」

断定的な口調だった。ぼくは脚を停めた。

「……先生から何か、聞いたんですか？」

「聞いた……とここで言えりゃ会話も随分楽なんだけどさ」鈴無さんはぼくの隣に並んだ。ぼくの方を見ず、正面の方向を見つめるようにしている。「残念ながら三好さんから聞いたのは与太話ばかりよ。その辺きちんと弁《わきま》えてるみたいじゃない、あの人。軽佻なようでいて肝心なところははぐらかす。宙六《ちゆうろく》天《てん》にくったような性格はどちらかといえば偽装って感じ。なかなか結構な恩師を持ってるんじゃない、いの字」

「それはどうも」ぼくは強いて道化てみせる。「お褒めに与《あずか》り嬉嘆の至りです」

「あんたを褒めたわけじゃないけどね。アタシは何も聞いてない。だけどいの字、あんたには聞かれたくないことがあったのね？　あおちゃんに、そしてできればアタシにも。今まであの先生のことを伏せていたのがいい証拠だわ」

「やだな。うっかり忘れてただけですって。それじゃ証拠不十分ですよ」

「……そうやってさ、過去を隠したり匂わしたりするのを格好いいと思う人もいるのかもしれないけれど、少なくともアタシは、そんなの馬鹿みたいって思うわね」

「…… 別に格好つけでやってるわけじゃないですよ」

「そうね、そうだわね。だから今は訊かないわ。あんたの気持ちも分かるし、それにいくらあおちゃんが相手でも、全部を全部話す必要なんかないとアタシは思う。誰だって、あんただってアタシだって、浅野だってね、人に知られたらもうそれだけで生きていけなくなってしまうような種類の過去《ひみつ》を腹一杯に抱えているものなのよ。あんたは何も特別なわけじゃない。あんたはどこも特別なわけじゃない。だからね」

鈴無さんはぼくよりも一歩前に出た。

「自分の大切を裏切るような真似はおよしなさい」

「…………………」

裏切る。裏切り。

「……鈴無さん」

「ここでのお説教はここまで、続きはまたの機会にしましょう」鈴無さんは振り向いて、そしてぼくの頭を叩いた。「それじゃ、さっさと下に行きましょうよ。志人くんとあおちゃんがいい加減お待ちかねだわ」

「……そうですね」

ぼくはゆっくりと頷いて。

そして再び、歩を進め始めた。今回の旅行、鈴無さんに同行してもらって本当によかったと、そう思いながら。

エレベータを使って一階に到着する。ぼくらが姿を現すなり、いきなり志人くんが怒鳴ってきた。

「おせえよお前ら！　お前ら揃って亀にでも乗ってきたのか！　おれは乙姫様かこのぼけ！　玉手箱渡すぞこら！」

「そうだよいーちゃん」今回ばかりは玖渚も志人くんに同意を示す。「遅いよ遅いよ。僕様ちゃん、待ちくたびれちゃったよ」

「悪いね」ぼくは短く謝った。「それで志人くん、宿舎ってどこ？」

「うわー、てめー人をこれだけ待たせといてたった一言で済ませやがったな。あー。おれもあんま行ったことないんだけどよ。客が来たときに案内するだけだから。なんか林の奥の方だ。壁際に近いな。おれ達の間じゃ《幽霊屋敷》って呼ばれてるよ」志人くんはなんだか不吉なことを言って、ぼくに向けて鍵を放り投げた。「ほれ、それ部屋の鍵だ。一応部屋は三つ用意してあるけど、好きなように使え」

「どうも。じゃ、シャワー浴びて待ってるよ」

「おう。じゃあおれも仕事が済んだらすぐ行くから先に準備しとけよ——ってそんなわけねえだろうが！」志人くんが怒鳴った。「いい加減にしろよ！　おれを冗談のタネにするんじゃねえ！　ぶっ殺す

「それにいーちゃん、今のは品がないんだよ……」

ぞ！」

「……最低だわね」

三人から冷たい視線を浴びた。

盛り上げてあげようとしたのになんて仕打ちだ。

「――ったく、どうしようもねえぼけだな……。じゃ、行くぞ」

志人くんは手順を踏んで研究棟の玄関を開け、そして今度は煉瓦敷きの中庭を横断するようにして、敷地の下の方向へと向かった。敷地内に入ってくるときに使用した入り口とは反対方向で、兎吊木のいる第七棟からも遠くなるような方向だった。

ぽつり、と。

ぼくの鼻先に水滴が触れた。空を見上げると、今にも泣き出さんばかりだった。あと数時間以内に、これでは大雨になることだろう。あの人間失格ならばあるいはこんな空気のことを《人が人を、空が空を、雨雫が雨雫を、切り裂いて渡るような雲霞》とでも許するのかもしれないな、と、なんとなく思った。

一日目(4)——微笑と夜襲

春日井春日 KASUGAI KASUGA 研究局員。

0

悲劇とは事件が起きることではない。

何も起きないことこそが、悲劇なのだ。

1

　斜道卿壱郎博士が言っていた《玖渚のお嬢さんにしてみれば汚い》という言葉には、大垣志人助手が言っていた《幽霊屋敷》と言う言葉には、何の誇張も何の大袈裟もなかった。むしろ度を越えて慎み深かったくらいである。

　それは宿舎と表現するよりも廃ビルとでも称した方がいっそ相応《ふさわ》しいのではないかと思われるような、手入れなど建設されてから一度もされていないに違いないような、ひょっとするとコンクリートという物体が一体どのように風化していくのかレポートするために建てられたのかもしれない、そんな建造物だった。そんな建造物が林の奥にあるのだから、これは恐怖の対象でしかない。こんな宿舎、幽霊が出なかった方が驚きだ。

　もっとも、こちらの面子《メンツ》は鈴無音々と玖渚友、二人とも見事に全く動じず、どころかうきうきと嬉しそうな表情を見せていた。鈴無さんなどは「あら、風情があっていいだわね。写真に撮ったら浅野が喜びそうだわ」などとクールな意見を吐きつつ、早く入ろう早く入ろうとばかりに躊躇するぼくの服を引っ張って、そんな様子に志人くんが本気でびびっていた。

　廃ビル……もとい宿舎は三階建て。ぼくらが滞在するのはその二階の、階段を昇ったすぐそばに並んだ三つの扉、それぞれの中。玖渚が第一の扉、鈴無さんが第二の扉、そしてぼくが第三の扉。外から見た様子だと中身も期待できないと思っていたが、しかし、建物の中は割かしまともだった。勿論まともと言っても、それは外観から比較対照した相対評価でしかないが。極度の潔癖症だったあのメイドさんをここにつれてくれれば、さぞかし発奮し、普段から溜め込んでいるストレスが発散されることだろう、と、ぼくはそんなあだしごとを考えた。

遅めの夕食を終え、順番に風呂に入って命の洗濯をし（鈴無さん→玖渚→ぼく、という順番。ぼくが入るときにはお湯がほとんど残っていなかった。玖渚が暴れた所為《せい》だ）、そして夜中の零時を過ぎた頃、ぼく達三人は、玖渚の部屋に集合していた。

玖渚はベッドの上でごろごろと寝転び、鈴無さんは壁にもたれてうとうととまどろみ、そしてぼくはドアを背にして、どうして鈴無さんの寝巻きはチャイナ服なのか、つらつらと考えていた。

「うーん。うーんうーんうーん」

何度目になるか、玖渚が唸った。

「それにしても本当どうしたものかなー」

「どうしたものかな——って、やっぱそりゃ兎吊木のことか？」

それは夕食のときも、鈴無さんが風呂に入っているときも、何回か話題にしたことだった。話題にはなったが、当たり前のように解答は出ていない。そんなことに解答が出るわけがないのだ。ぼくは今まで議論したときと同じように、

「仕方ないんじゃないのか？」

と言った。

「障害が卿壱郎博士オンリーだっていうんならまだしもさ——兎吊木本人に出て行くつもりはないっていうんだから、それを無理に連れ出すことはできないだろう」

「そうなんだよね——だから困るんだよ。あーもう、僕様ちゃん、困るのって苦手なんだよねー」

「…………」

玖渚に向かって兎吊木はこう言ったそうだ。

《確かに俺はここで卿壱郎博士に与《くみ》する形になっています。あなたをリーダーとしていたときに比べれば、《凶獣《チーター》》や《二重世界《ダブルフリック》》、あれらのメンバーに囲まれていたときのことを思えば、ここはまるでゴミタメのような職場ですよ》と。《だがそれはあなたが、そして奴らが規格外の才能だったというだけで、ここだってそう捨てたものでもありません。俺が考えたことを卿壱郎博士が更に突き詰める。それでいいじゃないですか。一人で考えるよりも二人で考えた方がいいのは自明の理なんですから》と。

実に模範的な答だ。

実に模範的過ぎる答だった。

不実なくらいに、模範的だ。

「さっちゃん、あんなことを言うような人じゃないしね――絶対、いっとう大事なところを隠してる」玖渚はごろりと、ベッドの上で横転する。「なんだか知らないけど、絶対に何か隠しているよ、さっちゃん」

「何か、ね――その辺りが卿壱郎博士の自信にもつながってるんだろうな。不動の自信って奴にさ」ぼくは言う。「しかし何を隠してようが何を隠してなかろうが、どの道兎吊木はあの建物から出る気がないんだろう？　億歩譲って兎吊木の奴を無理矢理連れ出すことに成功したとしようぜ。けどそのためには、あの卿壱郎博士を説得しなくちゃならないんだろう？　さっき話した限りじゃ、そっちもかなり不可能っぽい。ありゃ頑迷固陋《がんめいころう》の老翁という単語がぴったしだ、不可能っぽいんじゃない、不可能なんだ。一つならなんとかならないでもない不可能が、合わせて二つだぜ？　こいつはどうしようもない」

「不可能と不可能ね……。ま、卿壱郎博士についてはね――うん、そうだね。さっちゃんの件は不確定だったにしろ、そっちは元より対策を考えて来たんだけどね。でも、まさかまだ僕様ちゃんのこと恨んでるとは思ってなかったし。根の深い人だなあ」

玖渚はのそのそと、這うようにベッドの上を移動する。這うといっても現在玖渚は仰向けの姿勢になっているので、その様子はとっても不気味だった。ていうか背中這いの移動法など初めて見た。

　玖渚は自分の荷物をがさごそと漁《あさ》り、そしてなにやら円盤ディスクが入ったケースを取り出して、それをぼくへと放り投げた。ぼくはそれを右手だけでキャッチする。キャッチしたところで勿論ぼくはCDドライブではない、それだけでは内容は読み取れるわけがない。ぼくは玖渚に「こりゃなんだ？」と質問した。

「かつてERプログラムで電子工学を学んだこのぼくの見識するところ、これはどうやら円盤タイプのディスクのようだけれど」

「うん……て言うかそれがそう見識できなかったら大変だよね」

「CD-ROMか。ふうん……、つまりこれがさっき博士に言ってた《また明日》、《お土産》の中身ってわけなのか？」

　つまりは玖渚の所有する切り札《ワイルドカード》。

「正確にはそれ、CD-ROMじゃないんだけどね、ま、ご名答だよ。ごめーとー」

　玖渚は手をぱたぱたとさせる。どうやら返して欲しいらしい。ぼくはフリスビーの要領でケースを投げて返したが、玖渚はそれを手も出さずに顔面で受けた。

「…………」

「…………」

「…………」

「痛い」

　そりゃそうだ。

「そいつの中身と兎吊木垓輔とを引き換えにしようって算段か。だけどたかが700メガバイトくらいのデータと、いやしくも元《チーム》元《二群《クラスタ》》、兎吊木垓輔の知能とを引き換えにしようなんて取引が成立するほど、あの博士、甘ちゃんには見えなかったぜ」

「情報は量じゃなくて質だよ、いーちゃん。何事でも数字に騙されたら痛い目見るよ、色々と。７００メガバイトどころか、ほんの16バイトのプログラムで世界を震撼の暗闇に陥れた辣腕の機械師だって、世の中にはあるんだから」

「なんだそれ。《害悪細菌《グリーングリーングリーン》》か？」

「――いくらなんでもさっちゃん、そこまでえげつなくないよ。さっちゃんは限度ってものを知ってた――知ってただけだけど、とにかく知ってた。だけどあれはその限度を知ろうともしなかった。《チーム》のメンバーじゃないんだ、それをやったのは。むしろその対極の極致にいたんだよ、あれは」

玖渚の表情が一瞬だけ穏やかでないものに変わった。兎吊木垓輔と相対した、斜道卿壱郎博士と対峙した、あのときのような表情に。

「あれはハッカーとかクラッカーとか、そういう枝葉末端段階の問題じゃない。――あのね、いーちゃん。世の中にはね、確かにあるんだよ。ほんの単なる気まぐれで、何の理由もなく、些細な思いつき程度の発想で、少しの労力もかけずに、惑星そのものを蹂躙しようっていう人外が。人間側《こちらがわ》が使ってる理《ロジ》論《カル》や論理《セオリー》や戦略《タクチクス》や戦術《ストラテジー》なんて、あらゆる意味でちっともお話にならない非人類が。《一群》を遥かに凌駕《りょうが》する《一個》があるんだよ――ううん、かつてあったんだよ、そういう存在が。《砂漠の狐《デザート・フォックス》》っていう存在がね――」

冷えた空気が室内に流れたような錯覚があった。

しかしそれを錯覚だと認識するその前に、「ま、そういう例外的なケースはともかく」と、玖渚が元の気楽っぽい調子の表情と語調に戻り、ディスクケースを拾い上げた。

「でもいーちゃんの心配はどっちにしろ空振りだよ。このディスク、質は勿論量の方だってぶっとんでるんだからさ。これはね、Ｃ３Ｄって言って、１

40ギガの記憶容量を誇るメディアなんだ。今のところ実用化されてないみたいだけどね……時間の問題かな。とにかく、こいつにいっぱいいっぱい、一バイトも残さずにぎりぎりまで、データを組み込んである。ちぃくんやあっちゃんに協力してもらった分まで含めてね」

「このところ部屋に引きこもってやってた《怪しい作業》はそれか」ぼくは頷いた。「成程ね……切り札《ワイルドカード》か。それは確かに確かで尋常じゃない。それなら天才の頭脳一つと引き換えにする価値くらいはあるかもしれない」

何せ、かつての《チーム》メイト、三人がかりがフルスクラッチで創り上げた究極の芸術作品だ。眼識のないぼくにはよくわからないけれど、それはものを見ることができる人間が見れば、情報工学数理学を専門とするこの研究所にいる人間から見れば、それこそ何を置いても手に入れたい《情報》だろう。しかもそれが桁外れも桁外れ、140ギガ分の桁外れと来てやがる。それならば、ああも強固だった卿壱郎博士の壁だって——

「——なのにどうしてお前は困ってるんだ？　こんなもんがあるんだったら第一の問題はもう解決してるようなもんじゃないか」

「うん。いーちゃんも博士と話して推測ついているかもしれないけどさ——さっちゃんに会いに行くとき、ちょっと話題にしたよね？　博士はますます突き詰めちゃったんだなあって、さ」

「言ってたな、そういえば」科学者の業だとか性だとか、そんなことを。ぼくは思い出しながら相槌を打った。「それが？」

「だから、そういうことだよ。そういうこと」はあ、と玖渚はため息をつく。「僕様ちゃんも迂闊っちゃ迂闊だったよね——こんなこと言っても何を今更って感じかもしんないけど、そもそもおかしいとは思っていたんだよ。斜道卿壱郎ともあろう人が——これは皮肉じゃないよ、いーちゃん。十二歳の頃はともかく、今は僕様ちゃん、本当に博士がやってきたことはすごいことだって思ってるんだからさ——斜道卿壱郎ともあろう人が、どうしてさっちゃんの知能を剽窃《ひょうせつ》するような真似をするのかって、それはずっと疑問に思ってたんだ。そんなことをしなくても博士は十分に天才だし、そもそも名誉や地位やなんかには、ほとんど興味のない人だもん」

「でも、博士よりも兎吊木の方が天才度合いは上なんだろう？」

「上下の問題じゃないんだよ。天才に度合いなんて言葉は似合わない。それに、これもさっきの《話し合い》で十分に分かったと思うけど——あの人、かなりプライドが高いんだ。分かるでしょう？」

「分かるけど……」と言うか、あの矜持《きょうじ》具合は、もう異常と言って差し支えない域にまで達している。

「……それがどうした？」

「プライドの高い人間っていうのはね、色々問題はあるかもしんないけど、そういう点においては信用してもいいんだよ」

「うーん。そう言われりゃ頷くしかないけど……」

確かに、名誉や地位に興味ある人間が、山の奥も奥も奥、こんな場所にこもるとはとても思えない。それは博士だけでなく、他の研究局員についても全く同じことが言えるだろう。

「でも、そうだったらどうして卿壱郎博士は兎吊木を……」

もしも、その剽窃という事実が表向きのフェイクでしかないのだとして。そんな不名誉を装ってまであの博士、一体何をやろうとしているのか。

「人工知能やら人工生命やらの可能性を研究していた頃はまだ可愛げってものがあったけどね……成程、あれは間違いようもなく《堕落三昧《マッドデモン》》だよ。そんな発想はもう、どう足掻いても人間のそれじゃあない。堕落し切っている」玖渚はむくりと、上半身を起こし、ぼくに向いた。「そもそもいーちゃん。《デモン》ってなんだと思う？」

「……？　デモンっていや、そりゃ悪魔だろ？」

「うん。それもあるよ。それも確かにあるんだ。いーちゃんの言う通りの意味合いもね。だけどね、それは博士が身を置く情報暗号学の世界では別の意味を持つんだよ。《デモン》っていうのはね、ある条件が発生するのを注意深く観察しながら待って、待って待って待ちに待って、そしてそれが発現したときに潤滑にその機能を実行する手順のことを言うんだ。……あるいは博士、僕様ちゃんと会ってから——否、会うその前から、ずっと待っていたのかもしれないね——こういう好機《チャンス》を。マッドなデモン——狂った手順《マッドデモン》か。うまく言ったもんだよね。こんなの、さっちゃん得意のサイコなロジカルの方がマシってもんだよ」

「…………」

　玖渚はかなりシリアスな調子でそんなことを言うが、しかしぼくには玖渚が何を言っているのか、さっぱり分からなかった。かみ合っていない感じ——というなら、これもまたそうなのだろう。玖渚の危機感がぼくに全く伝わってこない。一体何を危ぶんでいるのか、皆目見当がつかない。しかし、それでも事態がより悪くなっていることだけは、どうやら間違いがないようだった。

「分からないかなあ。とにかくつまりさ」玖渚は言う。「その、やっと訪れたチャンスを、六十三歳にしてやっと訪れたそのチャンスを、機会を、博士がこんなディスクの一枚や二枚で譲るかっていえば、かなりどころか相当怪しい問題だと思うんだよ」

「そりゃ博士のやってることの方が、《チーム》《一群《クラスタ》》原作のそのディスクの中身よりも価値があるってことなのか？」

「そうじゃないよ。保証しちゃうけど、価値でいうならこのディスクの方がずっと上だろうね。百人が百人そう答えるし、それを千人にしたところで同じことだよ。だけど絶対基準と相対基準の価値判断の差は、やっぱり計り知れないね。それこそ博士の言い草じゃないけどさ、一人の科学者が自分の人生を――一個生涯をやってきた研究なんだよ。それはかけがえのない、何とも引き換えにできないものなんじゃないのかな。よしあしとか、倫理とか、そういうことは別に考えるとしてさ」

「そうか？　同意しかねるな」玖渚の台詞に、ぼくは疑問を呈した。「学者がそんなロマンチストめいたこと、言い出すとは思えないけどな。学問ってのは結局、つきつめればそろばんをどう弾くかっていう問題だろ？」

「あら、いの字。おかしなことを言うのね。学者なんて種族、ロマンチストそのものじゃないのよ」

夢うつつだと思っていた鈴無さんが突然、沈黙を破って、ぼくらの会話に口を挟んできた。

「ロマンチストでもない限り、月にロケット飛ばそうなんて馬鹿なこと、考えやしないでしょうよ。テストで満点取るのだって、結局のところ男のロマンって奴なんじゃないの？」

「ロマン、ですか……」

それは鈴無さんの言う通りなのかもしれなかった。ぼくはこの四月に知り合った、ある一人の学者のことを思い起こしながら、鈴無さんの言葉に一応は頷いた。だがぼくには、あの斜道卿壱郎という老人が、そんな簡単な男には思えなかった。そんな分かりやすさからは遥か遠い、あれは相当に性質の悪い人間だ。このぼくが言うのだから、それは間違いがないと思う。

「それにさあ。部外者のアタシが横合いから口を挟む筋じゃないと思ってたから、今まで頑張って黙ってきたけどさ、やっぱりこの話はおかしいわよ、いの字、あおちゃん」鈴無さんは続けて言った。「いの字、まずはあんた。あんたさっき《億歩譲って》って言ったけれどさ、それってあんたが勝手に譲っていい問題じゃないんじゃないの？　兎吊木氏の意志を、どうしていの字が勝手に譲っちゃうわけ？」

「いや、それは、単に話の流れで……」

「は。話の流れね。便利な言葉ですこと」鈴無さんはせせら笑った。「続いてあおちゃん」

「うに？」玖渚が鈴無さんの方に首をひねる。「僕様ちゃん、何かおかしなことを言ったかな？」

「おかしなことって言うかさ……いや、あおちゃんみたいな頭のいい娘にアタシがこんなことを言うのがそもそもおかしいのかもしれないけど、でも言うことにするわ」鈴無さんは一旦言葉を切る。「ねえ、あおちゃん。兎吊木氏本人がここを出たくないって言ってるんだったら、それでいいんじゃないかって、アタシは思うんだけど。兎吊木氏が構わないって言っているのに、それを押してまでどうしてここから彼を連れて行こうとするの？　《助ける》なんて思ってるんなら、それはお門違いってもんでしょう。兎吊木氏が自ら望んでここにいるんだとしたら、そこから先はただの余計なお節介ってもんでしょうよ」

「でも鈴無さん」ぼくは思わず身を乗り出して、鈴無さんに反論する。「ちぃくんからの話だと、兎吊木は卿壱郎博士に弱味……のようなものを握られているらしいんです。それは、さっき博士と話した感触で、ぼくも間違いがないと思います。そういう理由で兎吊木はここに拘束されているんですよ。つまり物理的に第七棟に囚《とら》われているという以前に、そもそもが見えない鎖でがんじがらめにされているんです。だったら――そんなのはもう、とてもじゃないが本人の意志だなんて言えませんよ」

「だとしても、よ。兎吊木氏はあおちゃんやいの字に《お助けください》って口に出して、あるいは態度に示して言ったわけ？　それなら分かるわ。いいでしょう、それならアタシだって助けるでしょうね。浅野の言い草じゃないけど義を見てせざるは勇なきなり、人として当然の行いだわ」

言って、鈴無さんはぼくら二人を視線で射抜く。

「でも今のあんた達は違うわ。全く違う、全然違う、全開逆噴射で違うわね。むしろもむしろ完全にむしろ、その対極だわよ。その……誰だっけ？　ちぃくん？　ちぃくんの情報で兎吊木氏の《窮地》を知って、あっちゃんに協力してもらって《対策》を練って、そしてここ、斜道卿壱郎研究施設にやってきた。さあいの字、このどこに兎吊木垓輔氏の意志があるっていうの？　それともあおちゃんには、昔の友達だっつーよしみで、兎吊木氏の考えていることなんてお見通しだってこと？」

「…………」

「鈴無さん、言い過ぎです」

沈黙する玖渚、そしてそれを受けて鈴無さんに向かうぼく。けれど鈴無さんはまるでそんなことに構いやせず、「足りないくらいだわよ」と言う。

「こんなもんじゃや、全然足りない」そして鈴無さんは、今度はぼくだけを見た。「じゃ、アタシの方こそ億歩譲って——どころか一千万歩譲って言うけどさ」

シリアスな場面だから突っ込みはナシで。

「兎吊木氏は本心ではここから出たがっているとしよう。本当は出たいのにわけあって出られないのだとしよう。独断と偏見で勝手にそう仮定する。だけど兎吊木氏は、そういう自分の希望を押しのけて、ここに滞在——《監禁》って言えばいいの？　されているわけじゃない。アタシはその彼の決断を、尊重するべきだと思うわ」

「尊重……？」

「尊重よ。それこそ大の男が、自分の人生を、一個生涯をかなぐり捨ててまでして、ここに滞在しているんでしょう？　自分よりも劣る才能の持ち主に与して、それでよしとしているんでしょう？　だったらそれでいいんじゃないの？　余計な口を挟む必要なんかどこにもないじゃない。勘違いがあるようだから正しておくけどさ、兎吊木氏は子供じゃないのよ。むしろ、あんた達の方こそ、彼の半分少ししか生きていない——」

鈴無さんは。ぼくと玖渚を、順次に指さした。

「あんた達の方こそ、子供なんだから」

子供。

そうだった。

こうして指摘されないとともすれば忘れがちだが、ぼくは勿論、玖渚友だって、少女のようなその外観に相応しく、実際にまだ子供なのだ。十九歳と三ヵ月四ヵ月程度の、子供なのだった。

「――うん」

しばらくして、玖渚が頷いた。それは今までぼくが見たこともないような、神妙が過ぎる顔つきだった。

「それは音々ちゃんの言うことが正しいと思うよ。音々ちゃんの言う通りだと、本当にそう思う。それについてはね。それに実際、僕様ちゃんだって、さっちゃんが本当にそれでいいって言うんなら、それをあえて邪魔しようとは思わないよ」

「ふうん？」鈴無さんは目を大きくした。「それはどういう意味なのかしら？」

「さっちゃんが何かを隠しているんだったら、それはもうそれでもいいっていう意味だよ。さっちゃんに大して必要以上に干渉したりするつもりは、僕様ちゃんにはない。その程度の自由意志の存在は認めるよ。だけどね、音々ちゃん、この場合問題っていうのは卿壱郎博士の方にあるんだよ。《堕落三昧《マッドデモン》》斜道卿壱郎博士、彼の目的にね」

「……どういう意味だ？」今度はぼくが訊いた。「そりゃ問題の多そうな博士ではあるけどさ……《目的》っていうと、つまり博士が何か企んでいるってことか？」

「だから――て言うかいーちゃん、おかしいとは思わない？こんな広大な施設にさ、研究局員がたったの六人しかいないんだよ？助手の志人ちゃんをいれても七人にしかならない。僕様ちゃんが直くんと一緒に北海道の施設に行ったときは、少なくとも三十人くらいの局員がいたっていうのにさ」

「そりゃ、不思議にくらいは思ったけど――だけどもそりゃ、少数精鋭ってことなんだろ？」

　こういう学術研究活動はスポーツだり何だりとは違って、人数を集めればいいというものではない。むしろ人数が多くなれば多くなるほど、全体における思考が濁って澱《よど》んで、はっきりしないものになっていく。運動能力だってそれなりに個人差は大きいが、しかし思考能力におけるトップとボトムの差は、そんなものじゃないのだ。

「うん、そう、その通り。で、いーちゃん。少数精鋭にする一番の理由っていうのはさ、機密保持の上で役に立つってことだとは思わない？」

「分からなくもないけど……、しかし機密の保持なんてのは、既にこの施設そのものだけでも十分だろう？　その上人減らしまでする必要があるのかよ」

「逆に言えば、博士はそこまで厳重に秘密にしなくちゃならないようなことをやってるってことにならないかな？」

「……何か推測がついてるって顔だな」

「うん。本当に推測だけどね」

　玖渚は一旦間を置いた。

「でも、こんなの、推測じゃなきゃ思いつかないよ。だけどさ、この施設の造りと立地条件、それに局員の面子——神足雛善、根尾古新、それに三好心視、春日井春日——それらを照らし合わせて、更にちぃくんからの情報を組み込んで——そこから演算してみれば、これは多分十分に正しいって解だと思うよ」

「…………」

「さっちゃんを——兎吊木垓輔をここに閉じ込めている理由は一緒に研究活動をするためなんかじゃなく——まして剽窃のためなんかじゃない。卿壱郎博士は、さっちゃんを研究局員としてなんか扱っちゃいないいないんだ」

「——研究局員じゃ……ない？」

「自分の力じゃできないからさっちゃんの力を使ってる——なんてのはとんだ思い違いだったよ。博士がそんなことをするわけがなかったんだ。いーちゃん。斜道卿壱郎博士が密謀してるのは」

玖渚が。

まるですがるようにぼくを見た。

「《害悪細菌《グリーングリーングリーン》》兎吊木垓輔本体《そのもの》を試験体とした——特異性人間構造研究《ウルトラヒューマノイドドグマ》だよ」

2

哲学の時間、第二講。

心視先生に聞いた話じゃ、地球最強の生物と言えば間違いなくバクテリアだというのが、生物科学者達の間では常識らしい。バクテリアは地球上のどこにでもいるし、そして桁違いの繁殖能力を持っている。バクテリアを一とすれば人間の生殖能力など素《しろ》人目《うとめ》から考えても百兆分の一以下だ。これは数学的に零と見なして十分に構わない数字。つまりバクテリアを前にしては、人間などいてもいなくても同じことなのである。

ただしバクテリア、つまりは細菌には知能がない。ぼくはバクテリアになった経験がないから、本当に彼らには知能がないのかどうかの判断はつかないが、恐らくはそう断言しても構わないだろう。そしてそう考えれば《人間には曲がりなりにも知能がある。それならば生命体として人間の方がバクテリアよりも優れていると見なすべきだ。一体全体どこのバクテリアが、パソコンを使ってインターネットを堪能するというのかね?》とでもいったような向きも現われることだろう。それはそれでその通りだろうと思う。人間の叡智が生み出した文化だの文明だのが、それがよいのか悪いのかはともかく、否、よきにつけ悪きにつけ、価値があることは暫定《ざんてい》的に認めてしまっていい程度には確実だ。

ただしそれはエネルギー保存の法則のパラドックス議論と同じ道を辿ってしまうのではないかと思う。たとえばこのぼくが、C言語を使用してあるアプリケーションを組んだとしよう。ぼくはまず本屋に行ってC言語の専門書を、否、まずは入門書を買い、それを読み込んで、それからパソコンの電源を入れ、ただたどしいキータッチで言語を打ち込み、そしてアプリケーションを完成させることだろう。では一方、それを玖渚友や兎吊木垓輔など、元《チーム》の連中を筆頭とするハッカー達はどうするか。簡単だ、彼らはただ、アプリケーションを作る。どうすればいいかとか、どうするべきかとか、彼らはそんなことは考えない。自転車に乗るようなもので、そんなことにはコツすらない。それが彼ら練達者の手口だ。彼らは思考することすらしないのである。結局のところ記憶力のよさがイコールで天才とならないのは、こういう不文律が存在しているからだ。彼らには憶える必要すらもないのである。

だが彼らがいくら優れていようとも、できるものはぼくと一緒だ。

生きるために文明、文化、科学、技術、学問の構築を営んできた人間生物と、そしてただ生きているバクテリアとの間に、果たして優劣がつけられるものだろうか。勿論ぼくは微小の生命体を尊敬のまなざしで見上げるつもりも、万物の霊長様を軽蔑のまなざしで見下すつもりもない。ただぼくが問うているのはこの場合知能そのものではなく、知能のあり方だ。極めようが極めまいがつまるところ同じ場所で同じことをやっているのなら、果たしてその先に何を望むというのか。

「などということは極めてから言うべきことであって、すっ飛んだ間抜けであるぼくみたいな奴が言ったところで曳《ひ》かれ者の小唄もいいところである。哲学、終了」

ぼくは呟いて、そして目を開けた。

午前一時を少し過ぎている。場所は斜道卿壱郎研究施設の中庭——研究棟にとり囲まれている形の煉瓦敷きの空間——に一人で佇んでいた。あれから玖渚の部屋を後にして自分の部屋へと戻り、一度は寝床についたのだが、結局は妙に目が冴えて——というより考えるべきことが多過ぎて——眠れず、宿舎をこっそりと抜け出し、そしてここまで足を伸ばしたというわけである。

まだ雨は降っていない。今降るのか今降るのかと焦《じ》らしておきながら、なかなか踏み切らない雨雲だった。昼間は結構な気温だったのだが、真夜中ともなるとさすがに山中、この空模様であることも手伝って、結構冷えた。ぼくは《なんでこの寒いのに外になんか出てきたのだっけ》と思い起こしながら、適当に足を進めていた。

ふと、首の方向を変える。その方向の正面には第三研究棟があった。第三研究棟。すなわち三好心視大先生の館である。あの人体解剖マニアはもう褥《しとね》に伏していらっしゃることだろうか。どうだろう、この建物には(宿舎にはあったけれど)軒並み窓がないので、明かりがついているのかどうかを確認する術《すべ》はない。

「…………」

ERプログラムで教鞭を執っていた研究者は正に多士済々、よって授業は世界中のあらゆる言語によって執り行われていたが、さすがに日本国の一方言によって授業を推し進めていたのは心視先生だけだった。ゆえに、日本人であり、同時に関西地方出身でもあったぼくは、必然的に通訳代わりとして、心視先生と接する機会が多かったわけだ。

勿論、ぼくと似たような立場の日本人留学生（及び、西日本方言を理解できる外国人）も結構な数がいたけれど、そのほとんどは、プログラムを中途退学していった。プログラムに参加していた若き才能を次々と中退へと追いやった心視先生につけられた二つ名は、ゆえに《青田狩り》。ちなみにその心視先生の下で唯一中退しなかったぼくにつけられた二つ名は《切腹《ハラキリ》マゾ》だった。

「……あれ？」

今思えば、心なし、ぼくの方が酷いニックネームをつけられている気もする。

「……しかしまあ本当、こんなところで再会する羽目になるとはね……」

この度《たび》の旅行は玖渚にとっては兎吊木垓輔との再会の旅路だったのだろうが、しかしぼくにとってもこれは再会の旅だったというわけだ。


鈴無さんの言葉を思い出す。先生と再会したその直後、鈴無さんからかけられた言葉を。そしてそれは、鈴無さんの読みが正しいのだった。ぼくは玖渚に、向こうでぼくが何をしてきたかを教えたくはない。ぼくが玖渚や兎吊木達はどんな《チーム》だったのかを知りたくないのと、恐らくは同じ理由で。

「なーんかぼくって、最近すげえ嫌な奴だよな……こんなキャラだったっけか」

それはつまり、化けの皮がはがれてきたということなのだろうけれど。

そのとき、どこかから動物が唸るような声が聞こえてきた。どこかからと言ってもこの暗闇のこと、研究棟などの巨大物ならまだしも、その他のものは自分の姿でも捉えるのが難しいくらいだ。ぼくはそれなりに警戒しつつ、辺りを見回した。しかし、どこにも何も見当たらない。気のせいだったのだろうか、と思ったそのとき、またもどこかから、唸るような、低く響くような声——否、音がした。

「声はすれども姿は見えず……しかれどその匂いは隠せず……か」

　そんな似合いもしない、洒落た台詞を口にしたのがいけなかったのだろう、ぼくの集中力は一瞬、途切れた。そしてその一瞬間が終わる前に、それは——否、それらはぼくに飛び掛ってきた。

　背後から一体、そして正面から一体。

「——！」

　問答無用で押し倒される形になる。ぼくは右半身から煉瓦敷きの地面に倒れ込む形になり、右腕を強く打ちつけた。受身は取ったが、しかしすぐに起き上がることなどできそうにもない。いや、それでなくともそれらがそれを許してはくれなかった。それらはぼくをものすごい力で押さえつけ、そして——ぼくの顔面をべろりと舐めた。

「……………」

　そこに至ってようやくぼくは気付く。

「……犬？」


　犬だった。二匹の黒い、そして男子中学生くらいはあろうかという巨大な、犬だった。ぐるるると唸りつつ、しきりにぼくの顔をべろべろ舐めてくる。唾液《だえき》が頬をはって、はっきり言って滅茶苦茶不愉快だったが、しかし《彼ら》はその前脚でがっちりとぼくを押さえつけているので——しかも二匹がかりだ——ぼくは身じろぎ一つできない。抵抗らしい抵抗もできず、ただされるがままになっていた。

　成程、見えなかったのはこの二匹の毛色が闇に溶け込んでしまいそうな漆黒《しっこく》だったからで、どこから唸り声が聞こえているのかつかめなかったのは、二匹がそれぞれに唸っていたからか……。犬に蹂躙されながら、ぼくは冷静にそんなことを考えた。

「——————い」

　声。

　今度は人間の声が、聞こえた。何と言ったのか、そこまでは分からなかったので、ぼくはわずかに顔だけを起こし、声のした方向を見る。闇夜なのでやはりその姿はつかみづらかったが、しかし、誰かがそこに立っていることだけは分かった。

「——やめなさい」

女の人だった。彼女はひどく冷め切った声で、しかしやけにはっきりとした発音で、そう言った。それを聞いた途端、二匹の犬はぼくから離れる。そして彼女のいる場所へと足早に駆けていく。ぼくはようやっと解放され、手をついて身体を起こしつつ、首を振って、服の袖で顔面の唾液をぬぐった。胸元を見ると、漫画みたいな犬の足跡がはっきりと四つ、残っている。なんだか間抜けというより滑稽だった。

「迷惑かけたね坊や」彼女は先と変わらぬ、冷えた声でぼくに言った。「こんな夜中に出歩く人間がいるとは思わなかったから縄をつけていなかったんだ。この通り平《ひら》に伏して謝るよ」

ひどく抑揚がない喋り方だった。読点が一つとしてない。それでも何と言うのか、音の発声が舞台役者のように透き通っているので、聞き取りづらいということはなかった。

「…………」ぼくはゆっくりと立ち上がり、彼女に一歩、近付く。「……いえ、別に気にしてません」

「顔をそれだけ唾液だらけにして気にしていないというのも妙な坊やだね」

彼女は少しだけ笑った。そして彼女の方からぼくに近付いてきて、白衣のポケットから取り出したハンカチで、ぼくの顔を拭いてくれた。なんだか妙に照れくさかったが（顔くらい自分で拭けよという話だ）、ぼくはされるがままになっていた。

されるがままになりつつ、ぼくは観察する。白衣。つまりこれは、彼女がここの研究局員だということを意味する。別に中学生の制服じゃあるまいし、いくら研究施設といってもこんなものを常時着用しなければならない義務はないと思うのだけれど、しかしこの卿壱郎研究施設では局員は全員白衣を着用する習慣があるようだった。

つまり、この人は。

「……うん。男前になった」彼女は妙に中年臭《オバサン》い台詞を言って、ハンカチをポケットに仕舞い直した。

「わたしは春日井春日——って多分知ってるだろうよね。——きみが噂の玖渚友なのかな？」

「いえ。ワケのワカラン子供の方です」

「ああじゃあ付き添いの帰国子女くんなんだね。そう言えば髪が青くないや。それに男の子だし。男の子だよね？　ごめん。暗いからよく見えなかったよ」

彼女は頷いて、ぼくに右手を差し出した。握手を求めているらしい。ぼくは少しだけ躊躇したけれど、結局その手を握ることにしておいた。

春日井さんの足元には、まるで彼女にかしずいているかのごとく、二匹の巨犬がうろうろとしている。こうして距離を取って、そして改めて見ると、なかなか愛嬌のある顔をしている。種類は何というのだろうか。ドーベルマンのようにも見えるが、しかしそれにしてはいささか大き過ぎる気がした。セントバーナードやピレネーよりも一回り二回りと大きい。サイズの大きい犬というのはともすれば愚鈍に見えがちなのだが、この二匹はどこか凛々《りり》しい雰囲気を漂わせていた。

「こんな時間に出歩くとまずいと思うよ」と、手を離したところで春日井さんは淡々とした感じで言う。「ここは何分と機密事項の多い研究施設だからね。痛くもない腹を探られるのはきみだって御免でしょう？　それとも誰かに用があったのかな」

「ええ、まあ……」ぼくは、そんな春日井さんとは対照的に、何となく口籠《くちご》もりながら答える。「それを今、思い出そうとしているところなんですよ」

「思い出そうと？」

「記憶力が悪くて、自分が何で宿舎から出てきたのか忘れちゃったんです」

「見かけによらず冗談が好きなんだね。さすがはあの三好ちゃんの弟子だ」

春日井さんは口元だけで「うふふ」と笑う。別に冗談でもなかったのだが、しかしここで、「いや本当です。ぼくは記憶力が零に等しい、つまりは零なのです。屑《くず》野郎なのです。たまに自分の名前すら忘れます。忘れるだけならまだしも間違って思い出すことすらあるのであります。つまりこうなると記憶力は零どころではない、マイナスなんです。小学生のとき、試験で隣の女の子の名前を書いてしまって、しかも零点を取らせてしまったことがあるくらいのすがすがしいばかっぷりなのです」と主張したところでぼくに何か得があるわけでもない。そんなありえないばかだと思われるよりはむしろ冗談好きと思われた方がいいような気がしたので、ぼくは「そうですね」とだけ言った。

「こんな夜中に犬の散歩ですか?」

「わたしは夜が好きなんだよ。この三つ子も夜が好きなの。少なくとも昼間よりはね」

「三つ子?」ぼくはもう一度、足元の犬達を見る。一匹、二匹。十進法で数える限りにおいてはどう見ても二匹しかいないが。「三つ子なんですか?」

「うん。三つ子は嫌い?」

「いいえ、三つ子は大好きですけど。でも一匹足りませんよ?」

「一匹は今病気で療養中――というよりぶっちゃけて言うと動物実験中」春日井さんは肩を竦めもせず、冗談っぽくもなく、言った。「この子達は順番待ちなんだよ。だから健康でいてもらわなくちゃいけないから運動中なの」

春日井春日。

動物生理学、動物心理学、獣物分子学。同じ理系は理系でも、卿壱郎博士や兎吊木、神足さんや根尾さんのように、機械や物理法則、理論や方程式などを相手にするのではなく、そう、どちらかといえば心視先生の人間解剖学に近い分野、いわゆる《生物》を専門とする研究者。彼女にとって動物は何であれペットでも愛玩対象でもなく、あくまでも実験対象なのだった。

　ぼくは再度改めて、二匹の犬を見た。こっちの勝手な先入観の問題だろうけれども、春日井さんの足元にいる彼らは、凛々しいだけでなく、なんだか哀れな存在にも見えた気がした。

「ところできみ達はこんな山奥まで一体全体何をしにきたの？」春日井さんはやはり抑揚のない調子で言う。「懐かしの顔を拝みに来たというわけでもなさそうだし博士の様子をうかがいにというわけでもなさそうだけれど」

「さあ」ぼくは両手を広げてとぼけてみせる。「ぼくは付き添いですからね。玖渚本人に訊いてもらわないことには、それは分かりませんよ」

「兎吊木さんをここから連れ出そうというのならそれは無理な話だと思うね」

「…………」

　ぼくは両手を広げた姿勢のままで停止した。

「博士の兎吊木さんに対する執着心は並々ならぬものがあるから。あのご老人全く何を考えているのやら。そしてわたしは何をやらされるのやら」

　言いつつ、春日井さんはくるりとぼくに背を向けて、遠くを見るようにする。その視線の先の先にあるのは、そう、第七棟。兎吊木垓輔のいる研究棟である。

「……博士が何の研究をやってるのか、春日井さん、知らないんですか？」

　さっきの玖渚の話を思い出しつつ、ぼくは春日井さんに問う。

「研究ねえ。研究かあ」と、春日井さんはぼくの言葉に対して含むような軽い微笑を見せる。「研究なんてしているのかなああの博士は。ひょっとしたら研究なんてしていないのかもしれないね。卿壱郎博士がやっているのは研究と言うよりあれは戦争だからね。それでもそれがどういう種類の戦争なのかと訊かれたら確かにわたしには答えられないかもしれないね」

「……は？」

意味が全然分からない。

春日井さんは「というよりも」とぼくに視線を戻した。

「正確には自分が何をやっているのか知らないだけ。どうしてわたしはこんなことをやっているんだろうなと思いつつ毎日毎日休む間もなく馬車馬よろしく無茶で苦茶な難題をやらされているのです」

「いるのですか」

「いるのです」春日井さんは深く、もっともらしい風に頷いた。「いるのですよ。全くあのご老人は何を信念しているのやら」

「…………」

どうも、あまり穏やかではない話になっていた。そう言えば志人くんがやたらと根尾さんに毒づいていたけれど、卿壱郎博士に対する春日井さんのこの口ぶりは、そういう種類の悪態とは類を別にするように思えた。文句を言っているとか愚痴をたれているとかいう風でもない。何なのだろう、一体。

「犬」

突然、春日井さんが話を変える。

「犬が好きなの？」

「……別に。好きとか嫌いとか、ありませんけど。犬って動物でしょう？」

「そう。動物は動物好きに懐《なつ》くと言うんだけれどやっぱり俗説なのかな。わたしに懐いているところを見るとそうなのかもしれない」

「さあ。ぼく、動物心理学は習ったことありませんから」

「ふうん。この分野は理系の中でも比較的マイナーだからね」春日井さんはここで何故か、妖艶っぽい笑みをぼくに向けた。その意味はぼくには分からない。「ゆえにわたしはこんな山奥に閉じ込められているというわけだ」

「閉じ込められて……？」

「おっと失言だったかな。わたしとしたことが迂《う》闊《かっ》。どうやらきみには他人を油断させる能力があるみたいだね。とにかく聞き逃して頂戴坊や」

そして元の表情に戻る。

「そうだね。時間があるようだったら戯《たわむ》れに少しお話ししてみようか」

そう言ったかと思うと春日井さん、二匹の犬に何やら指示を出した。犬は機敏に反応し、一匹は春日井さんの後ろに、一匹はぼくの後ろに回り込んで、そこで《伏せ》の体勢を取る。

「立ち話もなんだしまあ座りなさい坊や」

言って春日井さん、本当にその腰を黒犬の背中に落ち着けた。確かにその巨大な身体はソファとするに丁度いい大きさだが、動物愛護団体とかに知れたらタダじゃ済みそうにない光景だった。

「…………」

振り向くと、ぼくの後ろの黒犬が、ちらりとこちらを窺っている。いや、窺われたところで、どうしろというのだ、このぼくに。

「どうしたの？　遠慮なんかせずに座っていいよ。基本的に野生動物だからやわらかくしなって気持ちいいし。大丈夫その子お身体丈夫だから。犬とか別に好きじゃないんでしょう？」

「いいえ、お気遣いは嬉しいんですが、残念なことにぼくは犬の背に座ったら二秒で死ぬ病気にかかっているんです」

「ふうん。じゃあいいけど」春日井さんは指を振る。それに反応して、ぼくの後ろの犬はさっと立ち上がり、春日井さんの右側にと回った。春日井さんは当然のようにその背に自分の肘を置く。

「みんな嫌がるんだよねこういうの。わたしは羽毛布団と一緒だと思うんだけど。生きてたら駄目で死んでたらオッケーだっていうのかな」

「つーか、ぼくは単純に嚙まれるのが怖いだけですけれどね」

「大丈夫だよ。この二匹はまだ実験前だから大人しいもんだ。もう一匹の方は実験中だから保証の限りじゃないけどね。うん——実をいうときみの話は三好ちゃんから何度か聞いたことがあるんだよね」

「へえ。そりゃそら寒い話ですね」あの変態、あることないこと言い触らしてなければいいが。悪いがぼくは鈴無さんほど、心視先生の口の軽さを過小評価してはいない。「どんなことをおっしゃってました？　ぼくの尊敬するお師匠様は」

「他愛もない話ばかりだよ。けど三好ちゃんから聞いた話と今のきみの行動が食い違うように思えてならないんだけどね。きみは兎吊木さんを助けようと——助けようとでいいんだよね——してこんなところにわざわざやってくるような勤勉な子供じゃないんでしょう？」

「酷いことを平然と言いますね……これでもぼくは結構勤勉なんですよ？　毎日ポエム付きの日記をつけてます」ぼくは肩を竦める。「けどま、《わざわざ》ってところについてはその通りですね。ぼくは別に兎吊木さんを助けようとかなんとか、そんなことは毛ほども考えちゃいませんよ。そういうことを考えているのは玖渚だけでね、鈴無さんは不干渉没交渉を決め込んでるみたいだし、ぼくにしてみても、割合ぶっちゃけどうでもいい」

「ふうん」

「大体この手の救出劇ってのは先月やったばかりですからね。可愛い女の子が対象だってんならまだしも、中年のおっさんを助けるためにそれほど無茶をやらかすつもりは、ぼくにはありませんよ。ぼくは今回、ただの傍観者のつもりです」

「傍観者ね。いい言葉だ」

春日井さんは微笑む。心視先生とは丸逆で、見事に大人の女性としての魅力を備えた微笑だった。

「傍観者はいい言葉だ。多分最高にいい言葉だ。いい言葉は決してなくならない」

歌うように口にされた春日井さんのその言葉はなかなかに胸を打ったが、しかし外国の名作映画あたりに元ネタがありそうな気がした。

「ねえ坊や。根尾さんや神足さんやそれに三好ちゃんもきみのことを玖渚友の恋人と思い込んでるみたいだけど本当はそうじゃないんでしょう？」

「やっとこそう言ってくれる人に会えましたよ」ぼくは肩を竦める。「ここの連中ときたら、口を開けば恋人だ恋人だって——敵《かな》いませんでしたからね、実際。ここの連中じゃなくても、なんだか大抵そうなんですけど」

「仕方ないんじゃないかな。年頃の男女が仲良くしてるとそういう色眼鏡で見られちゃうのはさ」

「年頃ね……それを言うには玖渚の精神年齢が幼過ぎますし、ぼくが老成し過ぎてますよ」

「老成ね。三好ちゃんはきみのことを《あいつの精神年齢は中学二年で停まってる》って言ってたけどね」

中学二年——十三歳。

玖渚友と出会った歳。

六年前。

「…………」

「それにしても恋人同士か。嫌な言葉だね。恋人同士は嫌な言葉だ。多分最高に嫌な言葉だ。嫌な言葉は決してなくならない」

今度は元ネタが分からない程度にアレンジされていた。

「なんだかお仕着せって気がしてさ。お仕着せが悪いって言ってるんじゃないけど。きみはそういうのどう思う方？　恋愛を肯定する？」

「さあね。人を好きになったことなんか、一度だってありませんから」

「ありふれた台詞だね。しかしまあ頭のいい人間はあらゆる意味で恋愛にはむかないよ。進化の袋小路だよね。そういう意味で私は卿壱郎博士をすごいと思うよ」

「——どういう意味です？」

「才能というのは根本のところで生産的じゃないんだよ。むしろ破滅的なものなんだ。きみもER3システムにいたのなら分かるよね——歴史に名を残すような天才というのはその才能をほとんど十代二十代で発揮し終わってるってことを」

「ええ——まあ、そりゃね」

写真やらでは老人の姿で記録に残っていることの多い偉人達だが、しかし純粋に彼らを《天才》と呼べるのは三十歳くらいまでで、その後は《天才》の経験——才能の残りカスで人生しているものだ。一生を一生《天才》のままで終えるという稀有な例もないでもないが、その場合その人物は早死にしただけの話である。

玖渚友と斜道卿壱郎の反《そ》りが合わないのは、そういう理由もあるのかもしれない。第一棟の二階で鈴無さんと交した会話——《世代の違い》を連想しながら、ぼくは考える。かつて《天才》だったものと今現在《天才》であるもの——その差は互いにあらゆる意味で決定的だろう。

かつて失った才能を見せつけられる博士と。

いずれ失うことになる才能を持つ玖渚。

同じ天才でも生きている時代が違うだけでこうも差異が生まれるものか。

だとすれば——その中間に位置する男。

兎吊木垓輔は、どうなのだろう。

彼は今《天才》なのか？

それとも《かつて天才》だったのか？

「でも博士はあの御歳にして尚生産しようとしている。それが破滅から生じる生産なのだとしても本当に大したものだよ」

「でもだからって——」

さっきの玖渚の話を思い出し、危うく反論が口から出掛かったが、すんでのところで留まることができた。そんなぼくの様子に少し笑みを漏らし、「うーん。今度はお互いにちょっと口が滑っちゃったみたい」と、首を傾げる春日井さん。やはり上品な仕草だった。

「そこには触れない方が楽しいお話ができそうだか

ら話を戻そうか。きみと玖渚の彼女が恋人同士でないというのはお互いの意見の一致を見たからいいとしても」春日井さんは澱みなく言葉を続ける。「恐らくきみと玖渚の彼女は別に友達ですらないよね。そう思うわたしの推測は間違っているのかな？」

「随分な意見ですけれど……友達という言葉の定義によりますよ、それは」

「だろうね。定義もせずに問うなんて我ながら馬鹿な質問だったよ」春日井さんは小さく頷く。「けれどそもそも人生っていうのはそんなに選択肢が多いわけじゃないからね。選べる道なんていうのは精々六つくらいのもんだろう。好きに嫌いに普通に——あと三つは何かな」

「愉快に不愉快に無感動でしょう」

「あら。うまいこと言うねきみは。でもそれもやっぱりサイコロを振るようなものでさ。だから運命の恋人だとかそういうのは錯覚なんだろうね。全てが偶然のたまたまだとまでは言わないけどさ」

「その辺は概《おおむ》ね同意しますよ」

「おやおや気が合うじゃない。ちょっぴし驚きだよ。けれどこれも偶然なのかな？」

「さあ……偶然だとしても、こういうのは悪くない偶然ですね」

「悪くないか。本気でそう言ってくれてるんだったらわたしは嬉しいかもしれない」春日井さんはふふ、と薄く笑った。「六つの選択肢か。適当に言った言葉だったけどなかなか味があって妙だね」

「……けど、ぼくには六つも選択肢はありませんよ。考えてみればこのぼくは、生まれてこの方、選択なんてしたことがない気がします」

「それもわたしと一緒かもしれないな」

春日井さんは、ほとんど即答でそう言った。窺うが、別になんと言うこともない普通の表情だった。

「うん。選択肢が六つしかないと仮定した場合でもどうしようもなく七番目の選択肢ってのが存在するよね。どんな場合にしても《選ばない》っていう選択肢は許されてると思うから」

「選ばないを選ぶ……ですか。矛盾逆説《サイコロジカル》ですね」

「そう。わたしは選んだり決めたりするのが嫌いでね。三好ちゃんの話とかさっきの話とかを聞いてるとあれだよね。ひょっとするときみもそうなのかもしれないね」

「確かに、ぼくにはそういう側面はありますね」ぼくは春日井さんの問いを肯定した。「ありていに言えば、それが一番楽ですから」

うん、と春日井さんも頷いた。

選ばないこと。

選択しないこと。

卿壱郎博士の秘書である美幸さんがぼくに言った言葉――《私は意見を持たない主義です》というあの台詞は、ぼくや、この春日井さんにこそ相応《ふさわ》しいのかもしれなかった。

「そうだね。わたしもそう思う――おっとっと」春日井さんが言葉を切って、犬の背から立ち上がった。「――雨だね」

言われて、天を見上げる。ようやく雨雲の飽和量が限界に達したようだった。糠雨《ぬかあめ》とも表現すべきしとしとした水滴が、間隔を開けて空から落ちてくる。春日井さんは二匹の犬の背を順番に、一回ずつ撫でた。

「この子達が風邪引くといけないからわたしは本降りになる前に研究棟へと戻ることにするよ。まだまだ不可能極まりない仕事が山みたいに残っていることだしね」

「大変ですね」

「仕事はすべからく大変であるべきだと思う。やりたいことでもやりたくないことでもね。きみだってそうでしょう？」

言って、春日井さんは、一歩、ぼくに近寄ってきた。また握手でもするのだろうかと思ったが、しかしそうではなく、春日井さんは更に二歩、ぼくに近付いて、そして両の手でぼくの頭部を固定した。そしてじっと見つめるようにする。

「……？　春日井さん？　どうし」

たんですか、と言い切る前に、春日井さんはその小さな口からそぐわないくらいに長い舌を出し、そしてその舌をべろりとぼくの頬に押し付けた。生暖かい、露骨に生物を感じさせるその感触が、ぼくの脳内へ直接伝播《でんぱ》する。

「……！」

ぼくは思わず、ほとんど乱暴とも言っていい動作で春日井さんを振り払い、そして三メートルほど駆け足で後退した。

「何を。する。のですか。あなたは。いきなり」

「……犬が相手だと気にしないって言ってたから人間ならどうかと思って」

「全身全霊気にします」

「あそう。それはごめんね。謝る」平然と謝る春日井さんだった。「男の子に会うのは久し振りだったからつい」

《つい》じゃない。

「坊や。この際だから率直に訊くけどさ」

「はい……」

「これからその足で一緒に研究棟の寝室へ行っておねーさんとえっちなことをしない？」

「……そんなとんでもないことを率直に訊かないでください」

「とんでもないことかな？」

「とんでもないことです」

「駄目かな？」

「駄目です」

「どんなプレイにも応じてあげるけど？」

「…………………」

いえ、別に迷ってなんかないですよ？

しかし成程、こうも抑揚なく喋る割に妙に発音が明瞭なのは、あの長い舌のせいか。こんなのが何かの伏線だったら嫌だなあと思いつつ、ぼくは「男なら他にもいるじゃないですか」と言う。

「神足さんとか、根尾さんとか」

「髪の手入れしない人と太った人は男に数えられないと思うよ」

さらりと酷いことを言ってのけてみせる春日井姫だった。

「じゃあ志人くんなんかどうです？　あの少年はなかなか青い果実で、食べごろでしょう」

薦めてみた。

「うーん。彼はもう宇瀬ちゃんが手をつけちゃってるんだよね」

チェック済みだった。

「だったら兎吊木さん、とか。あの人は割といい男でしょう」

「そうなの？」興味をそそられたように首を動かす春日井さん。「兎吊木さんは研究棟から出てこないから会ったことがないんだよ。勿論その研究成果はメールや何かでいつも見せてもらってその出来のよさに感動しているけれどだけれどそんな情報に欲情するほどわたしは変態してないから」

初対面の未成年に手を出そうとする時点で既に変態ギリギリだ、いやギリギリ変態だと思ったけれど、言いはしなかった。

ふむ、春日井春日さん、なかなか外見通りの人というわけではなさそうだ。やっぱり勉強ばかりしていると人間おかしくなってしまうんだなあと思ったが、やはりこれも言いはしない。

「まあ一応考えておいて頂戴。それじゃきみも早く帰りなさい。こんな山奥で体調を崩すとまずいよ。わたしは動物が専門だし三好ちゃんは人間とはいっても死体が相手だからね。ばいばい」

ぺこりと頭を下げるようにしてから、春日井さんは第四研究棟へ向けて歩き始めた。その後ろを、まるで使い魔の如く、黒犬が二匹ついていく。あれでは犬の散歩と言うよりもボディガードだ、と、なんとなく思った。ぼくは、舐められた側の頬をさするようにしつつ、溶暗していく春日井さんを見送った。

「早く帰りなさい……か」

　それは宿舎に戻れという意味なのか、それとも自分の家へ帰れという意味なのか。今のぼくにはまだ判断できなかった。この茫洋《ぼうよう》として模糊とした、斜道卿壱郎研究施設の全貌の一割も理解していないぼくには、まだ判断ができなかった。

　徐々に服が水分を含んでいく。とにかく今のところは宿舎に帰ることにしようと、ぼくは踵《きびす》を返し、杉林へと向かった。

「それにしても、春日井さんに会うとは思わなかったな」既に不気味な様相を呈している――そう言えば後一時間足らずで丑《うし》三つ時か――杉林の中を、独白しながらぼくは歩く。「これも一種の偶然か……」

　玖渚友《デッドブルー》のかつての仲間、兎吊木垓輔《グリーングリーングリーン》をたとえどういう形であれ捉えているのが他でもない玖渚本家から援助を受けている《堕落三昧《マッドデモン》》斜道卿壱郎博士で、しかもその玖渚友の友人で旅路の同行者であるところのこのぼく、その恩師三好心視先生がその研究所では常駐して働いていた。そう言えば、この研究所に到着したのは既に夕方で、それからまだ六時間も経過していないというのに、さっきの春日井さんとの邂逅を含めると、ぼくはもう施設内にいる全員と顔を合わせたことになる。

　全く、なんという不都合主義だろうか。

「……ああ、思い出した」

　ぼくはぴたりと、糠雨の降り続く中、足を止めた。

「そうだよな……、まだ施設内の全員と顔を合わせたわけじゃなかったっけ……」

　あと一人。

　あと一人、この施設内には人間がいる可能性があるのだったか。その確率がどの程度の数字なのかはぼくの知るところではないが、その可能性があるというのなら、ぼくは動かないわけにはいかない。少しでも確率があるのなら、それがたとえ数学的に零と見なせる数字だったところで知ったことじゃない。

そもそもぼくが何故、こんな夜中に宿舎から出てきたのか。それは寝付けなかったというのだけが理由ではない。春日井さんに会うため？　ナンセンス。そんな偶然を予想できるほどに、ぼくは超能力者していない。

そうだ。

ぼくは確認するために宿舎から出てきたのだ。この研究施設内には、もう一つだけ不穏分子があったことを思い出し、それがぼくの勘違いなのかどうか、確認するために外に出てきたのだった。

「——さて」ぼくはゆっくりと、目を閉じて、それから目を開いた。「人間失格、再来、かな……？」

兎吊木を訪ねて第七棟へ向かったときに感じたもの。それは今だって感じている。背中の方に、ひしひしと感じている。どこか遠くから見つめているような、どこか遠くから様子を窺っているような、どこか遠くから観察しているような、どこか遠くから見張っているような、そんな気持ちの悪い、正体の分からない、じっとりと湿った気配のようなもの。いや、気配とも言えない、澱んで濁った雰囲気のようなもの。

それは、視線。

「出て来いよ……《侵入者》さん。それとも零崎愛識と呼ぼうか？」ぼくは呟くように言った。「あんまりこそこそ逃げ隠れしていると男を下げるぜ」

「わたくし別にこそこそも、逃げも隠れもいたしませんわ」

真後ろだった。

それは真実の意味で、彼女はぼくの真後ろにいた。数ミリ、否、数ミクロンの距離間隔で、彼女はぼくの後ろに立っていた。ともすれば息遣いどころか心臓の鼓動すら聞こえかねない、そんな極小空間しか開けずに、彼女はぼくの真後ろに存在していた。

「……——」

こんな——こんな近くにいたなんて。

生殺与奪の権を確実に握る、そんな位置までの接近に一塵と気付かないだなんて。突然に声をかけて《どこからかこちらを見ている誰かさん》の度肝を抜いてやったつもりが、逆に心臓までえぐられてしまった。飛び退くどころか、振り向くことすら、ぼくはできなかった。それどころか、驚きのあまりに身体が固まってしまった。彼女の姿を確認するまでには、だから彼女がぼくの前に回ってきてくれるのを待たなければならなかった。

デニムのパンツに女性が身に付けるには格好よすぎる編上げ靴。上半身にはラフっぽいシャツ。そしてその上には、まるでコートのように裾《すそ》が長い、パンツとお揃いのデニムジャケットを羽織っている。髪は長く、左右に三つ編みにしている。恐らくは度の入っていないただの伊達《おしゃれ》だろう丸眼鏡、そしてやはりデニムのハンチング帽。その帽子が深すぎて、目元がいまいち窺えない。

身体が震える。否、身体が震えすらもしない。戦慄すらもしない。恐怖すらもしない。動揺も錯乱も怯怕もしない。酷く冷静だ。酷く冷静であることを強いられている。この感覚は。この、既知の感覚は。まるであの人類最強でも相手にしているかのような、この感覚は。

雨雫がどんどんと重くなってきた。前方を視認するのが難しいくらいだ。完全に本降りに入ったらしい。だけれどそんなことは気にならない。そんなことは今の状況に較べたら遥かにどうでもいい。この感覚に較べたら、この雨がずっとやまずに降り続けたところで、そんなことは微細な問題だ。

「《堕落三昧《マッドデモン》》斜道卿壱郎研究施設——」場違いなくらいに軽やかな調子で彼女は口火を切った。「——それにしてもここはさながら亡者の群れ集う墓場のような有様ですわ」

「…………」

「老人の夢ほどみっともないものはないとは思いませんか？　子供相手に嫉妬する老人の姿ほど、哀れを誘うものはないとは思いませんか？　まるで死後も世界にしがみつく亡霊のように――みっともなく哀れで悲しくみじめでさもしくいじらしくいじましく可哀想で見ていられない」

「…………」

何も反応できない。完全に気圧されている。

そんなぼくに対して彼女はにっこりと「しかしまあ、善い雨ですわね」と、帽子を目深にかぶり直して、まるで森の妖精のように――不気味に笑った。

「まるであなたの行先を暗示しているかのような素敵な雨ですわ。ふふ、これはこれで十全」

「――あなたは」

「わたくしは本名を石丸小唄《いしまるこうた》と申します――以後、よろしくお願いしますわ」

鈴無音々
SUZUNASHI NEON 保護者。

二日目（1）——今更の始まり

0

人は見かけに拠らない。

人を見かけで選るだけだ。

1

どうやら眠っている内に雨はやんだようだった。

午前六時。

空にはまだ雲が多く、日の出も覚束《おぼつか》ない。ただし肉眼で風景を確認できる程度のルクスは既にあった。ぼくは宿舎の屋上で、一人、風に身を任せていた。風に身を任せていたなどというと何だか格好いい感じだが、事実はただぼぉっと、眠気を逃がしているだけである。


タイル敷きの屋上にはいくつも水溜りが出来ている。戯れにそれを踏んでみた。当たり前だけれど、四方に水が散った。ぼくの靴とズボンの裾が濡れた。それをしばらく見ていたが、やがて飽きて、ぼくは水溜りから足を引き抜いた。

「——くたばれ」

独り言を呟いて、それからおもむろに、左手で、上着に隠れたホルスターからナイフを引き抜いた。薄手の、本当に透き通るくらいに薄い、医者が細かい術式にでも使うようなナイフ。軽く振るうだけで、それは空気を裂いたかのような錯覚があった。

続け様に二、三回振るってみる。これはみいこさんの見様見真似、いわゆる返し刀という奴だ。特に切りつける対象があるわけではないけれど、そうやって刃物を振るっているだけで、心の内から何かが発散されていくような爽快感があった。

「——さすがは哀川さん」動きを止めて、ぼくは呟く。「大した刃物だ、こりゃ」

あの人間失格でも、これほどの刃物を持っていたかどうか。刃渡りが短いナイフだから致命傷を与えるのは難しいのかもしれないが、この軽さ、そして扱い易さは特筆すべきものがある。言うなれば刀子《とうす》の現代版と言ったところだろうか。哀川さんにこれをプレゼントされてから、考えてみればこうして実際に振るってみるのは初めてだったけれど、いざというときには役に立ちそうだと考え、ぼくは一人で頷き、ナイフをホルスターに戻そうとした。

と、そこで、別にこのナイフを左手で扱う必要はないんじゃないのか、と思い至る。ぼくは別に左利きでも右利きでもない。強いて言うならバランス的に左手の方が腕力があるというだけだ。しかし、振るいの軽さ、つまり速度が売りのこのナイフをその左手で扱わなければならない理由はどこにもない。むしろこれは右手で補助《サブ》として使うべきなのではないのか。そもそも、人間には右利きの人の方が多い。にもかかわらずホルスターにあるナイフポケットが左手仕様、右胸側になっているのは、このナイフがそういう種類のものであるという証左ではないだろうか。

ナイフ――に限らず、凶器を持てば、人の意識はその凶器に集中しがちだ。攻撃される側は勿論のこと、攻撃する側もそれは同じ。逆に言えば、その凶器にさえ気をつければ意外と安全であるという意味にも、それはとれる。

結局はヴァリエーションなのだろう。

このナイフは大したものだが、だからと言って頼り切るのはまずい。そう思って、ぼくはジャケットを脱ぎ、ホルスターを裏返して、ナイフポケットが左胸に来るようにと変えた。そしてナイフを収納し、ジャケットを羽織る。

「――どっちにしろこんなの、気休めみたいなものだけどな……」

あるいは、骨休めのようなもの。

この独白にはいささか自嘲めいた空気が混じって

いたことは否定できない。この研究所の異様さだけでもぼくの気を滅入らすのに十分だというのに、それに加えて三好心視先生、そしてそして、石丸小唄……。

石丸小唄か……。

哀川さんからナイフを受け取ったときには、正直こんなものを使う機会はないだろうと思っていたけれど、それにあったとしても使い手がぼくでは役に立たないだろうと思っていたけれど、しかし、こんな気休めでもないよりはマシなのかもしれなかった。状況が、玖渚友の予想していたよりもずっと悪いものとなった今となっては、気休めにでもすがるしかないのかもしれなかった。

「――随分と危ない趣味してるんだわね、いの字。堕落三昧ならぬ刃物三昧ってとこかしら？」

突然、後ろから声をかけられて、ぼくは驚いて振り向いた。声と喋り方で既に判断はついていたけれど、そこにいたのは鈴無さんだった。まだ着替えていないらしく、チャイナ服のままだった。起きたところだからだろうか、コンタクトレンズではなく、黒い縁の眼鏡をかけている。

「……おはようございます、鈴無さん。起きてたんですね」

「お日さまとは生まれたときからの付き合いでね。割と早起きなんだわよ、アタシは。うん、おはよう、いの字」鈴無さんは少し皮肉げに微笑む。「朝からナイフの訓練？　どこかの外人部隊にでも参加するの？　いの字ったら。だったらいいトコ紹介するわよ」

「遠慮しますよ」ぼくは鈴無さんから逃げるように、屋上の縁《へり》の方へと移動する。「ちょっと身体を動かしていただけです。朝の運動は大事ですからね。ほら、ぼくってもう二十歳になるでしょう？　十代の疲れがぐっと来る前に、ちゃんと鍛えておかないと」

「鍛えるのなら協力するわよ。組手なら胸貸してあげるし」さして冗談でもなさそうに、鈴無さんは言った。「それで？　あおちゃんは？　どこ？」

「……別にぼくら、常にワンセットでいるわけじゃありませんよ。誤解があるかもしれませんけれど。ほら、玖渚って基本的に引きこもりでしょう？　それに住んでるところは城咲ときてる。遭遇率自体は低いんですよ、割と」

「確かに遭遇率でいうのなら浅野との方がずっと高いわけだわね。何せお隣さんなんだから」

鈴無さんはそう言って、ぐ、と伸びをする。その様子から判断すると、別にぼくがいると思ったから屋上に来たのではなく、ただ単に軽い運動と柔軟体操をしにきただけのようだった。

一通り柔軟体操を済ませて、鈴無さんは煙草をくわえる。そして「ねえいの字」と言う。

「アタシ、小学生やってた頃に面白い本読んだことがあるのよ。今までの人生で数限りなく読書してきたけれど、面白いと思った本は後にも先にもあれ一冊だけって本が」

「へえ。どんな本ですか？」

「そう。何が面白いってその本、推理小説だったんだけれど、全体で五百ページくらいあるのに、後ろ半分が白紙だったんだわ。本当に意外なオチでびっくりしたわよ」

「落丁ですよ」

「でも面白かったわ。すっごく意外だったもの」鈴無さんはジッポを取り出し、《シュバ》と火をつけた。滅茶苦茶格好いい仕草だったが、チャイナ服なのでいまいちしまらない。「……小説に限らず映画でもそうだわよね。上映時間が二時間だと分かっていれば、今自分がどこにいるのか、位置がつかめる。一時間なら一時間の位置、ラスト五分ならクライマックス。とにかく安心感があるわ。映画が途中でぷっつり終わっちゃうなんてこと、不条理モノでもない限りそうそうないもの」

「そこへ行くと人生は違う……と繋げるんですか？

鈴無さん」

「似たようなものだけれど少し違うわ」

鈴無さんは煙草を一本ぼくに差し出し、「吸う？」と訊いた。ぼくは首を振って、それを辞する。

「つまりさ……、たとえばハリウッド発の映画を見ていて、一時間が経過してもまだヒロインの女優が登場しなかったり、ハイジャックもビルジャックも起きない、エイリアンすら現われない、そんなことがあると思う？」

「確実にありえませんね」

「推理小説を読んでて、総ページの半分が終わっているのに誰も殺されない、名探偵すら出てこない、そんな推理小説があると思う？」

「確実にありえませんね」

「そこへ行くと人生は違う、だわ」鈴無さんはぼくの台詞を反復した。「そろそろ何かが起きるはずだ、とか、そろそろ終わるはずだ、とか、そういう予測……というより、計測が立たないのよ。さて、ここまで言ったところで、そろそろ呼びかけるけど、ねえいの字。あんた、あおちゃんをどうするつもりなの？」

「……どうするつもりって、何ですか？　唐突《とうとつ》ですね」ぼくは首を傾げ、話の繋がりを理解できない振りをする。「別にどうするつもりもこうするつもりもありませんけれど」

「大学もある癖にこんなところまでついて来て、兎吊木氏や卿壱郎氏にまで突っ掛かって、あんた一体何やってるわけ？」

「根本的な疑問ですけれど、ぼくにも分かりませんよそんなことは。何をやってるかなんて考えたくもない。それとも鈴無さんは、自分のやってること全てに理屈がつけられるんですか？」

「理由はつけられなくともアタシは矛盾していないわ。理由律と矛盾律の違いを取り違えないことね、いの字。はは、少し難しいことを言っちゃったかしら？　……いの字、アタシはね。好きな女の子が目の前にいるのに、それを抱きたいと思わない男がいるなんて、信じられないのよ」

「…………」

　鈴無さんのその言葉に、ぼくは、相槌すら打てなかった。

「勿論それはいの字の勝手だけれど、あんたの人生はいつまでも続くわけじゃない。あんたはもう少し、他人に任せてみてもいいと思うわよ。でないと、色んなことで損をする」

「……それだとぼくがまるで、人間不信のがきみたいですね」

「そのものだわよ。正に人間不信。あんた他人を信じたことなんて本当は一度もないでしょ？　でもね、たとえばいの字、アタシはあんたが好きよ。浅野だって、あんたが可愛くって仕方がない。だからこそ、このアタシにあんた達の保護者を引き受けるよう、アタシに頭を下げたのよ。言うまでもなくあおちゃんだって、いの字のことを愛してる。それくらいちゃんと分かってるんでしょう？」

「志人くんも兎吊木も、そうですけどね……好きとか嫌いとか、子供じゃないんですから」

　本来反論なんかするべきでないことは分かっている。鈴無さんが正しいことは分かっている。けれど反論せずにはいられなかった。いや、これは反論ですらない、ただ――それこそ、子供が拗《す》ねているだけだ。

「相手が好きな人だったなら決して裏切らないなんて保証、どこにあるんですか？　嫌いな相手と仲良くなるなんてのは、そんな難しいことでもないでしょう。本当、そういうのやめませんか？　好き嫌いみたいなものをいちいち口にしていたら、互いに不愉快な思いをするだけでしょう」

「食べ物じゃないんだから、好き嫌い言ってもいいと思うけどね」

「食べ物と一緒ですよ。人間関係なんてね。センスのある奴が、おいしい思いをする」

「本音で言ってるとはとても思えないわね」鈴無さんはまるで挑発に乗ってこない。正しく、手のかかる子供でも相手にするように、ゆったりとした口調でぼくに言う。「ちょっと思うんだけど、あんたさ、ひょっとして生まれてこの方本音ってもんを吐いたことないんじゃないの？　えーと。それ、戯言っていうんだっけ？」

「…………」

「アタシが思うに——あんた、もう少し、勝手なこと言っちゃってもいいんじゃない？」

「……ぼくは何も言いませんよ。無口キャラですからね」

「あっそ。そうでございますかそうでございますか。成程、それがあんたの防御壁ってわけだ。それとも最後のプライドなのかしら？　だとすれば随分と安っぽい壁《プライド》だわね。あんたはそれでうまく誤魔化してるつもりかもしれないけれど、外から見ればそんなの大して変わらないわよ？」

「いい加減、その辺にしといてもらえませんかね」ぼくは鈴無さんから眼をそらしたままで言う。「今は鈴無さんの説教を聞いている気分じゃないんですよ。もう大分いっぱいいっぱいなんです。どっちに傾いてもこぼれちゃいそうなぐらいにね。色んなこと、考えなくちゃいけませんから」

「色んなこと、ね……あおちゃんのこととか、自分のこととか、あおちゃんのこととか、自分のこととか、かしら？」

「悪いですか？」

「悪いとは言わないわよ。言わないだけで、悪いと思ってるけどね。ていうかあんたさぁ、もうちょっと外に目ェ向けてみたらいいんじゃない？　今のままじゃあんたって、丸っきりこの研究所と一緒じゃない」

「どういう意味です？」

「こーんな具合に周囲に壁を張ってさ、中で何やってんのか分からない。あのね、いの字。正直に言うとね、アタシ達——つうのは、あんたとかあおちゃんとか、それから卿壱郎博士に兎吊木氏、そういう特別特異系の種族じゃないフツー系の人間ってことだけど、アタシ達はね、何だか分からないものってのは怖いのよ。だって、何だか分からないんだから」

分からないものが怖い。

卿壱郎博士が玖渚に対して抱いている恐れも——その種類なのだろうか？

「……正体不明を怖がるのは生物共通の本能ですよ。気にすることはないでしょう」

「でもあんたはその何だか分からないものの方が好みなんでしょ？　はっきりしてない、曖昧で中途半端な状況ってのが大好きなんでしょう？」

分からないものに惹《ひ》かれる。

兎吊木垓輔が玖渚に対している抱いている崇めも——その種類なのだろうか？

「ぼくは別に……そんなんじゃありませんよ」

「嘘は上手《じょうず》につくことね。他の人は騙せても、そんなんじゃアタシは騙せないわ」

「修行僧は言うことが違いますね」

「破戒僧よ。修行なんてしてないわ、する必要がないんだから。とにかく、あんたは曖昧不明が好き。だからこそあんたは自分自身、そういう曖昧な立場に立っているんでしょうけど……でもさ、たまにでいいしちょっとでいいから、アタシ達に合わせてくれてもいいんじゃない？」

「合わせてるつもりですよ、これでも」ぼくは言う。「けれどね、ぼくにだって限界はあるんです。どいつもこいつも、やたらめったらこんなぼくに期待してくださってるみたいなんですけれどね、そりゃぼくだって期待されれば応えてあげたい、でもないものを要求されても、応えることなんかできませんよ。それで《期待を裏切られた》なんて言われても困りますね」

「あんたのその、中途半端に人恋しがる性質ってのは、一体何なのかしらね？」鈴無さんが唐突に言った。「人間嫌いのくせに人間のそばにいたいなんてのは、社会が許容できる範囲の我《わ》儘《まま》を越してるようにしか思えないけど」

「――なんです？　それ」

「本当に全部を鬱陶しいと思ってるなら、アタシみたいに山に籠もればいいじゃない。あんたなら簡単でしょう？　あんたなら一人でも飄々《ひょうひょう》と生きていけるでしょ。厭世家《えんせいか》なら厭世家らしく、思う存分厭世して、どこでも行っちゃえばいいじゃない。こんなこと言うから冷たいなんて思わないでね。でも、一人で生きていける人は、一人で生きていけばいいんだわ。強い人間はみんなそうしてるのよ？」

「だから強い人間ってのにはそうそうお目にかかれないってわけですか。面白い論理ですね。飛躍しているけれど矛盾はしていない、成程面白い」ぼくは虚勢で頷く。「だけど、ぼくは弱い人間ですよ。人間嫌いの、臆病者なんです」

「いの字。いい加減、そういうのやめない？」

鈴無さんは、さっきのぼくの言葉をなぞった。

「――そういうのって、どういうのですか？」

「あんたが欠陥製品で他の人はそうじゃない、みたいな口ぶりのことよ。無能の振りしてあんたにどんな得があるの？　自虐ってそんなに気持ちいい？　あんたが馬鹿で玖渚ちゃんがその救い主、みたいな考え方も気に喰わないわね。いの字、言葉はもういいからちょっとここまで来なさい、あんた」

「どうするんですか？」

「殴ってあげる」

そんなことを言われてのこのこ近づいていく馬鹿はいない。ぼくはその場に留まり、軽く両手を広げるだけで鈴無さんに答えた。それを見て鈴無さんは「分かった分かった」と言う。

「殴らないから、寄っといで」

それを聞いて安心して寄っていった。

殴られた。

「……痛《いて》えっすよ」

「壊れたもんは殴って直すものなのよ」

「ただでさえ考えることが多くて頭痛いんですから……勘弁してくださいよ」

「ふうん。頭が痛いの？」

ぐい、と髪の毛を引っ張られた。

「大丈夫よ。こんなの、ほんのかすり傷だわ」

「…………」

「おら」

そういって鈴無さんはぼくから手を放し、もう一発、ぼくの額《ひたい》に拳を入れた。そんな強く殴られたわけではない。二、三歩後ずさったところで、ぼくは停まる。

「少なくとも、アタシにはあんたがそんな弱いようには見えない」

「……どう見るかは鈴無さんの好き自由です」

「だから好き自由に言わせてもらうわ。あなたは一人で生きていくことができる。それくらいには強い。他者に依存せずにいられる程度には強い。……けどさ、そういうことを逆から言えば、実際問題、あんた人付き合いとか、もっとうまくやること、できるんじゃないのかって思うんだけど？　《合わせてるつもり》とかさっき言ってたけどさ——本当はあんた、分かっててやってんじゃないの？　そういうところをさ」

「…………」

「アタシにはあんたが、わざと失敗してるようにしか見えないんだけどな」

四月、天才達に囲まれて。

五月、クラスメイトと付き合って。

六月、女子高生と相対して。

その都度に、失敗してきたぼく。

だけどその失敗は、本当に避けられない失敗だったのだろうか？　本当はぼくは、全てが分かっていて、それなのに敢《あ》えて、間違った道を選んできたのではなかったか。

成功を恐れて、勝利を怖がって。

そして、七月。

《堕落三昧《マッドデモン》》卿壱郎研究施設においても——

ぼくは失敗するつもりなのだろうか？

「……玖渚を起こしてきます」

ぼくは言って、逃げるように鈴無さんに背を向けた。鈴無さんは止めもしなかった。既に十分だと思ったのだろう。そしてそれは、その通りだった。

十分過ぎるほど、えぐられた。

「全く……」

本当にあの人は説教好きだ。しかし、ぼくも説教をされるのがそんなに嫌いではないマゾ野郎だというのだから、そっちの方が問題なのかもしれなかった。

玖渚の部屋について、ドアをノックする。しかし返事はない。多分まだ眠っているのだろう。昨夜は（玖渚にしては）早く眠ったはずだが、やはり長旅、疲れているのだろう。玖渚はあまり体力のある方ではない。

音がしないようにドアを開けて部屋の中に入る。やはり玖渚はベッドの上で眠っていた。玖渚は寝相が悪いので、掛け布団が半分くらいずり落ちていた。呑気《のんき》そうな顔をして、全く警戒心のない表情で、むにゃむにゃと睡眠をむさぼっている。本当に幸せそうな奴だ、と思った。

幸せそうな奴だ。

幸せそうな奴だ。

けれど幸せなのだろうか？

ベッドの際によって、ぼくはそこにしゃがみ込む。そっと手を伸ばして、玖渚の青い髪に触れてみた。特に意味のない行為だったけれど、とりあえず、そうしてみた。そしてしばらく髪を遊び、それから、その指を玖渚の頬へと移動させる。

「……そう言えば兎吊木もぼくについては似たようなことを言ってたか」

だけれど。

だけれど鈴無さん。

あなたはぼくの全てを知っているわけじゃない。ぼくが一体どれだけの《人に言えない過去《ひみつ》》を抱え込んでいるのか、それを知らない。ぼくがどれだけ歪んだ人間なのか、底が見えないほどに罪深い人間であるのか、それを知らない。それを知りもしないあなたにそんなことは言われたくないし、そしてそれを知られたくはない。

何のことはない、ぼくが信じていないのは他人ではなく自分だ。

「本当に鬱屈してるよなあ……ぼくは。ったくこいつ、大丈夫なのかなあ……」

他人事のように呟いて、ぼくは指を、玖渚の唇《くちびる》に移動させた。なぞるようにして、指を一回転させる。そして何事かを思った後に、その手を、今度は喉元へと。頸動脈に触れ、そして。玖渚友の生きている鼓動を感じながらそして。

そして、ぼくは玖渚の額をぺしりと叩いた。

「うに……？　にに」玖渚は目を醒《さ》ましたようだった。「……あれ。いーちゃん。うく？　……おはろ」

「おはろ」

ぼくはもう一度、玖渚の額を叩き、「朝だよ」と言った。

「あれ……もう朝？　五分くらいしか寝てない気がするよ」玖渚がごしごしと自分の目をこする。「おかしいなあ。最近全然寝た気がしないよ」

「疲れがたまってるんだろうぜ。しょぼい身体で無理ばっかするから。一遍どこか、何の目的もなく旅行とか行かないか？　バカンスっぽい奴で、そうだな、モンゴル辺り。こういう物騒な場所じゃなくてさ」

「それもいいかもしれないよね……しんどいから絶対やだけどさ」

玖渚はベッドから降りて、「髪くくって」と言った。ぼくは頷いて、手首に巻いていた黒ゴムを外し、少し長めの玖渚の髪を一つにまとめ始める。再会してから、そういえば玖渚は散髪しているのかいないのか、かなり髪が伸びた気がするのだが。

「友、お前髪切らないのか？」

「うーん。切るといーちゃんにくってもらえなくなるからね。それはちょっと寂しいよ」玖渚は唇を尖《とが》らせて、そう言う。「でもこれからの季節はちょっと暑いかな」

「お前の部屋年がら年中冷房かかりっぱなしじゃないか……」と、そこで思い出す。「そう言えば卿壱郎博士も兎吊木の奴も言ってたけど、お前って髪型変えたのか？」

「うん？　ああ、うん。そうだよ」

「ふうん……」

玖渚が卿壱郎博士に会ったのが七年前。そして兎吊木と最後に会ったのが二年前。しかしぼくと再会したとき、玖渚は以前に会ったときと何も変わっていないように思えた。だとすると玖渚はどういう髪型の変遷《へんせん》を辿《たど》ったことになるのだろう。

「よし。ポニーテールの完成」

「さんくー。僕様ちゃん可愛い？」

「可愛い可愛い」

「惚れ直す？」

「惚れ直す惚れ直す」

「僕様ちゃんにらぶ？」

「らぶらぶだな」

ぼくは二回ずつ答えて、「それじゃ、朝ご飯にしようか」と言った。

「とりあえず何か食べて、それからいい知恵でもひねろうぜ」

「そうだね」玖渚は頷いて、立ち上がる。「うん。さしあたってはどっちを説得しようかってことなんだけどね――」

「どっちを？」ぼくは訊き返す。「それって兎吊木か卿壱郎博士かどっちを、って意味？」

「うん。とりあえず問題は一個ずつ解決していかないとだからね。いーちゃんはどっちの方が説得しやすいと思う?」

　難解な問いだ。どちらもどちらという気もするし、どちらもどちらでないという気もする。ぼくはしばらく考えて、「単純に考えて、卿壱郎博士の方だろうな」と答えた。

「兎吊木は、あいつ、飄々としているようでいて、かなり頑固だぜ。頑固というよりワガママだな。ワガママという点ではお前といい勝負かもしれない。自分の思った通りのことしかやらないし、そして自分の思った通りのことしか言わない。自分以外のことなんてどうでもよくて仕方ないって風だよ。あいつがああも意地を張る理由はぼくには分からないけれど、それならまだ卿壱郎博士の方に説得の余地はあると思う」

「さっちゃんについての考察は、僕様ちゃんがワガママっていう点を除いてはその通りだと思うよ。いーちゃんの人を見る目も肥えて来たじゃん。でもいーちゃん、それってあくまで《どちらかと言えば》って話であってさ、卿壱郎博士だってそう簡単には譲らないと思うよ。昨日も言ったでしょ? 一人の一大科学者が信念に基づいて一生をかけてやってきた偉業――偉業って言えるかどうかはともかく、そういうものをそう簡単に曲げることは……」

「ただの比較論や相対論で言ったわけじゃないさ。方法はあるよ。兎吊木には通じなくとも卿壱郎博士には通じる方法がね。たとえば、そうだね、直さんに頼めばいい」

「ああ…… 成程ね」玖渚はちょっと間を矯《た》めてから、頷いた。「成程ね……、根本の資金源を断とうってこと? そうすれば必然的に、博士はさっちゃんを解放せざるをえなくなるって…… そういうこと?」

「そこまで露骨にしなくともいいさ。そうちらつかせて脅かすだけで十分だ。それで十分効果的だろう?」

　そもそもそんな、極秘の研究をしているところに部外者三人を招きいれること自体、本来はやってはならないことなのである。にもかかわらず、こうして博士が玖渚の侵入を許可したということが、そのまま、博士の玖渚本家に対する畏《おそ》れを表しているんじゃないかとぼくは思う。

勿論、直さん——玖渚直に頼んだところで、この研究施設に対する資金供給を断つなんてことは、現実的には不可能だろう。それは、ぼくの及びもつかないところで動いている大きな流れの一環であり、いくら本家直流にして機関長秘書である直さんにだって、どうこうできる問題ではないし、そもそも直さんはそんなことに私情を持ち込むほどにお人よしでもない。決して薄情ではないが、かといって直さんは特に博愛の人ではない。

しかしこの手の脅迫は、実際には実行しないからこそ効力を持つ。

「直さんの力を借りなくとも、他にも手段はあるぜ。ちぃくん——は兎吊木とは仲悪いんだから無理か。ひーちゃんも無理だとして。それでも、何も《破壊行為》は兎吊木だけの専売特許ってわけでもないんだろう? お前だって昔とった何とやらで、やろうと思えばできるんだろう? だったら《兎吊木を解雇しないとこの研究施設の成果を全部ぶち壊す》みたいな脅迫も可能だ。研究内容が研究内容であるだけに、こんな山奥でもネットワークには繋がっているんだろうからな。少々の——否、どんな防御壁も《チーム》の前では紙屑同然だってことは、博士もよく知ってるんだろうし」

「ふうん。成程ね…… でもなんだか卑怯《ひきよう》な方法だね、それって」

「気が乗らないか?」

「ううん、そうじゃなくてね。いーちゃんがそういうこと言うの、意外だと思って」

「ぼくは卑怯者だよ。基本的にはね」ぼくは軽く頷く。「そんなこと、とっくの昔に知ってるはずだろ?」

「そうじゃなくってさ。いーちゃんがそういう自分の卑怯なとこ、僕様ちゃんの前で見せるのは珍しいなって意味だよ」

「へえ……そうだっけな」

「ひょっとして昨晩、何かあったの？」

玖渚は窺うようにというより、きょとんとしたような感じで、ぼくに訊いた。鋭いところでは妙に勘の鋭い奴だった。理屈がない分性質が悪い。ぼくは首を振って、「別に何もないさ」と言った。

「ただ、ぼくにはまだ大学もあるしバイトもあるし、こういうことはさくーっと済ませたいなってだけ。それだけだよ。それだけ過ぎるくらいさ」

「ふうん。嘘っぽいなあ」玖渚は疑い深げな目をくれる。「いーちゃんは呼吸をするように嘘をつくからね。信じたいときに信じられない友達っていうのも困ったもんだよ」

「本当だよ。嘘じゃないさ」

「いいんだよ、別に。いーちゃんの言うことなら嘘でも信じるし」

「……ま、もっとも今のは最終手段……と言うより、最後の手段に近いけどな。玖渚本家や元《チーム》の力を借りたりしなきゃならない以前に、博士と真っ向から対立するってことになるからさ。それは戦略上、あまりいけてるとは言いがたい」

そして最大のネックは、あの卿壱郎博士と騙し合いすかし合いで勝利できるのかどうかということだ。玖渚はこの通り、駆け引きや取り引きにおいてはまるで役に立たない、どんな意味においても役に立たないという逸物だ。となると、戯言遣いの役割としてこのぼくが出張るしかないのだろうが、この場合ぼくの持つ切り札があまりにも少な過ぎる。フルハウス相手にカード交換なしのブラフで切り抜けようとしているようなものだ。勝率は贔屓目《ひいきめ》に見てもおよそ三割五分ってところか。つまり大リーグの強打者並のヒット率である。そう考えるとこの程度でも悪くない気もしたが、しかし実際問題、こんな勝率で勝負に出る賭博師はいないだろう。

「だね。その辺、音々ちゃんともじっくり話し合ってみよう」

「そうすっか」

ぼくは玖渚の頭に手を置いて、そして、玖渚の部屋を出た。そのまま鈴無さんの部屋へと向かったが、ノックしてからドアを開けたところで、ぼくは意外なものを目にすることになる。

部屋の中には三人の人間がいた。

一人は勿論、鈴無さん。既にチャイナ服からいつものダークスーツ姿に着替えている。コンタクトレンズを装着したらしく、眼鏡は外していた。なにやら難しい顔をして、壁にもたれている。

残る二人の内一人は、知っている顔。しかしそれはこの部屋で見るには意外な顔だ——ベッドの上に座っているのは根尾さんだった。しかしあの人を小馬鹿にしたような雰囲気は今はなく、鈴無さん同様に、難解そうな顔つきだった。

そして残る一人、これは初めて見る顔。禿頭《とくとう》……というよりも完全なスキンヘッド、そして映画に出てくる怪しい中国人さながらの黒いサングラス。整った顔立ちではあるけれどその髪型（といっていいのか悪いのか）に、そして完全な無表情は、なんだかこちらに警戒心を与えるに十分なルックスだった。身長は割と高め。まるで時代劇に出てくる舞台役者のような出で立ちだった。白衣を着ているところを見ると、ここの研究局員なのだろうが、しかし……。

「……？」

「……あれ……？」

この研究施設にいる人間には昨晩の段階で全員と会ったはずだ。だとすれば、この禿頭の男は誰なのだろう？　一体誰だというのだろう？　ちぃくんの情報に誤りがあるわけがないし、だとすれば。当たり前のように根尾さんの隣に座っているこの男は。

「おはよう」

と、ドアのところで佇《たたず》むぼくに声をかけたのは、根尾さんだった。

「夕べはよく眠れたかい？」

「……ええ……快適とは言い難かったですが」ぼくは戸惑いつつ、頷く。「――まあ、ご心配をかけない程度には」

「そいつはよかった。そして丁度いいところに――だね」ふふ、と笑う根尾さん。しかしそれにもやはりあの軽めの雰囲気はなく、重々しい感じが否めなかった。「今、きみも呼びにいこうと思ってたんだ。ねえ神足さん？」

「僕は知らない」

短く答える謎の美丈夫《びじょうぶ》。

て、今、根尾さん、確か――

「神足さん？」

思わず指さしてしまった。謎の美丈夫はそんなぼくを不快そうに見て、「そうだが」と言う。

「何だ。僕がどうかしたのか」

「……」

ぼくは一歩下がる。すると後ろに立っていた玖渚にぶつかった。玖渚は部屋の中の状況が見えていないので「うりゅ？」と変な動物めいた声を出すだけだった。

神足雛善さん。確か、小説に出てくる妖怪のように髪の毛とヒゲに覆われていた、はずなのに。ぼくはさすがにこの状況、驚かずにやり過ごすことはできなかった。

「……どうして？　あれ？　あれあれあれ。えっと……すいません、混乱中です」

「髪を切れと言ったのはお前だ」

神足さんは例の低い声で言った。相変わらずなんの愛想もない、そう言うところを見るとやはりこの人は、別人にしか見えないけれど、神足さんなのだと分かる。あのぼさぼさだった長い髪を全部切って――否、剃って、そしてヒゲも剃ってしまったというのか。ひょっとしてそれって、ぼくに言われたから？

「他に理由があるのか」と、短い答の神足さん。

「自分の発言には責任をもて」

「……」

うわあ……。

ぼく、そんなつもりじゃなかったんですけれど……

戸惑いを覚えつつ、ぼくは「そっちの方が似合いますよ。格好いいですね」と言った。当たり前だ、たとえそうでなくともここで「いや、やっぱ前の方がよかったですよ。切って損をしましたね」などと言えるほどに、ぼくは人間を廃業していない。神足さんはぼくの褒め言葉に何の反応も示さず、黙ってぼくから視線を外した。

鈴無さんを見ると、鈴無さんは「それ見たことか」みたいな顔でぼくを見ていた。ううん、こちらに対しても言葉がない。

「はは。いやいや、びっくりしちゃったよねえ」と、根尾さんが「ぱしん」と胸の前で手を叩き、そして言う。「神足さんがこんな耽美系の顔してたなんて。女は髪切ると別人、とか言うけど、まさか我々男も同様だったとは。本当びっくりでしたよ、今日の朝は。正に驚き。俺も坊主にすりゃあ案外超絶美形の色男になれるかもしれませんなあ」

「それはない」

二人のやり取りも相変わらずだった。根尾さんが「……本当、こんな状況じゃなきゃ、笑えるんだけどね」と、暗く続けたことを除いては。

「……こんな状況？」ぼくは根尾さんの言葉を反復する。「こんな状況って、どういうことですか？ひょっとして、何かあったんですか？」

「いい勘してるよ、ERプログラム留学生くん」根尾さんは言う。「今こちらの美しいお嬢様とその話をしていたところさ。その話をね」

言われてぼくは鈴無さんを再度見る。鈴無さんは「そういうことだわよ」と頷く。

「いの字。どうも……つーか何というか、とにかく困ったことになったみたいだわ」

「困ったこと、ですか」

それはどういうことだろう。こんな早朝から根尾さんや神足さんが、わざわざ宿舎にまで足を伸ばすような《困ったこと》。となると、卿壱郎博士か兎吊木関係のことしかありえないのだろうけれど……いや、それともまさか昨日の夜のことか？　あれを誰かに見られていたのだろうか。ぼくはそう思いつつ、頬に手を当てる。

「…………」

いや、春日井さんにべろりと舐められたことじゃない方を。

「そ」鈴無さんは頷く。「二月頃さ、引っ越してきたばっかのあんたと浅野が仲良しこよしになったきっかけがあったでしょ？　あんな感じみたい。……いえ、あれ以上だわね」

「……あれ以上ですか？」

そんな状況、ぼくには想定不可能だけれど。

ぼくは根尾さんに視線を戻した。

根尾さんは「ふう」と嘆息するようにしてから、ベッドから腰を浮かす。

「じゃ、とりあえず百聞は一見にしかずってことで……第七棟行こうか」根尾さんはぽりぽり頭をかきつつ、ぼくの横を過ぎる。「俺あそこ行くの今日初めてなんだけどなぁ……、初めてでこれなのか。因業なのかねえ、これも」

「第七棟……ってことは、兎吊木さんに、何か」

あったんですか、という前に、根尾さんが「要するにさ」と、少し本来の調子を取り戻したかのように、大仰な口調で言った。

「私達はあなた方に何とも悲しいご報告を申し上げなければなりません――と言ったところですかね」

2

さながらそれは神郷的ですらある情景だった。

数限りなく見てきた。

ぼくはこういった情景を数限りなく見てきた。神経が麻痺し思考が停止する程度にはこういった情景を数限りなく見てきた。先月も先々月もその前の月も見てきた。しかしそのぼくをして戦慄させるような。一種感動すら一種興奮すら憶えかねない、そんな情景が部屋の中には広がっていた。

――いや、広げられていたというべきか。

これは明らかに、誰かに見せることを目的とした作風だった。

見せつけることを目的とした作風だった。

「――兎吊木、垓輔……」

兎吊木の身体は白い壁に、磔《はりつけ》にされていた。

まるで殉教者のようだ、と、その様子を比喩することは、ぼくにはできない。とてもじゃないが、どこからどう視覚したところでそんな生温《なまぬる》いものではは、それはなかった。言葉で飾っても何の意味もない。それはただの、あくまでただの、惨殺死体だった。惨殺死体以外の何物でもない。こんなもの、こんな絶対的なもの、他にどう比喩しろというのだろう?

「……」

その両眼、あの、にやにやと笑うような、それでいてその奥に牙を研いでいたような、あの瞳は、既にない。本来眼が納まるべきその二つの窪《くぼ》みには、ステンレスのハサミが突き刺さっていた。半開きになったハサミの刃が、左右に広がり、その両眼に。ほとんど根元まで食い込んでいて、その刃先が眼奥どころか恐らくは脳髄部分にまで達していることは確実だった。

それだけでも生きていないと分かるのに、しかしそれだけで終わりではない。

まずは口。

だらしなく開かれた、何の生命の息吹きも感じられないくらいにだらしなく開かれた口内には、無骨としか表現の仕様がないナイフが、今ぼくの胸に納まっているナイフなど玩具に見えるくらいの無骨なナイフが、突き刺さっている。眼球に対するハサミと同様に深々と刺さっていて、それは喉を貫いて背後の壁にまで達している。そのナイフこそ、兎吊木を磔にしている楔《くさび》だった。

そして胸。

心臓手術でも受けたかのように、筋肉も胸骨も切り開かれている。そこから人間の中身が露出している。思わず目を背けたくなるような、そんな風景がその隙間からは覗いていた。人間が肉と血の塊であるということを思い知らされるような。生々しいものが詰め込まれただけの皮袋であることを思い知らされる。

腹。

心臓部からの傷が、臍《へそ》の辺りにまで続いている。ゆえに、窮屈な皮袋から解放された内臓器官が、消化器官が、そこから零《こぼ》れ落ちていた。どろどろと、ずるずると。薄黒い肉の管が自己主張しているかのようにはみ出して。強烈な匂いが離れたここまで届いてくる。少なくともこんなものを見てしまえば野菜嫌いの子供だって、しばらくの間は肉なんて食えないことだろう。レバーなんてもっての外《ほか》だ。恐怖よりも嫌悪感の方が先に立つ。

両の脚。

元の形がどうだったのか分からないくらいに、べきべきにへし折られている。あちこちから骨がはみ出していてとても正視に堪えない。被害はそれだけにとどまらず、口内に打たれた楔同様、その大腿部に、それぞれ一本ずつ、太いナイフが穿《うが》たれている。太ももの真ん中辺り。つまりあれは肉を裂いているだけではなく、骨まで砕いている。口内の一本、左右の脚に二本のその楔。ゆえに兎吊木の身体は、宙に浮いている形になっていた。

磔《はりつけ》。

血塗れの兎吊木垓輔。

白い髪と、足元に落ちたオレンジ色のサングラス、そして真っ赤に染まった白衣がそれがかれであると示しているだけで、既に兎吊木の肉体は原型をとどめているとは言いがたかった。

そして何よりそれを奇々怪々めかしていることに。

その肉体には両腕がなかった。何かにもぎとられたかのように、肩から先の部分が欠落していた。それが兎吊木を更にアンバランスに、そして不自然に見せていて、だらりと垂れ下がった白衣の袖が、ますます不気味を喚起する。

滅茶苦茶だった。本当に滅茶苦茶だった。

残酷だとか非人道だとかいう以前に、この行動の、この情景の意味が分からない。解体死体《ばらばら》の方がまだ得心いく。人一人の肉体をこうまで破壊し、破壊し、そして破壊する行為に、一体どういう意味があるというのか。

磔。

部屋中の床が真っ赤に染まっていた。言うまでもなく兎吊木の血だ。既に一部は乾き始めていて、酸化によってどす黒く変色を始めている。兎吊木の体内にあった血液が全て零《こぼ》れ出したのではというくらいの、それは惨状だった。

だけれどそんな床よりも、自然目が行くのは兎吊木の半壊状態の身体と——そして背後の壁。その背景の白い壁には。既に白いとはいえないその壁には。

血文字が描かれていた。

巨大な文字で、まるで兎吊木垓輔の肉体を飾り立てる最後の一修飾であるかのように、この情景を飾り立てる最後の一工夫でもあるかのように、血文字で文章が描かれていた。

勿論それが死者からの伝言であるわけがない。明らかにこの情景を作り出した犯人——そう、犯行者からの伝言だった。

　ところどころがかすれていてかなり読みづらかったが、かろうじてその内容は理解できる。それは筆記体の英文だった。

《You just watch,『DEAD BLUE』!!》

「…………」

『黙って見ていろ、玖渚友《デッドブルー》』。

　ぼくは。

　ぼくは玖渚を見た。隣に立っている玖渚を見た。だけれど、ぼくはまたそこで、固まってしまう。

　玖渚友は。

　目の前に広がるその光景を視覚して。

　かつての自分の仲間が、救出しにきた自分の友人が、昨日再会したばかりの人間が、磔にされているのを目前に。両眼を貫かれ口内をえぐられ胸を開かれ腹を裂かれ両足を突き刺され両腕を落とされ磔にされた、兎吊木垓輔、《害悪細菌《グリーングリーングリーン》》を瞳に映して。犯行者から自分に向けられた伝言を読み取って。

　笑っていた。

　玖渚友はうっすらと笑っていた。

　嬉しそうに。望んでいたものに巡り合ったとでも言わんばかりに。欲しいものを手に入れたとでも言わんばかりに。無邪気さの一欠片《ひとかけら》もない、陽気さの一部品もない、名状しがたい笑顔。

　この情景にうっとりとでもしているように。

　この情景に安心しているかのような。

　その情景に陶酔しているかのような。

　それは確実にぼくの知らない玖渚友だった。

　ぼくの知らない《死線の蒼《デッドブルー》》。

　ぼくはこんなものを知らない。

　卿壱郎博士と話していたとき。

　兎吊木と再会したとき。

　それどころの話じゃない。

　ぼくは昨日、まだ口の中に刃物を突っ込まれる前の兎吊木が言っていたことの真意を、ぼくの知らない時代の玖渚友を知っているあの男が言っていたあの言葉の真意を、このとき、ようやく、徐々にではあったが、理解し始めていた。

　理解し切るのは、多分もっと先のことだろう。だけれどこのとき、確実にスイッチが入ったのだ。このぼくと、この玖渚友との、遅すぎた始まりを告げるスイッチが、六年越しにオンになった。所詮始まりの終わりは終わりの始まりなどではなく、どうしたところで始まりの終わりでしかない。その後に終わりが始まるかどうかは、結局は終わってみないことには分からないのだ。だから。

　死線と細菌は、まるで見詰め合うように、そこに佇んでいた。

to be continued.

アトガキ――

　夏目からの孫引きで申し訳がないですが、シュレーゲル曰く『天才というものは何の目的も努力もなく終日ぶらぶらぶらついていなくては駄目』らしいです。この格言を読んだのはすげー子供の頃でしたが、「にゃるほどなー」と中途半端に納得したものでした。本書の作者であるところの西尾維新は天才が集まる島の物語を書いた経験があるのですが、その際世間的に『天才』と呼ばれている傑物達についてあれこれと調べものをしてみました。歴史に名の残る人間の半分は犯罪者で半分は天才だという俗説通り、あまりの『天才』の多さに正直うんざりしたもんですが、数以上にうんざりしたのは彼ら彼女らの人生そのものでした。彼らの人生を年表で語れば確かに天才の言葉に偽りはありません。しかし彼らの人生を文章で語ればその対極の極みの極み。多くの『天才』達は家族友人恋人たちとの人間関係に失敗していて、同業者に対する競争意識と敵対心に満ちていて、酷く孤独でその癖プライドばかりで性格は悪く、金の扱い方もしらずに自分勝手のこずるい独りよがり、幸福とも無縁です。まー才能と性格は全然関係ないし、天才と聖人とはイコールじゃないなんてのは言うまでもないことですが。才能は努力を怠らせる、つーかぶっちゃけた話、才能だけで人生やってきたような連中に何を期待してたんだよ自分、と思います。業績を残すことと人生の幸福との没交渉は本書の作者のような凡人にしてみりゃ希望の光なんですが、要するに天才程度の名詞はそんな重んじるようなもんじゃねーよ、とか思いましたり思いませんでしたり。

本書には天才と呼ばれる人間として三人、玖渚友、斜道卿壱郎、そして兎吊木垓輔が登場します。玖渚友は犯罪者で、斜道卿壱郎は老害師で、兎吊木垓輔は破壊屋です。彼ら三人はその才能や能力と全く関係のない人格をもってして、褒《ほ》められることを望んでいるのでもなく批難を受けることを覚悟しているのでもないやり口で、世界をいじくり、世界を望み、最後には世界を壊そうと試みます。自由きままに戯言《ざれごと》の一言半句さえも入り込む隙間もなく、彼らは周囲を無残に殺し続けてきましたし、これからだってそのつもりでしょう。そう、それはまるで、他の凡人達と同じように。彼らは確かに天才ではありますが、それ以上な確かさをもってして、人間過ぎるのです。そんな感じでサイコロジカル（上）、兎吊木垓輔の戯言殺しでした。

編集担当太田克史様にはこれまでの倍くらいお世話になり、イラスト担当竹さんにはこれまでの倍くらいのお仕事をしていただき、文章担当西尾維新めとしてはありがとうを百個並べて捧げたい気持ちです。それでは読者の皆々様は、確かにここで手を止めるのも一つの方策だとは思いますが、気が向きましたなら、続けてサイコロジカル（下）、曳かれ者の小唄をご堪能ください。

西尾維新

N.D.C.913　246p　18cm

サイコロジカル（上）　兎吊木《うつりぎ》垓輔《がいすけ》の戯言殺《ざれごとごろ》し

二〇〇二年十一月五日　第一刷発行　二〇〇六年十二月十一日　第二十二刷発行

定価はカバーに表示してあります

KODANSHA NOVELS

著者―西尾維新《にしおいしん》

発行者―野間佐和子

発行所―株式会社講談社

東京都文京区音羽二-一二-二一

郵便番号一一二-八〇〇一

編集部〇三-五三九五-三五〇六

販売部〇三-五三九五-五八一七

業務部〇三-五三九五-三六一五

印刷所―豊国印刷株式会社　製本所―有限会社中澤製本所

ISBN4-06-182283-7

KODANSHA NOVELS 講談社ノベルス

書下ろし長編伝奇　**創竜伝10〈大英帝国最後の日〉**　田中芳樹

書下ろし長編伝奇　**創竜伝11〈銀月王伝奇〉**　田中芳樹

書下ろし長編伝奇　**創竜伝12〈竜王風雲録〉**　田中芳樹

書下ろし長編伝奇　**創竜伝13〈噴火列島〉**　田中芳樹

驚天動地のホラー警察小説　**東京ナイトメア**　薬師寺涼子の怪奇事件簿　田中芳樹

書下ろし短編をプラスして待望のノベルス化！　**魔天楼**　薬師寺涼子の怪奇事件簿　田中芳樹

タイタニック級の兇事が発生！　**クレオパトラの葬送**　薬師寺涼子の怪奇事件簿　田中芳樹

避暑地・軽井沢は魔都と化す！　**霧の訪問者**　薬師寺涼子の怪奇事件簿　田中芳樹

異世界ファンタジー　**西風の戦記《ゼピュロシア・サーガ》**　田中芳樹

長編ゴシック・ホラー　**夏の魔術**　田中芳樹

長編サスペンス・ホラー　**窓辺には夜の歌**　田中芳樹

長編ゴシック・ホラー　**白い迷宮**　田中芳樹

長編ゴシック・ホラー　**春の魔術**　田中芳樹

中国大河史劇　**岳飛伝**　一、青雲篇　編訳田中芳樹

中国大河史劇　**岳飛伝**　二、烽火篇　編訳田中芳樹

中国大河史劇　**岳飛伝**　三、風塵篇　編訳田中芳樹

中国大河史劇　**岳飛伝**　四、悲曲篇　編訳田中芳樹

中国大河史劇　**岳飛伝**　五、凱歌篇　編訳田中芳樹

ロマン本格ミステリー！　**アリア系銀河鉄道**　柄刀《つかとう》　一《はじめ》

至高の本格推理　**奇蹟審問官アーサー**　柄刀　一

第31回メフィスト賞受賞！　**冷たい校舎の時は止まる（上）**　辻村深月

第31回メフィスト賞受賞！　**冷たい校舎の時は止まる（中）**　辻村深月

第31回メフィスト賞受賞！　**冷たい校舎の時は止まる（下）**　辻村深月

各界待望の長編傑作!!　**子どもたちは夜と遊ぶ（上）**　辻村深月

各界待望の長編傑作!!　**子どもたちは夜と遊ぶ（下）**　辻村深月

家族の絆を描く〝少し不思議〟な物語　**凍りのくじら**　辻村深月

切なく揺れる、小さな恋の物語　**ぼくのメジャースプーン**　辻村深月

血の衝撃！　**芙路魅**　Fujimi　積木鏡介

至芸の時刻表トリック　**水戸の偽証**　三島着10時31分の死者　津村秀介

一撃必読！　格闘ロマンの傑作！　**牙の領域**　フルコンタクト・ゲーム　中島　望

21世紀に放たれた70年代ヒーロー！
十四歳、ルシフェル　中島 望

人造人間"ルシフェル"シリーズ
地獄変　中島 望

著者初のミステリー
クラムボン殺し　中島 望

霊感探偵登場！
九頭龍神社殺人事件　天使の代理人　中村うさぎ

これぞ"新伝綺"！
空《から》の境界(上)　奈須きのこ

これぞ"新伝綺"！
空の境界(下)　奈須きのこ

妖気漂う新本格推理の傑作
地獄の奇術師　二《に》階《かい》堂《どう》黎《れい》人《と》

人智を超えた新探偵小説
聖アウスラ修道院の惨劇　二階堂黎人

著者初の中短篇傑作選
ユリ迷宮　二階堂黎人

会心の推理傑作集！
バラ迷宮　二階堂蘭子推理集　二階堂黎人

恐怖が氷結する書下ろし新本格推理
人狼城の恐怖　第一部ドイツ編　二階堂黎人

蘭子シリーズ最大長編
人狼城の恐怖　第二部フランス編　二階堂黎人

悪魔的史上最大のミステリ
人狼城の恐怖　第三部探偵編　二階堂黎人

世界最長の本格推理小説
人狼城の恐怖　第四部完結編　二階堂黎人

新本格作品集
名探偵の肖像　二階堂黎人

正調「怪人対名探偵」
悪魔のラビリンス　二階堂黎人

世紀の大犯罪者VS.美貌の女探偵！
魔術王事件　二階堂黎人

宇宙を舞台にした壮大な本格ミステリー
聖域の殺戮　二階堂黎人

第23回メフィスト賞受賞作
クビキリサイクル　西尾維新

新青春エンタの傑作
クビシメロマンチスト　西尾維新

維新を読まずに何を読む！
クビツリハイスクール　西尾維新

〈戯言シリーズ〉最大傑作
サイコロジカル(上)　西尾維新

〈戯言シリーズ〉最大傑作
サイコロジカル(下)　西尾維新

白熱の新青春エンタ！
ヒトクイマジカル　西尾維新

大人気〈戯言シリーズ〉クライマックス！
ネコソギラジカル(上)　十三階段　西尾維新

大人気〈戯言シリーズ〉クライマックス！
ネコソギラジカル(中)　赤き征裁VS.橙なる種　西尾維新

大人気〈戯言シリーズ〉クライマックス！
ネコソギラジカル(下)　青色サヴァンと戯言遣い　西尾維新

JDCトリビュート第一弾
ダブルダウン勘《かん》繰《ぐ》郎《ろう》　西尾維新

維新、全開！
きみとぼくの壊れた世界　西尾維新

新青春エンタの最前線がここにある！
零崎双識の人間試験　西尾維新

KODANSHA NOVELS 講談社ノベルス

新青春エンタの最前線がここにある！
零崎軋識の人間ノック 西尾維新

魔法は、もうはじまっている！
新本格魔法少女りすか 西尾維新

魔法は、もうはじまっている！
新本格魔法少女りすか2 西尾維新

最早只事デハナイ想像力ノ奔流！
ニンギョウがニンギョウ 西尾維新

西尾維新が辞典を書き下ろし！
ザレゴトディクショナル 戯言シリーズ用語辞典 西尾維新

神麻嗣子の超能力事件簿
念力密室！ 西澤保彦

神麻嗣子の超能力事件簿
夢幻巡礼 西澤保彦

神麻嗣子の超能力事件簿
転・送・密・室 西澤保彦

神麻嗣子の超能力事件簿
人形幻戯 西澤保彦

神麻嗣子の超能力事件簿
生贄《いけにえ》を抱く夜《よ》 西澤保彦

神麻嗣子の超能力事件簿
ソフトタッチ・オペレーション 西澤保彦

書下ろし長編
ファンタズム 西澤保彦

大長編レジェンド・ミステリー
十津川警部 愛と死の伝説(上) 西村京太郎

大長編レジェンド・ミステリー
十津川警部 愛と死の伝説(下) 西村京太郎

京太郎ロマンの精髄
竹久夢二 殺人の記 西村京太郎

旅情ミステリー最高潮
十津川警部 帰郷・会津若松 西村京太郎

時を超えた京太郎ロマン
十津川警部 姫路・千姫殺人事件 西村京太郎

西村京太郎初期傑作選I
太陽と砂 西村京太郎

西村京太郎初期傑作選II
午後の脅迫者 西村京太郎

西村京太郎初期傑作選III
おれたちはブルースしか歌わない 西村京太郎

超人気シリーズ
十津川警部「荒城の月」殺人事件 西村京太郎

超人気シリーズ
十津川警部「悪夢」通勤快速の罠 西村京太郎

超人気シリーズ
十津川警部 五稜郭殺人事件 西村京太郎

超人気シリーズ
十津川警部 湖北の幻想 西村京太郎

超人気シリーズ
十津川警部 幻想の信州上田 西村京太郎

豪快探偵走る
突破 BREAK 西村 健

ノンストップアクション
劫火(上) 西村 健

ノンストップアクション
劫火(下) 西村 健

世紀末本格の大本命！
鬼流殺生祭 貫井徳郎

書下ろし本格ミステリ
妖奇切断譜《ようきせつだんふ》 貫井徳郎

Vol.6 SIDE-A、SIDE-B 総力特集!!
〝新伝綺〟リプライズ!!
奈須きのこ・竜騎士07・錦メガネ
怒濤の総計800枚書き下ろし!
まさに前代未聞!
『ファウスト』Vol.6は
SIDE-A、SIDE-Bの
二冊組で二カ月連続リリース!!
ついに世界進出!
韓国版
台湾版『ファウスト』、絶好調発売中!
Illustration by
ウエダハジメ
ファウスト
闘うイラストーリー・ノベルスマガジン
SIDE-A
西尾維新 衝撃の一挙二作品書き下ろし!
上遠野浩平 乙一 佐藤友哉
台湾版『ファウスト』刊行決定記念スペシャル
早くも〝伝説〟必至!
「東浩紀・清涼院流水・佐藤友哉・西尾維新」
そろい踏みインタビューセッション!
Interviewer/台湾版『ファウスト』編集部
SIDE-B
西尾維新 衝撃の一挙二作品書き下ろし!
舞城王太郎 浦賀和宏 北山猛邦

30年の刻《とき》を越えて才能は対峙《たいじ》する！
小説 上遠野浩平 × 原作・イラスト 横山光輝
『マーズの方程式』
（『マーズ』）
まんがに"限界"はない！
ともひ
toi8＋ゆずはらとしゆき
舞城王太郎
西島大介
TAGRO
ウエダハジメ
高河ゆん × 原作
初の「原作」つきまんがの世界に挑む！
COMIC『放課後、七時間目。』
限定収録！ 描き下ろし
『×××HOLiC』カラーイラスト！
CLAMP × 原作 西尾維新
NOVEL『×××HOLiC アナザーホリック ランドルト環エアロゾル』
第一話『アウターホリック』
『ファウスト』から飛び出した、
闘うコミック・マガジン!!
KODANSHA MOOK
COMIC FAUST
コミックファウスト
Illustration by George Asakura
定価:本体1300円（税別）
講談社
……and more Fantastic Contents!